AF445041

# VENDETTA

## LO STRATAGEMMA KURTHERIANO ™
### LIBRO TREDICI

## MICHAEL ANDERLE

# NEWSLETTER

Benvenuti in un viaggio emozionante con LMBPN®
International! Iscriviti alla nostra newsletter per accedere ad
aggiornamenti esclusivi e contenuti gratuiti.
Come nostro stimato abbonato, godrai di un'esperienza ricca
piena di sorprese. Immergiti in nuovi mondi, intuizioni uniche
e storie emozionanti che ti aspettano. Unisciti ora, diventa parte
dell'avventura internazionale LMBPN® e diventa davvero parte
della storia!

https://lmbpn.com/it/newsletter/

# COPYRIGHT

Questo libro è un'opera di finzione. Tutti i personaggi, le organizzazioni e gli eventi rappresentati in questo romanzo sono prodotti dell'immaginazione dell'autore o sono stati usati in modo fittizio. A volte entrambe le cose.

Diritti Versione inglese: © 2016 Michael T. Anderle
Diritti Versione italiana: © 2024 LMBPN® International

Copertina di Jeff Brown (http://jeffbrowngraphics.com)
Copyright della copertina © LMBPN Publishing

A cura di: Francesco Vitellini

LMBPN® International sostiene il diritto alla libera espressione e il valore del diritto d'autore. Lo scopo del diritto d'autore è quello di incoraggiare gli scrittori e gli artisti a produrre le opere creative che arricchiscono la nostra cultura.
La distribuzione di questo libro senza permesso è un furto della proprietà intellettuale dell'autore. Per richiedere il permesso di usare materiale tratto da questo libro (tranne che a scopo di recensione), scrivere all'indirizzo italian@lmbpn.com. Grazie per aver scelto di sostenere i diritti dell'autore.

LMBPN® International
2375 E. Tropicana Avenue
Suite 8-305
Las Vegas, USA, NV 89119

Prima edizione USA, 2016
Versione 2.07 marzo 2021
Print ISBN: 979-8-89354-083-3

❀ Creato con Vellum

# GRAZIE AI SEGUENTI
# CONSULENTI SPECIALI

Jeff Morris - US Army - Asst Professor Cyber-Warfare,
Munizioni Nucleari (in servizio attivo)
Heath Felps - US Navy CPO (in servizio attivo)
Toru Sekkiguchi - Björn Schmidt - Supporto alla traduzione
giapponese

# DEDICA

*Alla famiglia, agli amici e
A coloro che amano
Leggere.
Che tutti noi possiamo godere della grazia
Di vivere la vita che siamo stati
Chiamati a vivere.*

# PROLOGO



**Berlino, Germania**

Sette posizioni furono fornite al gruppo di uomini e donne invitati al centro operativo federale di intelligence della Germania.

«Abbiamo» disse ai presenti riuniti intorno al lungo tavolo di palissandro intagliato a mano il dottor Schäuble, un professore preso in prestito per quel progetto dalla Humboldt Universität, «sette luoghi, ma abbiamo risorse per controllarne solo tre in questo momento.» Era chinato sul tavolo e guardava le diverse carte che vi erano state disposte. «Come potete vedere, una di queste è in Antartide. Si basa sulle voci di persone del partito nazista. Qualcuno, forse il gruppo Thule, ha costruito e lasciato una base nel freddo intenso. Gli americani» fece cenno con la testa a tre uomini seduti al tavolo, «ci andarono nel 1947 e ho sentito che se la passarono male.»

«Pensavo che il problema degli americani fosse solo il cattivo tempo» affermò una giovane donna dall'estremità del tavolo.

«Si potrebbe pensare così, ma si suppone che una delle navi sia stata tagliata in due» la informò il dottor Schäuble. «Al momento, gli americani sostengono che è stato il clima a costringere l'esercitazione della flotta a tornare indietro. Tuttavia» guardò il tavolo, «i miei contatti dicono che il governo americano sta organizzando una propria spedizione in questa zona, nella remota possibilità che possa rivelare qualche segreto che i nazisti hanno portato con loro.»

Si sedette e aprì la cartella davanti a lui. «Se volete aprire le vostre cartelle alla prima località per il nostro voto comune, discuteremo se la base nazista sia abbastanza di interesse per coloro che sono qui rappresentati per essere sulla nostra breve lista. Come sapete, il governo tedesco ha l'autorità di controllare queste sette località, e con un significativo buy-in monetario, le vostre aziende potranno beneficiare delle tecnologie che troveremo.»

Il dottor Schäuble alzò lo sguardo dalle sue carte. «C'è qualcuno che deve parlarci di altri documenti nazisti non condivisi con il governo americano. Quella persona...» bussarono alla porta, e il dottore si voltò mentre finiva il commento, «...è arrivata per aggiornarvi, sembra.»

1



John si diresse verso la suite di Bethany Anne e i peli sulla nuca gli si rizzarono.

Gabrielle aveva detto che non aveva visto o parlato con Bethany Anne per alcune ore. Pensava che fosse con lui o con uno degli altri ragazzi, ma John aveva confermato che non era con nessuno di loro. L'ultima volta che qualcuno l'aveva vista, stava entrando nella sua suite con Ashur, una mela e una pila di posta che era arrivata con l'ultimo trasporto.

Curioso, ma solo un po' preoccupato, John chiese ad Arch-Angel se Bethany Anne stesse dormendo, ma fu informato che non era così. ArchAngel disse che non sapeva dove si trovasse in quel momento.

Poteva significare solo una delle due cose. Bethany Anne non era sulla nave, o aveva esplicitamente detto ad ArchAngel di non far sapere a nessuno dove fosse.

O entrambe le cose.

John entrò, attraversò la suite esterna e bussò alla porta della camera da letto di Bethany Anne.

Niente.

John fece una smorfia e bussò più forte. Non ottenne nulla una seconda volta. John chiamò: «ArchAngel. Sono John Grimes.»

ArchAngel rispose: «Sì, ti riconosco, John. Non c'è bisogno di dirmi chi sei.»

«Questa volta c'è» scattò John. «ArchAngel, per il mio diritto di Stronzo della Regina, sto attuando il Suo permesso di entrare nella sua suite.»

«Approvato, John» rispose la voce, e le serrature della suite si sbloccarono. Tutte e sette.

Aprì la porta di qualche centimetro. «Bethany Anne?» Non sentì nulla e aprì di più. «BA? Capo?»

La suite era vuota.

John notò che il letto era fatto e si diresse verso la cabina armadio personale. Era chiuso a chiave.

*Cazzo*, pensò.

John alzò lo sguardo, con gli occhi chiusi. Grazie a Dio non era possibile che gli venisse un'emicrania. «ArchAngel, per favore sblocca questa porta. Prometto di non mettere piede nella stanza.»

«Sai che non è lì dentro, John» rispose ArchAngel.

«Sì, lo so. Devo vedere cosa si è portata via» rispose John, e la porta si sbloccò. Era molto meglio delle stanze della casa in Florida, dove nessuno poteva aprire la porta dall'esterno. Lì, ArchAngel poteva aprire e chiudere, bloccare e sbloccare, tutte le porte. Aprì la porta, le luci si accesero e lui sbirciò nella cabina armadio.

Mancavano le pistole, i pantaloni di pelle e la corazza. La *katana* era sul proprio supporto. John si girò, si fermò e poi si voltò. La spada più corta, la *wakizashi*, era scomparsa.

Quindi era probabile che si trattasse di umani, non Rinnegati.

John chiuse la porta. «Grazie, ArchAngel.» Sentì le serrature scattare dietro di lui e si voltò verso il bagno della suite principale. Come tutte le stanze, era enorme. Guardò dentro e vide una busta e un pezzo di carta per quaderni.

John si avvicinò alla toletta, che era suddivisa in tre parti, con due lavandini e una grande area in mezzo per il trucco e altre cose. John pensò che fosse un po' troppo. Bethany Anne di rado indossava più di un po' di fard e forse un po' di rossetto.

Lesse il biglietto, scritto con un pastello blu nella calligrafia di una persona giovane.


*Signora Anne,*

*Non so se puoi aiutarmi, ma mio padre è nei guai. Mia madre è stata presa da persone malvagie che le hanno fatto del male e poi hanno fatto del male a mio padre.*

*Vogliono che lui li aiuti perché lavora nelle scienze e vogliono qualcosa. Gli hanno fatto promettere di non dirlo alla polizia.*

*Dato che lui non può dirlo a nessuno, e nemmeno io posso dirlo alla polizia, ho pensato che forse qualcuno potente come te potrebbe aiutare mia madre e mio padre.*

*Se no, lo capisco. So che sei molto occupata con le tue navi e il resto.*

*Grazie per aver ascoltato,*

*Anne*

*p.s. Mi piace il tuo cognome. È uguale al mio nome.*


John poteva vedere le sbavature in cui le lacrime di Bethany Anne dovevano aver bagnato la pagina. Scosse la testa, prese la busta con l'indirizzo e iniziò a uscire dalla suite.

John ora sapeva più o meno dove e perché. Doveva solo capire cosa fare al riguardo.

Tenne premuto il piccolo pulsante di chiamata sul colletto. «Sono John. La nostra regina è assente ingiustificata.»

### <u>NRS *ArchAngel* sopra il Giappone, diciotto ore prima della riunione</u>

Bethany Anne allungò la mano per afferrare la posta che le stavano porgendo. «Grazie, Kevin.» Fece anche un cenno di ringraziamento col capo e prese una mela dalla fruttiera sulla credenza. «Ashur!» chiamò sopra la spalla. Sentì Ashur alzarsi da sotto il tavolo dove la squadra BMW stava mangiando. Erano proprio degli smidollati nel dargli da mangiare. Una faccia triste, e tutti e tre gli uomini cedevano e gli lanciavano qualcosa.

Poi si incolpavano a vicenda di essere quelli che gli avevano dato da mangiare.

Ashur raggiunse Bethany Anne mentre andava alla suite e lei gli arruffò la testa. Avrebbe giurato che fosse cresciuto di un paio di centimetri.

*TOM.*

**Sì?**

*Ashur potrebbe crescere in dimensioni dopo essere uscito dalla capsula?*

**Sì, è possibile. I naniti potrebbero aver deciso che aveva bisogno di cambiare per qualche motivo, forse a causa del suo continuo esercizio fisico durante il vostro allenamento. Possiamo sempre rimetterlo nella capsula e dare un'occhiata.**

*No, non è così importante. Almeno, non ancora.*

Bethany Anne fece un cenno alle guardie vicino alle porte che portavano alle aree degli Stronzi e degli Elite e finalmente raggiunse la propria suite. Avrebbe potuto anche camminare etericamente verso la sua suite, ma era bene che tutti la vedessero.

Entrò nella sua stanza, la porta era già stata aperta da Arch-

Angel, e borbottò un «Grazie» quando la porta si chiuse dietro di lei. Mordendo la mela, entrò nel bagno. Ashur saltò sul letto.

«Ehi!» Si voltò verso la sua porta. «Non spargere i tuoi peli sul mio letto. Ho dovuto far pulire l'ultimo copriletto. Per cosa diavolo eri incazzato, comunque?»

Ashur sbuffò dalla camera da letto.

«Non è colpa mia! Il tuo culo pigro non è andato alla mensa in tempo per prenderli.» Un altro sbuffo. «Stronzate, non sono obbligati a mangiare ogni giorno alla stessa ora perché tu hai una preferenza. Inoltre, hai sempre cibo per cani a disposizione.» Bethany Anne sorrise quando sentì la risposta lamentosa di Ashur.

Gettò il torsolo di mela nel cestino e iniziò a scorrere la posta.

Prese la prima lettera.

*Ho vinto un'isola...*

Spazzatura. Poi il successivo.

*Mi è stato chiesto di partecipare a un simposio sulla tecnologia il mese prossimo.*

Altra spazzatura.

A quanto pareva, aveva delle multe per eccesso di velocità non pagate in Florida. «Uh, mi chiedo se dovrei incorniciarla questa?» Scrollò le spalle e gettò la busta nella spazzatura.

Vide una busta con una bella calligrafia a stampatello fatta con un pastello. Strano. La aprì e lesse la lettera all'interno.

Poi la rilesse, piano.

*ADAM, rintraccia questo indirizzo. È legittimo?*

**>>Sì, c'è una famiglia di tre persone che vive a quell'indirizzo a Las Vegas.<<**

*Per chi lavora il padre?*

**>>Bloccato dalla sicurezza, sconosciuto in questo momento.<<**

*Sul serio? Cazzo.* Bethany Anne batté la lettera sul palmo della mano un paio di volte. *Puoi capire se c'è un problema?*

**La figlia Anne ha dodici anni. È stata assente da scuola per due giorni. In precedenza, non aveva perso gli ultimi centottantadue giorni di scuola.**

«Trappola o vero, trappola o vero?» rifletté Bethany Anne ad alta voce.

**Si escludono a vicenda?** si intromise TOM.

*No* concordò Bethany Anne.

**Manderai qualcuno a controllare?**

*No, lo farò io. Serve un tocco abile e una mano femminile.*

**E Gabrielle?**

*Non voglio rovinare il suo tempo con Eric.*

**Che ne dici di... ah, certo.**

*Che vuoi dire con "certo"?*

**Sei annoiata.**

*Ho sempre sentito dire che il problema dei reali è che non rimangono in contatto con la gente. Non lascerò che questo accada a me.*

**Sei annoiata.**

*Anche questo.*

**Solo noi tre?**

*No, saremo noi quattro.*

**Be', grazie a Dio. Per un attimo ho pensato che te ne saresti andata senza prendere alcun sostegno.** TOM sospirò nella mente.

«Ashur.» Bethany Anne si avviò verso il suo armadio. «Andiamo a salvare una bambina.» Il suo sbuffo di risposta era entusiasta. «Lo so, vero? Sciocco da parte delle mie guardie lasciarmi da sola e permettermi di combinare guai da sola.» Quella volta sembrò che Ashur stesse ridendo e non sbuffando.

«Oh, stai zitto» gli disse Bethany Anne. «Sii felice che il tuo culo pigro venga con me o saresti bloccato qui.»

Si cambiò i vestiti e caricò le armi. Vedendo la *wakizashi*, sorrise e afferrò la lama più corta. «Vieni qui, tu. È un po' che non facciamo festa.» Guardò gli stivali sul pavimento. «Uh, niente stivali questa volta. Vada per le Puma.»

Prese una giacca e nascose le armi. «ArchAngel, chiudi questa porta.»

**Perché ho pensato che saresti stata matura su questo?** chiese TOM.

*Mi fa incazzare*, rispose lei. «Andiamo, mia guardia bianca pelosa.» Bethany Anne afferrò il collo di Ashur e fece un passo avanti, scomparendo.

Un minuto dopo, le luci si spensero nell'armadio.


## Base RDS Denver, Colorado

Bethany Anne e Ashur entrarono in una delle sue stanze d'arrivo nella sede del Colorado. Le ci volle un po' di tempo per sgattaiolare fuori.

Purtroppo, la F12berlinetta modificata che era stata migliorata per lei era chiusa in garage e aveva una guardia in servizio. Aveva dovuto ordinargli di non parlare del fatto che aveva preso l'auto per ventiquattro ore.

Lasciare la base la costrinse a ordinare al personale di due ulteriori posti di controllo di sicurezza di non menzionare la sua presenza, almeno per ventiquattro ore.

Bethany Anne si godette l'aria frizzante per un paio d'ore mentre lei e Ashur sfrecciavano attraverso le montagne in direzione di Las Vegas. Guardò nello specchietto retrovisore per verificare che non ci fosse nessuno dietro di lei e poi disse a TOM di decollare.

La loro auto si sollevò dalla strada e iniziò a volare nel cielo notturno.

In un quarto d'ora si fermarono su una piccola strada fuori da Las Vegas Nord. Inserì l'indirizzo nel navigatore di bordo e guidò verso la città mentre il più piccolo accenno di alba stava incrinando il cielo.

«Ehi, niente peli sulla pelle.» Si avvicinò e spazzolò alcuni dei peli bianchi di Ashur dal sedile. «Dovremmo cercarti una ragazza. Forse lei potrebbe insegnarti a non sporcare i sedili.» Ashur guardò Bethany Anne, inclinò la testa di lato e sbuffò. «Non so dire se è intelligente.» Lei sorrise. «Forse il miglior test sarà vedere se ti morde il culo alla prima occasione.»

Ashur sbuffò di nuovo e guardò fuori dal finestrino mentre Bethany Anne rideva.

>> **Avrei potuto facilmente darvi le indicazioni per il luogo.**<<

*Lo so, ADAM, ma a volte anche i piccoli computer hanno bisogno di attenzione.*

**Volevi solo giocare con il tuo nuovo giocattolo.**

*Lo dici come se fosse una brutta cosa, TOM.*

Le indicazioni la portarono nella parte ovest di Las Vegas e si fermò al cancello di sicurezza di un quartiere.

Bethany Anne poteva vedere il Red Rock Casino a un paio di miglia di distanza e il Red Rock Canyon poco oltre.

---

Casper stava leggendo le ultime notizie su Las Vegas quando un'auto si fermò sulla Spanish Trail e i fari lampeggiarono attraverso il finestrino. Alzò lo sguardo in tempo per vedere una Ferrari quando la sua compagna, Jocelyn, mormorò: «Dieci dollari che è un vecchio con i capelli grigi che indossa un parrucchino.»

Anche se non riusciva a vedere bene all'interno, notò quello che sembrava un grosso cane bianco sul sedile anteriore. «Ci puoi scommettere» rispose e uscì dalla guardiola con l'aria condizionata, chiudendosi la porta alle spalle.

La Ferrari si fermò piano accanto a lui e il finestrino oscurato iniziò ad abbassarsi.

Lo stesso fece la mascella di Casper. «Salve» riuscì a gracchiare. Jocelyn gli doveva dieci dollari. Quella signora non poteva essere scambiata per un bianco vecchio, grasso e calvo che usava un'auto per darsi un tono. Non sembrava nemmeno che avesse bisogno dell'auto per farlo, ma quella era Las Vegas. Casper suppose che potesse essere una "compagna" d'élite. Se lo era, Casper non poteva permettersela.

«Salve, Casper, vero?» Lei sorrise e fece un cenno al suo cartellino. «Sono qui per fare una sorpresa a mio fratello.» La sua voce, liscia come il velluto sull'acciaio, gli scaldò l'anima. «Ti dispiacerebbe lasciarmelo fare senza mettermi sul tuo taccuino?»

Pochi istanti dopo, Casper tornò dentro e mise la sua cartellina nella fessura. Si accorse a malapena quando Jocelyn gli fece scivolare davanti i dieci dollari. «Hai vinto i dieci dollari. Non era un vecchio grassone.» Poi Jocelyn tirò di nuovo i soldi verso di sé. «Ma perdi i soldi per non aver messo il suo nome negli appunti. Ora sono soldi per il silenzio.»

Casper fece un cenno di assenso all'accordo.

---

Bethany Anne arrivò davanti alla casa a due piani di quattrocento metri quadrati. Aveva un tetto di mattoni spagnoli e un prato ben curato. Tutte le case di quella comunità privata erano ben tenute.

Scivolò fuori dall'auto e fece il giro per aprire la portiera di Ashur. Lui saltò fuori e si guardò intorno, annusando l'aria.

Alcune macchine stavano già uscendo per andare al lavoro, ma la sua mostrava a tutti quelli che vivevano in quel quartiere che lei apparteneva alla cerchia alta.

I due si avvicinarono alla porta.

---

«Ha visite» disse Dieter a Gunter mentre guardava fuori dalla finestra attraverso il binocolo. «Una donna attraente e... un cane.»

«Non è esattamente la squadra di soccorso militare standard» commentò Gunter mentre beveva il suo caffè. Si avvicinò al compagno. «Forse della famiglia?»

«Non si può dire.» Dieter abbassò il binocolo. «Ecco, da' un'occhiata, io vado a svegliare Klaus nel caso ci sia un intoppo nei piani. Oggi dovrebbe estrarre i dati da scambiare con sua moglie.»

Gunter posò il caffè e accettò il binocolo. «Sì, attraente. Strano che indossi una giacca a Las Vegas.» Gunter guardò di nuovo l'auto. «Targa del concessionario, non riesco a vedere in quale stato. Forse non è di queste parti?»

Dieter rispose dalla stanza dall'altra parte del corridoio: «Non lo so.» Bussò. «Klaus, svegliati. Abbiamo un visitatore inaspettato.»

«Qui?» chiese l'uomo stanco.

«No» rispose Dieter. «Dall'altra parte della strada. Potremmo aver bisogno di intercettare, quindi preparati.» Fece un passo indietro nella stanza d'ingresso. «E adesso?»

«Sta bussando alla porta.» Gunter si accigliò. «Il volume è acceso?» Pochi secondi dopo, sentirono la porta dall'altra parte della strada aprirsi, e la voce di Mason entrò forte e chiara.

«Salve?»

La voce della donna rispose: «Mi dispiace, signor Jayden, ma il distretto scolastico della contea di Clark è preoccupato per sua figlia Anne. Ha già perso due giorni di scuola.»

«Anne? Sì, è malata.»

«Posso vederla?» rispose lei.

«Cosa? No. Mi scusi, chi ha detto di essere?»

«Il mio nome è Bethany Anne...»

Se qualcuno avesse guardato dritto in alto, avrebbe visto un piccolo punto nero nel cielo.

Be', in realtà... sarebbero stati in grado di vederlo? No.

John stava ascoltando la conversazione che avveniva di sotto. «ArchAngel, stai ricevendo l'audio dai segnali wireless?»

«Sì, John. Segnali wireless che provengono dalla casa in cui si trova Bethany Anne, che mandano in direzione di un paio di case dall'altra parte della strada.»

«Non si può dire quale?»

«No, solo la direzione. O la casa direttamente di fronte, o quella a sud di essa.»

John continuò ad ascoltare la conversazione mentre Bethany Anne parlava.

«Mi chiamo Bethany Anne e aiuto il distretto scolastico della contea di Clark a massimizzare le sue entrate confermando che tutti i bambini abili frequentano la scuola. Questo riduce l'assenteismo.»

«In una Ferrari?»

John ridacchiò, chiedendosi come il suo capo avrebbe risposto a quella domanda. Poteva sentire la pausa, quasi vederla girarsi per confermare che sì, aveva guidato una Ferrari.

«Be', sì. È la mia nuova macchina. Vede, la mattina faccio l'aiutante per il distretto scolastico. Il resto del giorno faccio la moglie trofeo.»

Su nel cielo, John stava schiaffeggiando il lato della capsula, cercando di controllare le risate. «Oh, Dio!» urlò. «ArchAngel, ti prego, dimmi che stai registrando!»

«Certo, John.»

Si asciugò una lacrima dal viso mentre cercava di soffocare le risate. «Dolce madre benedetta di San Sfrontato, questa la userò.» John si era messo una mano sulla bocca mentre i due sotto di lui continuavano a parlare.

«È una collaboratrice scolastica?» chiese Gunter, perplesso.

«Le scuole americane vengono pagate in base al numero di bambini presenti in classe ogni giorno. È molto costoso per il distretto scolastico locale quando un bambino è fuori uso per malattia» spiegò Klaus entrando nella stanza, sistemando la fondina e infilandovi la pistola.

«Questo potrebbe essere un problema» spiegò Dieter. «Abbiamo solo bisogno che vada al lavoro un'ultima volta. La rapiamo o cosa?»

Gunter scrollò le spalle. «Faremo qualcosa solo se lei non vuole andarsene.»

---

La voce della signora di fronte a Mason cambiò, in qualche modo più dolce, eppure più imponente. «Fammi entrare, Mason.»

Mason spalancò la porta e fece un passo indietro. «Perché non entra, signora Anne?»

Bethany Anne entrò in casa dietro Ashur, che era saltato davanti a lei, e si guardò intorno. «Il mio nome è solo... sai, non importa.» Guardò Ashur. «Scopri se abbiamo un problema.» Ashur prese il volo e corse su per le scale.

«NO!» Mason corse dietro Bethany Anne, spingendola di lato mentre entrambi sentivano uno sbuffo dalla stanza su per le scale. Mason si aggrappò alla ringhiera, oscillando per saltare al terzo gradino. Iniziò a correre su per le scale e fu sorpreso quando inciampò fuori equilibrio, sentendosi come se fosse stato spinto da parte. Si raddrizzò e continuò a correre verso la stanza di sua figlia.

Non poteva assolutamente lasciare quel letto, per nessuna ragione.

---

«*Maledizione!*» Klaus uscì dalla stanza e corse lungo il corridoio fino alla porta d'ingresso. «Se quella puttana tira giù la bambina dal letto, l'operazione è un fallimento» urlò, cercando frenetico di aprire la porta.

Gunther e Dieter gli stavano alle calcagna mentre lui apriva la porta d'ingresso e tutti e tre si precipitarono lungo il viale d'ingresso.

«ArchAngel, portami laggiù!» ordinò John mentre iniziava a slacciare le cinture. La capsula scese urlando dal cielo.

I tre uomini non erano ancora riusciti a raggiungere la strada quando la parte superiore della casa esplose. Si coprirono tutti la testa e si appiattirono sul prato mentre i detriti li tempestavano. Un grosso pezzo impalò l'erba a un metro dalla faccia di Gunter.

Alzandosi e tirando fuori le pistole, tornarono indietro verso la casa. C'era del fuoco che usciva dalle finestre superiori.

«Merda!» Klaus pestò il piede. «Eravamo così vicini!» Corsero verso la porta d'ingresso.

Dieter fu il primo a notare l'oggetto che scendeva alla loro sinistra. Pensando che una gran parte della casa stesse atterrando, scosse la testa. «Attenzione!»

Gli uomini si abbassarono, ma niente colpì il terreno. Quando alzarono di nuovo lo sguardo, un grosso uomo bianco, con un odio al vetriolo che prometteva una morte dolorosa dipinto sul volto, stava in piedi alla loro sinistra. Li fissò e puntò le due pistole dall'aspetto unico che aveva in mano sulle loro teste.

I tre uomini puntarono le loro pistole all'indietro. «Chi sei?» chiese Klaus.

«Io sono» rispose l'altro con emozioni a malapena trattenute, «l'uomo che ti ucciderà per quella che hai appena fatto saltare in aria.»

Si guardarono per qualche secondo.

La voce di una donna venne da dietro di loro. Iniziò bassa e lenta, ma aumentò sia il tono che il volume mentre continuava: «Voi mordicazzi, faccia da culo, faccia di merda, vecchi rincoglioniti senza palle con due teste di cazzo al posto del cervello!» urlò. «Quello ha fatto male, cazzo!»

Uno dei tre uomini si voltò. Ai due di fronte a John non piacque il sorriso che gli comparve sul volto né la sua affermazione successiva. «Ragazzi, *io* stavo solo per uccidervi. Ora, siete davvero nella merda. Desidererete la morte quando avrà finito con voi.»

Quello a sinistra si voltò ed esclamò: «La moglie trofeo?»

John sbuffò mentre la signora parlava in modo secco. «Tu sarai il primo che ucciderò.»

Il cane bianco accanto a lei abbaiò. «No» disse la donna il cane. «Non puoi staccargli le palle a morsi. Non voglio sentire l'alito di palle per tutta la mattina.»

«Dieter, vuoi sparare a quella puttana?» chiese Gunter. «Dobbiamo andarcene da qui!»

«Signore.» La voce di lei diventò dolce, un velluto morbido sull'acciaio temprato. «Ti ordino di mettere giù le armi.»

«Col ca...» iniziò a dire Gunter prima di rendersi conto che stava eseguendo il suo ordine.

John, tenendo le sue pistole su di loro, si avvicinò e spostò dietro di sé le loro pistole con un calcio.

«Bethany Anne, dobbiamo andare. Dove sono le persone nella casa?»

«Colorado.» Si voltò a guardare la sua auto: «Scimmioni del cazzo!» urlò, esasperata. «Quella era la mia nuova Ferrari, brutte teste di cazzo!»

John diede un'occhiata e dovette concordare. La carrozzeria dell'auto era messa male per l'esplosione. Non aveva un bell'aspetto.

Lei respirò piano. «Bene, questo sistema tutto.» Si avvicinò al primo uomo, che la stava ancora guardando. «Spero che nessuno abbia un video in corso» borbottò e gli diede uno schiaffo. Il *crac* dello schiaffo fu forte e l'uomo che aveva colpito scomparve

«Che diavolo?» esclamò Gunter mentre veniva colpito alla nuca, scomparendo a sua volta.

«Non dire una cazzo di parola, e se tu e i tuoi due scagnozzi volete vivere, vi consiglio di non allontanarvi molto da dove vi mando. Potrei non riuscire a trovare i vostri inutili culi» disse Bethany Anne all'ultimo.

«Dove ci mand...» fu tutto quello che Klaus riuscì a tirar fuori prima che la parte posteriore della sua testa esplodesse di dolore e lui sparisse dalla vista.

Ashur sbuffò alle sue spalle. «Sì, buona osservazione.» Si voltò verso John. «Capsula?»

«Sopra di noi.»

«Lascia stare.» Si voltò a guardare Ashur. «Andiamo, ragazzo prodigio.» Ashur sbuffò di nuovo. «No, non sono la tua dannata spalla, tappeto ambulante a quattro zampe.» Afferrò John. «Ora vieni qui o non ti procurerò un appuntamento.»

Ashur si avvicinò trotterellando e sbuffò ancora una volta. «Non mi interessa» rispose lei. «Non ti aiuterò con nessuna femmina e non andremo nemmeno a cercare su internet. Quindi prendi questo e masticalo, mio caro rompipalle privo di pollice opponibile.»

*ADAM, trova e distruggi il loro equipaggiamento di sorveglianza se puoi.*

>>**Se posso?**<<

*E se non è collegato a internet?*

>>**Stavo controllando le onde radio...**<<

*TOM, prenditi cura della capsula e dell'auto, per favore.*

**Sì, oh Moglie dei Trofei.**

*TOM.*

**Sì?**

***Una cuccia per te, alieno per cervello.***

TOM ridacchiò nella sua mente.

Lei afferrò Ashur e i tre scomparvero. La Ferrari prese il volo nel cielo, lasciandosi dietro un casino, un sacco di domande e non molte risposte.

2



**<u>NRS *ArchAngel* sopra il Giappone, sedici ore e mezza prima dell'incontro in Giappone</u>**

John scosse la testa mentre entrava nell'hangar della navicella. Gabrielle, che lo seguiva a grandi, stava continuando la sua filippica. «Perché vai tu al posto mio, o perché non tu *e* io? Rispondi almeno a *questa* domanda, povero mimo ambulante!» Sbuffò con esasperazione.

John sorrise. Negli ultimi cento metri, per tutta la strada dagli alloggi degli Stronzi, aveva ascoltato Gabrielle che si lamentava di non averla portata con sé. Si lasciò scivolare la borsa dalle spalle e la mise nella capsula prima di voltarsi e guardare la vampira. «Perché ho già una bella femmina da affrontare in pubblico. Non me ne servono due, soprattutto perché sei appena stata nominata per essere qui a rappresentare Bethany Anne.»

«Chi diavolo ti ha detto che ero la migliore opzione per quel ruolo?» ribatté Gabrielle.

«ArchAngel. Ha detto che con ogni probabilità Bethany Anne avrebbe scelto te, visto che avevi il ruolo quando siamo andati tutti in Cina.» John continuò la sua gara di sguardi.

Gabrielle lo fissò per dieci secondi. «Merda» sbottò alla fine, poi iniziò a camminare fuori dall'hangar. «Non pensare che me ne dimentichi, John!» gli disse sopra la spalla.

«No, renderebbe la vita troppo facile» confermò lui.

Gabrielle urlò appena prima di attraversare le porte: «Ti ho sentito!»

John si guardò indietro per assicurarsi che le porte si fossero chiuse. «Certo che hai sentito. Riesci a sentire la scoreggia di una formica in un uragano.» Mentre John si sistemava nella capsula e iniziava a chiudere a chiave, i portelli si chiusero e si sigillarono. «ArchAngel, come sta Gabrielle?»

«Mi sta dicendo che prima o poi dovrò discutere con lei di "ragazze che fanno squadra".»

John ridacchiò. «Non si rende conto che potresti anche apparire come un ragazzo?»

«Forse nel profondo, ma dato che il mio avatar è Bethany Anne, dubito che possa venire in mente.»

«No, credo di no.» John finì di allacciare le cinghie. «Portami fuori.» Fece una pausa prima di chiedere: «Perché volevi che rimanesse indietro?»

«Perché ho analizzato i dati, John. Tu andrai a sostenere Bethany Anne. Non la giudicherai e non la condannerai. In ogni cosa, tu sei la sua roccia, e lei si appoggia a te. Sei la scelta migliore.»

La navetta scivolò attraverso lo scudo gravitazionale nello spazio. In pochi istanti, stava sfrecciando nello spazio a centotrenta chilometri sopra la Terra.

«Tanto vale che mi porti tu fino a destinazione, ArchAngel.»

«Capito, John. Arriverai tra diciotto minuti.»


**<u>A mezza giornata di marcia dal Picco di Shennongjia, Hubei</u>**
Bai si appoggiò a un albero, spingendo lo zaino in un piccolo

spazio tra i rami. Ciò gli permise di togliere un po' di peso dalla schiena. Zhu fece un cenno all'amico mentre si avvicinava.

«Sai se i nostri inseguitori hanno un'idea di dove stiamo andando?» chiese Bai

Zhu annuì. «Sì. Siamo stati scelti per seguire il secondo gruppo che è partito. Ho ascoltato le conversazioni e sembra che il nostro gruppo si sia incontrato con un altro. Il nuovo gruppo si è fermato per un po', poi se n'è andato.»

«È un bene, giusto? Significa che il nostro gruppo ha rallentato e non dovremo seguirli troppo lontano, no?» domandò Bai.

Zhu scosse la testa. «Bai, si sono fermati e hanno avuto un incontro con qualcosa che li ha raggiunti. Quel qualcosa ha lasciato impronte di gatto, sostiene il nostro segugio. Non ne era affatto contento.»

«Perché no? Sappiamo che possono trasformarsi in una specie di gatto mannaro, quindi qual è il loro problema? Abbiamo tutti dei proiettili d'argento con noi.»

«Bai, cosa fanno i gatti più della maggior parte degli animali?» Zhu guardò nella foresta, fino ai rami degli alberi sopra di loro.

Bai seguì lo sguardo del suo amico e ci pensò su. «Cacciano.»

Zhu annuì. «Cacciano. E stanno dando la caccia a noi, con l'intelletto di un umano e quello di un gatto.»

«Non va bene» concordò Bai, scrutando meglio il fogliame sopra di loro. «Pensi che stiano preparando una trappola?»

Zhu guardò il suo amico. «Jian ha detto a me e a Shun di contarci.»

Bai annuì e controllò il fucile, assicurandosi per la quarta volta quella mattina che le cartucce d'argento fossero caricate.

## 3

**<u>Eterico</u>**

«Mi sto solo chiedendo come facciamo a sapere che non ci stava mentendo» sbottò Gunter.

«*Tu* sai dove cazzo siamo?» domando Klaus, guardando nel grigiore in ogni direzione. «Non vedo un cazzo. Nemmeno voi due. Ha detto che ci avrebbe trovato se non ci fossimo mossi.»

«Come se mi fidassi di quella donna per qualsiasi cosa! Hai finalmente capito chi è?»

«Sì, so dove ho visto la sua faccia» ammise Klaus.

«E?» insistette Gunter.

«È il capo della RDS.» Klaus guardò in lontananza, ma non cambiò nulla. Non riusciva ancora a vedere nulla; era come guardare attraverso la nebbia in una mattina fredda.

«Che tipo di tecnologia ha se può mandarci in un'altra parte della Terra» Dieter schiocca le dita, «così?

«Cosa ti fa pensare che siamo sulla Terra?» chiese Klaus, rivolgendosi a Dieter.


**<u>Base RDS, Colorado USA</u>**

Mason accettò una tazza di caffè da Jasmin. Lei aveva preso lui e sua figlia dalla stanza dove erano apparsi dopo il posto... grigio.

In quel momento era seduto a un tavolo, con Anne addormentata sulla sedia accanto a lui, la testa sulla sua spalla. Aveva le braccia avvolte intorno a quelle di lui, assicurandosi che non si muovesse mentre lei dormiva.

Sapeva che il suo lavoro era segretissimo, ma di certo non aveva mai pensato che avrebbe influenzato sua moglie o sua figlia. Ormai, la realtà della superficialità con cui aveva giocato con la loro sicurezza lo faceva vergognare. L'ultima settimana e mezza era stata un incubo.

Data una certa tecnologia segreta su cui lavorava, non si sarebbe mai aspettato di essere impressionato con così tanta facilità dalle capacità di qualcun altro oltre alle persone con cui lavorava.

Mason desiderava avere della carta o qualcosa per scrivere i suoi pensieri. Continuava a ripercorrere gli eventi, cercando di segnarli nella sua memoria a lungo termine. Forse un giorno avrebbe capito la tecnologia che lei doveva aver usato per compiere quell'atto.

L'aveva fatta entrare in casa quando il cane era scappato al piano di sopra. Non poteva far scendere Anne dal suo letto, o sarebbero esplose le bombe. Aveva rincorso il cane ed era inciampato sui gradini come se fosse stato spinto da parte.

Spinto *da parte*.

Il suo viso si irrigidì. Gli era passata davanti così in fretta?

Salì le scale e vide che la donna era già nella stanza e parlava al cane con voce rapida e tagliente. Non aveva ancora mosso Anne, ma lo vide entrare nella stanza. Lo colpì sulla fronte e tutto diventò grigio. Poi, fu lì con Anne e il cane. «Dobbiamo andare» gli aveva detto e gli aveva consegnato Anne. Quando lui la prese, lei gli afferrò il braccio e il cane.

E poi i quattro si erano trovati in una stanza dalle pareti di roccia. «Aspettate qui» aveva ordinato lei con voce autoritaria. «Qualcuno verrà a prendervi.»

Poi se n'era andata di nuovo.

Dove diavolo avrebbe potuto andare? Stava tenendo Anne stretta al petto, abbracciandola mentre piangeva, quando ci fu un bussare alla porta, abbastanza forte da attirare la sua attenzione. Aprì la porta, una donna gli chiese di seguirla in quella stanza e poi portò loro la colazione.

Anne si addormentò, ed eccolo lì, a chiedersi cosa sarebbe successo a Sheila.

---

I tre uomini sentirono le voci prima di poter discernere le vaghe sagome di due persone che camminavano verso di loro.

Una voce femminile stava discutendo. «Sto dicendo che ucciderli qui è più facile da pulire. Nel senso che non c'è nessuna pulizia da fare.»

Una terza figura che seguiva le prime due si schiarì e lo sbuffo del cane emerse dalla nebbia.

La figura gargantuesca accanto a lei sembrava cercare di discutere per tutti e tre.

«Capisco che non ti sia piaciuto ritornare ed essere bruciata nel fuoco.»

Un altro sbuffo.

«Neanche a te, Ashur.»

«Avrei potuto essere abbastanza sfortunata da tornare in un pezzo di muro rotto e sarebbe stato un vero peccato.»

Si stavano avvicinando.

«Come mai non vi è successo?»

«Ora posso sbirciare fuori. Ho capito come guardare qualche istante prima per essere sicura. Quel cazzo di fuoco era ancora caldissimo. Quella merda bruciava come un figlio di puttana.» Era abbastanza vicina perché i tre uomini potessero discernerne i lineamenti. «Ah, ecco i miei tre scopa-cammelli.»

Il cane si fermò e si sdraiò a terra.

«Allora, dov'è la moglie?» chiese loro. Tennero la bocca chiusa.

«Oh? Siete così fuori dalla vostra portata, cazzoni, che la vita come la conoscete non esiste. Non siete nemmeno atleti delle elementari contro un professionista. È come una squadra di professionisti contro una vasca piena di pesci rossi.»

Li scrutò e si corresse. «Pesci rossi morti.»

Infilò la mano nella giacca e tirò fuori una spada corta con il fodero. «Sapete, per qualche motivo, c'è questo malinteso che le persone buone dovrebbero essere gentili con gli *Schweinehunde* come voi. Per quanto mi riguarda, non sono d'accordo, e dato che il mio amico troppo grosso qui» fece un cenno all'uomo accanto a lei, «non è davvero la mia coscienza, e questa non è il solito poliziotto buono/poliziotto cattivo come potreste pensare, potete tutti baciarmi il culo.» Uno sbuffo dietro di lei. «Lo so. Stai indietro, visto che odi quanto ti devo togliere il sangue dalla pelliccia.»

Rimosse il fodero. «Uno, due, tre... Dieter tocca a te.» Era a tre metri di distanza e poi Gunter e Klaus saltarono indietro perché lei aveva trafitto Dieter al ventre con la spada. La sua mano sinistra lo stava soffocando e lo teneva facilmente sollevato da terra mentre lui lottava. Si guardò alle spalle e parlò all'uomo dietro di lei, «Te l'ho detto, qui è molto più pulito.»

L'omone alzò le spalle. «Ho solo detto che sarebbe stato più facile ottenere la posizione della moglie da persone che erano vive, anche se bisognava lasciarle vive.»

Quando si voltò, Gunter e Klaus fecero un altro passo indietro involontario. La figura di fronte a loro veniva da un incubo. La sua faccia aveva occhi rossi e luminosi, i suoi denti erano cresciuti e sorrideva come se loro fossero degli spuntini. «Non ho mai detto che devo avere persone vive per avere le mie risposte, John. Posso sempre fare le domande quando le ucciderò la seconda volta.»

«È in un magazzino!» urlò Gunter. «Nella parte est vicino a Green Valley a Las Vegas, lo giuro!»

«Zitto, Gunter» sibilò Klaus. «È la nostra unica carta per negoziare.» Spaventato o no, Klaus sapeva che la donna era l'unica cosa che poteva tirarli fuori da quella situazione.

Dieter aveva smesso di lottare nella sua presa. Il suo corpo senza vita era ancora appeso sopra il suolo, il sangue si accumulava ai suoi piedi. La donna sembrava essersi finalmente accorta che era morto. «Noioso» mormorò lei, fingendosi infastidita mentre gettava il corpo da parte. Entrambi gli uomini erano scioccati. Il corpo senza vita di Dieter era stato gettato a sei metri di distanza nella nebbia. Lei non aveva nemmeno notato il suo peso.

La donna spaventosa fece un passo verso i due uomini. «Chi vi ha pagato per fare questo?»

Klaus parlò. «Ci lascerai andare se ti diciamo quello che sappiamo?» La sua voce, solitamente sicura, si stava incrinando.

«Klaus Weber.» La sua voce cambiò, più morbida ma inflessibile. «Stai fermo e dimmi cosa sai. Chi ti ha pagato per fare questo?»

Klaus serrò la mascella con forza, cercando di tenere l'informazione per sé. Continuava a sentire il suo comando risuonare nella mente e riproduceva di continuo quello che le avrebbe detto e alla fine smise di pensarci quando lei scattò: «Basta così. Non hai bisogno di dirmelo più volte.»

Il compagno di lei intervenne. «Bethany Anne, non abbiamo tempo per rintracciare tutto questo adesso. Dobbiamo tornare all'*ArchAngel*. Abbiamo un incontro con i giapponesi molto presto.»

Sembrava disgustata. «Sì, va bene. Non credo che questo cazzone sappia qualcosa, comunque. Sembra un tipico lavoro da mercenario trovato sul dark web. Conosco qualcuno annoiato che ha bisogno di qualcosa da fare.»

**Perché? Cosa fanno le mogli trofeo a parte controllare i bambini assenti e far saltare in aria le case?**

*Stai. Zitto. TOM.*

Klaus, agitato dal fatto che aveva parlato per tutto il tempo in cui pensava di tenere per sé i segreti, non vide mai il guizzo della lama che gli tagliò la testa.

Gunter, a bocca aperta mentre il corpo di Klaus cadeva a terra, alla fine si rese conto che lei stava pulendo la spada sulla camicia di Klaus. Il suo viso, gli occhi normali, lo guardò. «E ora, veniamo a te.»

Mason Jayden si svegliò con il braccio intorpidito dalla stretta di Anne. Sentì la gente che arrivava nel corridoio fuori dalla stanza. Con la mente annebbiata, cercò di ricordare come lui e sua figlia fossero finiti lì e si rese conto che doveva essersi appisolato per qualche minuto.

Poi la sentì... sentì la sua voce. «Sheila?» sussurrò. Non riuscì a distinguere bene le parole che la voce stava pronunciando perché era ancora troppo lontana, ma Mason pensò che fosse sua moglie. Abbassò lo sguardo per capire come districarsi da sua figlia, ma lei si stava già svegliando.

«Mamma?» chiamò, con gli occhi socchiusi. «*MAMMA?*»

Spinse indietro la sedia quando entrambi sentirono un «Piccola?» provenire dal corridoio e un altro, più forte, «Mason?»

La sedia di Mason scattò indietro verso il muro e lui afferrò la mano di Anne mentre raggiungevano la porta, per vedere Sheila che correva lungo il corridoio, piangendo. La riunione di famiglia fu intensa mentre i tre si abbracciavano, piangendo tutti piuttosto forte.

«Signora?»

Bethany Anne si voltò. Lei e John avevano lasciato ai tre un po' di spazio personale per riunirsi. «Sì?»

La donna, una delle impiegate di logistica e pianificazione della base che aveva aiutato, sorrise. «Signora, cosa vuole che faccia per la famiglia?»

Bethany Anne si voltò verso la famiglia. John notò che era accigliata e sussurrò a se stessa. «Odio tutto questo.»

I suoi occhi si spensero per un secondo, poi si accigliò. «Be', cazzo, cazzo.» Sospirò. «Chiama ArchAngel. Dobbiamo portare questa famiglia con noi. Io e John prendiamo Ashur dalla mensa e usciamo. Quando Mason chiederà, digli che la Regina ha detto che sarà in grado di proteggere la sua famiglia molto meglio di quelli che lo hanno deluso.»

«Sì, signora» confermò la donna.

«Dai, John, andiamo a prendere il cane bianco delle meraviglie e torniamo alla nave.»

Passarono davanti alla donna, che continuò ad aspettare con pazienza a una certa distanza dalla famiglia riunita. Ascoltò Bethany Anne e John parlare mentre camminavano lungo il corridoio.

«Ho sentito» iniziò John, «che Ashur sta cercando una compagna o è una tua idea?»

«Bello. Bel gioco di parole, signor Grimes.»

«Faccio del mio meglio» rispose sorridendo, «quando parlo con le mogli trofeo.»

«John» sentì dire a Bethany Anne mentre i due giravano l'angolo, «giuro che se continui con questa merda, la vendetta sarà tremenda.»

«Oh, ma davvero?» La voce di John si spense.


## NRS *ArchAngel* sopra il Giappone

La capsula di Tabitha si mosse piano attraverso lo scudo gravitazionale che teneva l'aria nell'hangar sulla *ArchAngel*.

Barnabas la stava aspettando quando le porte si aprirono. Lei slacciò le cinghie e gli sorrise.

«Ehi, Big B!» Il suo sorriso si allargò quando Barnabas si accigliò per il nuovo soprannome che gli aveva dato. Aveva deciso che se doveva vivere per qualche centinaio d'anni, avrebbe fatto del suo meglio per metterlo in difficoltà ogni volta che ne avesse avuto l'occasione.

La sua ultima scelta era stata quella dei nomignoli, dato che bisognava sempre fare esperimenti e testare ciò che si pensava potesse funzionare. Non era sicura se quel nuovo nome sarebbe durato più di un paio di mesi o se, diamine, sarebbe potuto durare fino al prossimo secolo.

Barnabas trasformò la sua smorfia in un sorriso, capendo che lei aveva appena lanciato una sfida. «Ciao, Tabitha. Spero che il tuo viaggio sia stato piacevole.»

Lei lo seguì verso l'uscita dell'hangar capsule. Lui la guardò da sopra la spalla e le chiese: «Sai perché abbiamo voluto che ti unissi a noi qui sulla *ArchAngel*?

Lei scrollò le spalle. «Onestamente, Big B, immagino che tu abbia qualcosa da fare, e hai bisogno solo dell'impertinenza e del culo giusto per fare il lavoro.»

Barnabas abbassò la testa. Tabitha poteva essere una sfida più grande di quelle che aveva incontrato nei suoi molti, molti secoli. «Non ricordo che molte signore mi abbiano mai detto che hanno, e cito, "l'impertinenza e il culo" giusto per portare a termine il lavoro. Di solito, dicono agli uomini di smettere di guardare laggiù e che le loro facce sono qui sopra.»

Tabitha alzò le spalle. «Ehi, non posso farci niente se le donne europee non capiscono quanto siano più potenti rispetto agli uomini. Non solo abbiamo il cervello, ma abbiamo anche i corpi per confondere il migliore di loro, e, nella nebbia di guerra, gli uomini sono creta nelle nostre mani.» Pensò per un secondo. «Va bene, alcune donne hanno il cervello, non tutte.»

Tabitha finalmente raggiunse Barnabas, così da camminare

al suo fianco. Lui la guardò di lato e chiese: «La "nebbia di guerra", Tabitha?»

«Certo. Ogni volta che un uomo è intorno a una donna attraente, è guerra. Forse tu non lo pensi, ma le loro mogli lo sanno e le loro fidanzate lo sanno. Succede e basta. È una cosa chimica. Devo tirare fuori i libri di fisiologia per discutere di questo con te? Penserei che dopo mille anni sarebbe una notizia vecchia per te. Diavolo, sei praticamente un cadavere parlante e ambulante.»

Barnabas sbuffò. «Non sono, né sono mai stato, un cadavere» dichiarò.

Oh, era così delizioso. Tabitha si diede tre punti e pensò che fino a quel momento era in vantaggio di cinque a due. Barnabas aveva guadagnato due punti segreti per averla costretta a raggiungerlo.

«Big B, scommetto che io non ero nemmeno nata l'ultima volta che ti sei messo in orizzontale e hai fatto il mambo. Sono pronta a scommettere che non stavi nemmeno aggredendo con un'arma amica quando i miei genitori erano bambini.»

«Tabitha, per favore ricorda che ho vissuto in un monastero fino a poco tempo fa. Di cosa stai parlando?»

«Intingere il biscotto? Controllare l'olio? Che ne dici di fare squat nel campo di cetrioli? No? Accidenti, Numero Uno, per quanto tempo sei *stato* in quella caverna? Va bene, proviamo con riempire la ciambella alla crema? No? Spedire una lettera? Certo che no, forse non ricordi o non sai nemmeno cosa siano le lettere.»

Barnabas fece un grugnito. «Sì, Tabitha, so cosa sono le lettere. Ti rendi conto che le lettere sono state usate per molti secoli, vero?»

Doveva essere in vantaggio di dodici a due, almeno.

«Bene, proverò a vedere quanto indietro posso andare. Le donne latine sono brave con gli eufemismi e io ne ho una tonnellata. Sto solo cercando di ricordare quali potrebbe conoscere un vecchio guscio rinsecchito di un uomo come te. Allora, proviamo così, dottor Acula. Che ne dici di accendere il barbecue? Oh, merda, è qualcosa che non viene dalle tue parti, non importa. Sbattere la vongola? Portare il vecchio Un-occhio dall'optometrista? Scusa, ho dimenticato che un optometrista è una cosa degli ultimi duecento anni. Che ne dici di qualcosa di più fantasy? Portare lo gnomo calvo a fare una passeggiata nella foresta nebbiosa? No? Prendere l'autobus magico per Manchester? Eccone uno per qualcuno della tua età. Che ne dici di pulire le ragnatele con la scopa del grembo? Cazzo, Big B, non ti sei mai scopato una tipa?»

Tabitha si rese finalmente conto che Barnabas riusciva a malapena a contenere un sorrisetto. I suoi occhi, tuttavia, lo tradirono. «Da quanto tempo sai di cosa stavo parlando?» gli chiese con voce irritata.

Finalmente Barnabas lasciò andare al sorriso che aveva trattenuto. «Dal cinque a due.»

«Cosa?» chiese lei, confusa. «Ehi, non l'ho detto ad alta voce...» Si fermò nel corridoio. Barnabas continuò a camminare. Lei chiuse gli occhi, «Cazzooo!»

Aveva dimenticato che lui poteva leggere la mente.

Corse per raggiungerlo e scoprire quale fosse il suo nuovo caso, subito dopo aver cercato di scusarsi... anche se solo un po'.


## **Base RDS, Colorado, USA**

Mason prese per mano sua moglie e portò Anne in braccio. Per essere una dodicenne, era ancora piuttosto piccola e leggera.

Grazie a Dio.

Il suo braccio stava morendo una seconda volta.

«Mason» sussurrò Sheila, «che sta succedendo?»

La famiglia aveva del tempo da passare insieme, per godersi semplicemente l'essere una famiglia. La signora lì alla base aveva dato loro tutto il cibo che volevano. Anne era rimasta seduta in grembo a Sheila per tutto il tempo. Per quanto Mason cercasse di convincere Anne del contrario, era sicura che sua madre fosse stata presa perché era stata cattiva con lei. Mason aveva cercato di dirle che litigare con le mamme era quello che facevano le ragazze della sua età.

Dato che Anne aveva di nuovo sua madre, si stava comportando come la figlia più obbediente di sempre. O almeno fino a quando non ebbe più paura che sua madre venisse presa una seconda volta.

Il che riportò Mason alla domanda di Sheila.

«Stiamo andando alla sede della RDS» disse. «Devo parlare con l'amministratrice delegata.»

«Pensavo che la signora avesse detto che devi parlare con la regina» osservò Sheila mentre seguivano Jasmin fuori dalle porte dell'ufficio principale nel cielo che si stava oscurando.

«La stessa persona, a quanto pare» le disse Mason. «Il suo gruppo si è ritirato dalla Terra, quindi sta istituendo una monarchia.»

«Perché vuole te?» continuò Sheila.

Mason vide il container nero e due uomini, entrambi armati, in piedi sul retro, con una porta aperta.

«Credo che voglia delle risposte» ammise Mason.

«Perché ci hanno aiutato? È il tuo lavoro?» domandò Sheila. «So che non dovrei chiederlo, ma devi darmi qualcosa. Quegli uomini cercavano informazioni da te.»

«Sì, lo stavano facendo, e no, non credo che ci stiano aiutando a causa del mio lavoro. Non so perché.»

Anne si contorse tra le sue braccia e sollevò la testa bionda. «Gliel'ho chiesto io.»

«Cosa?» esclamò Mason, abbassando lo sguardo. «Chiesto a chi?»

Anne si scosse i capelli, soffiò su alcune ciocche ribelli e poi usò la mano sinistra per scostare gli ultimi capelli dal viso. «Ho mandato una lettera alla signora Bethany Anne, chiedendo aiuto.»

«Come hai fatto?» chiese Mason.

«Ho sentito gli uomini parlare con te quando la mamma è scomparsa la prima volta. Ho usato i miei pastelli per scrivere una lettera e spedirla. Nessuno a scuola mi ha chiesto niente. Be', Josephine mi ha preso un po' in giro e ha detto che stavo scrivendo a Babbo Natale.»

Sheila ridacchiò. «Immagino proprio che l'abbia fatto.»

Jasmin fece un cenno ai due uomini. «Questi sono i tre con cui la regina vuole parlare, consegna VIP delicata.»

«Sì, signora, consegna VIP delicata» rispose il primo ragazzo. Era biondo con braccia enormi, notò Sheila. Sorrise alla famiglia.

«Il mio nome è Scott.» Indicò l'altro uomo. «Lui è Darryl. Fidatevi di me quando vi dico che sarete assolutamente al sicuro con noi.»

«Non per essere scortese» chiese Mason, «ma in un container?»

Scott sorrise, girò la mano e indicò in alto. «No. La regina ha detto consegna VIP delicata.»

Mason e Sheila alzarono lo sguardo. Quattro eleganti caccia si stavano librando a trenta metri d'altezza. «Quelli sono...» La domanda di Mason si interruppe.

«Sì, quelli sono Black Eagle.» Darryl parlò per la prima volta. «Non c'è niente su questa Terra, che io sappia, che possa superare la nostra guardia. La regina vi vuole al sicuro, e noi tendiamo ad esagerare per lei.»

«Lo vedo.» Mason era impressionato. Il suo gruppo aveva cercato di ottenere quante più informazioni possibili su quelle navi. Da quello che aveva scoperto su di esse e da quello che sapeva sulle capacità della sua gente, doveva essere d'accordo con Darryl.

Con ogni probabilità quei quattro aerei avrebbero potuto decimare un piccolo paese.

Darryl parlò di nuovo. «Spiacente, non abbiamo ancora le nostre capsule multiposto della qualità migliore. Quelle sono in produzione. Ma, vogliate essere così gentili da saltare a bordo. Dobbiamo essere sulla *ArchAngel* tra circa venticinque minuti, prima di ricaderci di nuovo.»

«Ricadere... dove?» chiese Sheila mentre Mason la precedeva nella grande scatola nera rettangolare.

«Il pozzo gravitazionale» rispose Darryl. «Dobbiamo essere pronti per la presentazione di Bethany Anne tra un paio d'ore.»

Scott chiuse la porta dietro di loro mentre Darryl si assicurava che tutti fossero agganciati in modo corretto. Quel container, modificato per gruppi più grandi, aveva quindici posti a sedere su ogni lato delle lunghe pareti.

«Scusa, tesoro» si scusò Darryl, la sua voce morbida. «Ma non possiamo lasciarti sedere sulle ginocchia di tuo padre. È contro il regolamento.»

Anne si alzò e si sedette tra i suoi genitori. «Riuscirò a conoscere la signora Anne?»

«Mmh?» fece Darryl mentre allacciava con cura la bambina dall'aspetto fragile. «La signora Anne? Oh, scusa, il suo nome completo è Bethany Anne.»

«Bene, allora, qual è il suo cognome?» chiese Anne. «Pensavo che il mio nome fosse il suo cognome. È un po' imbarazzante.»

Mason notò quanto fosse enorme l'uomo quando si alzò in piedi. «No, voi condividete parti del vostro nome» disse Darryl al bambino. «Credimi, la tua lettera è arrivata a Bethany Anne senza problemi, signorina, e sono sicuro che ti parlerà presto. Purtroppo, in questo momento ha delle riunioni.»

«Con chi si sta incontrando?» domandò Anne mentre Darryl attraversava l'altro lato e si allacciava al sedile accanto a Scott, che stava parlando con qualcuno in modo sub-vocale.

«La leadership e la regalità giapponese» rispose Darryl.

4



<u>**NRS *ArchAngel***</u>

Barnabas scivolò dietro la scrivania del suo ufficio mentre Tabitha sedeva sulla sedia di fronte a lui. Lei chiese: «Perché non sei fuori con la regina?»

Barnabas scosse la testa. «Non vogliamo tutte le nostre facce sulle telecamere, quindi stiamo mostrando solo il numero minimo di persone necessario.»

«È per questo che non ho visto Stephen di recente?» domandò lei.

Barnabas sorrise. «No, non hai visto Stephen perché passa il suo tempo libero con una signora particolare. Sembra che abbia perso una battaglia a causa di quei beni e della "nebbia di guerra" di cui parlavi prima, e si sta godendo la vita anche più di quanto pensasse.»

«Sul serio?» Tabitha sorrise, raddrizzandosi sulla sedia. «El Stevo ha una donna? Chi è?»

Barnabas prese una cartella. Spostandola davanti a sé, la aprì e la posò. «Non cerchiamo di fare ricerche per "Così gira la *ArchAngel*" adesso. Abbiamo un caso da discutere.»

Lei si riappoggiò allo schienale. «Ehi, ti *sei* messo in pari. Come fai a sapere delle soap opera?»

Barnabas guardò il soffitto del ufficio mentre mormorava: «Ti prego, dammi la forza. Bethany Anne sarebbe sconvolta se succedesse qualche incidente a Tabitha.»

Tabitha sorrise. «Zio B, sai che sto solo giocando con te. Non c'è bisogno di stressarsi. Sono sicura di poterti organizzare un bell'appuntamento rilassante per il venerdì sera, se vuoi.»

Guardò la sua Ranger. «No, non facciamolo. Lasciamo perdere. Anzi, lasciamo perdere e non suggeriamolo mai più. Ora, concentrati» le disse, guardandola con un tale cipiglio che Tabitha capì che aveva spinto abbastanza.

Il tempo del divertimento era finito.

«Quello che abbiamo è un po' di informazioni. Tre nomi che puoi rintracciare e una richiesta di scoprire chi li ha assunti» spiegò Barnabas.

Tabitha si morse l'interno della guancia. «Se scopro chi li ha assunti, cosa dovrei fare?» chiese, la testa inclinata a destra.

Barnabas la guardò. «Tu sei una Ranger della Regina, quindi questa decisione spetta a te.»

«Oh.» Il manto di responsabilità le pesò sulle spalle all'improvviso. «Mi piace quando mi viene detto solo di prenderli a calci in culo, non quando devo decidere se il calcio in culo è giustificato.»

Barnabas scrollò le spalle. «Abituati.»


## Nara, Prefettura di Nara, Giappone

Bethany Anne stava aspettando che la sua squadra lasciasse la nave. Il rumore nello stadio era forte. Molto, molto forte.

**>>Yuko ha abbracciato suo padre. Questo è un bene, giusto?<<**

*Sì, Adam, è un segno eccellente.* Si domandò perché le chiedesse di confermare qualcosa che poteva cercare da solo. Aggiunse un altro segno mentale nella colonna "diventare umano".

C'erano state diverse conversazioni su cosa Bethany Anne dovesse indossare per quell'evento. Dopo essere state coinvolte, quello che pensavano le donne rasentava il ridicolo.

Anche se sapevano che Bethany Anne avrebbe letto le menti molto di rado, non si rendevano conto che Barnabas lo faceva sempre. Perciò, quando Bethany Anne invitò Barnabas a unirsi a loro durante uno dei colloqui, le donne non stavano proteggendo le loro menti, e lui capì subito che si stavano divertendo a sue spese.

Bethany Anne disse semplicemente alle donne che avrebbero dovuto indossare la stessa cosa che avrebbe indossato lei, qualunque cosa fosse. Anche se si fosse trattato, magari, di un fastidioso colore giallo canarino o rosa stucchevole.

Di colpo i loro suggerimenti diventarono molto pratici.

Bethany Anne mise fine alla discussione dopo qualche altro minuto. «Sono una persona molto ragionevole. Non vado alle riunioni senza armi, anche se sono nascoste. Preferisco il nero o i colori più scuri. Se provi a vestirmi con colori vivaci o pastello, considererò di legarti a testa in giù e usarti come esca per squali. Se mi vuoi con i tacchi alti, è meglio che non mi facciano male i piedi.»

La squadra finì per scegliere un vestito con una giacca e pantaloni su misura invece di un abito. Poteva avere pantaloni con orli che finivano sopra le caviglie mostrando le scarpe, o alcuni che arrivavano quasi al pavimento nascondendole. Quel giorno, il suo outfit era composto da tessuti più leggeri, ma ne aveva di simili che mostravano più pelle.

Tutto sommato, le piaceva lo stile generale. Con i capelli raccolti com'erano, le forcine d'argento aggiungevano un bel tocco. Jean Dukes stava lavorando su piccole aste individuali che avrebbero sparato proiettili di tungsteno, ma non sembravano pistole.

Bethany Anne amava la mente subdola di Jean. Quella signora era veramente una maestra della distruzione cinetica. La sua squadra, che forse stava già lavorando sul proprio nome, veniva al lavoro con uno scopo ogni mattina.

«Sembra buono, MT» vocalizzò John. Lei strinse le labbra. Quella maledetta registrazione audio con Mason aveva fatto il giro della nave prima che lei tornasse. John le aveva detto che la considerava una punizione per essersene andata senza le sue guardie e che avrebbe dovuto accettarla con grazia.

Bethany Anne stava per fargli un'altra ramanzina, quando lui le ricordò di pensare a quello che aveva provato *lui* quando aveva pensato che fosse morta nell'esplosione.

Lei smise di discutere, ci pensò su, lo baciò sulla guancia e gli disse: «Mi dispiace di averti fatto agitare. Hai settantadue ore» e quello fu quanto. Non le era permesso di dire nulla sugli scherzi per tre giorni.

Tre. Lunghi. Giorni. Bethany Anne stava per uccidere qualcuno, forse se stessa, se continuava così. Le voci sulla nave riferivano che per tre giorni era aperta la stagione della caccia al capo. Notò un orologio per il conto alla rovescia nella caffetteria di prua della nave.

*Porca puttana.*

Oh, sì, ora era una convinta credente nel ripagare le gentilezze ricevute.

Iniziò a camminare sul pavimento dello stadio e il rumore era abbastanza assordante.

Si concentrò per ridurre l'impatto - e il dolore - del sovraccarico uditivo finché non riuscì a gestirlo meglio.

Ci vollero solo pochi secondi prima che lei salisse i gradini del palco dietro John ed Eric, con Darryl e Scott che la seguivano. Alcune donne chiamarono i nomi dei ragazzi dal pubblico.

Bethany Anne iniziò a stringere le mani finché non arrivò dove Yuko era in piedi con i suoi genitori. Yuko si inchinò davanti a lei, seguita subito dai suoi genitori. Bethany Anne si inchinò appena.

«あなたには、美しくて知的な娘がいます。彼女は、私の個人のチームの大切なメンバーです。あなたは誇り高いはずです.»

Lasciò la famiglia. Il padre di Yuko restò a bocca aperta e una lacrima scese sul viso di Yuko. Nei minuti successivi, Bethany Anne fu presentata ai rappresentanti politici locali e nazionali sul palco. Poi le fu mostrato il microfono e le fu chiesto di parlare alla folla.

*ADAM, voglio che ti colleghi all'impianto audio dello stadio. Traduci il mio inglese in giapponese e fammi sapere se hai domande sulla traduzione.*

Mentre Bethany Anne parlava, si fermava un momento e permetteva a Adam di tradurre e di inserire l'audio attraverso il sistema. Le prime due volte che Bethany Anne lo fece, ci fu un mormorio dietro di lei sul palco quando i VIP capirono che non stava usando un interprete e non sapevano di chi fosse la voce che proveniva dagli altoparlanti dello stadio.

Bethany Anne sorrise. «Salve a coloro che sono qui nello stadio e a coloro che stanno guardando in televisione o via video su internet. Io sono Sua Altezza Reale, la Regina Bethany Anne. Sono anche conosciuta come l'amministratrice delegata della RDS Enterprises, tra le altre cose. Come potete vedere» indicò con grazia la nave al centro dello stadio e poi indicò l'*ArchAngel* nel cielo.

Bethany Anne continuò. «Abbiamo sviluppato la nostra tecnologia al punto che persino lo spazio è raggiungibile. Molti dei nostri dipendenti e il mio seguito personale amano il popolo giapponese, amano la vostra cultura e ammirano la vostra resilienza nei tempi difficili che il nostro mondo affronta in questo momento, quindi è stato deciso di entrare in contatto con il vostro paese e il vostro popolo. Speriamo di poter aumentare le nostre relazioni diplomatiche ufficiali con i paesi di tutto il mondo, a cominciare dal Giappone.»

Dovette fare una pausa quando il pubblico dello stadio ruggì la sua approvazione.

Concluse parlando in giapponese.

«ご支援に感謝します、ユウコのような強い娘が、ニール州から、私たちの世界をより安全な場所を作り、助けることができる国であるためにあなたに感謝します。貴重なお時間をいただき、ありがとうございます.»

Dovette smorzare il suo udito di un altro cinquanta per cento. C'era una bolgia totale nello stadio, guidata dai giovani della folla.

Quando Bethany Anne si allontanò dal podio, vide le lacrime scorrere sui volti dei genitori di Yuko.


### NRS *ArchAngel*

«Scusate » l'uomo di bell'aspetto che si avvicinò a Mason mentre lui e la sua famiglia stavano mangiando nella mensa della nave aveva in mano un vassoio. «Posso unirmi a voi?»


Dire che Mason era rimasto scioccato quando erano arrivati sulla nave sarebbe stato un eufemismo.

Una volta arrivati, e dopo che Darryl e Scott li avevano staccati, Mason aveva scoperto di non essere preparato a rispondere alla domanda di Sheila: «Siamo nello spazio?»

La famiglia girò l'angolo del container e vide quella che sembrava un'apertura che portava nell'oscurità dello spazio.

L'unica che non aveva paura era Anne.

«È completamente sicuro» assicurò Scott alla famiglia. «ArchAngel permette solo alle capsule di attraversare la tenda gravitazionale. Qualsiasi cosa umana si troverebbe respinta ogni volta che si avvicinasse a meno di sei metri dall'apertura.»

«Hai detto tenda gravitazionale?» chiese Mason, cercando di capire cosa stava vedendo e cosa gli veniva detto.

«Be', è così che lo chiamiamo noi teste senza elica. Marcus ha finalmente deciso che era abbastanza vicino per smettere di lamentarsi del nostro nome. Oh.» Scott abbassò lo sguardo. «Mi dispiace. Dovrei stare attento a come parlo con i giovani adulti.»

«Va tutto bene.» Anne alzò lo sguardo verso di lui. «I ragazzi della mia scuola imprecano sempre e i maschi sono i peggiori. Sono solo grata che nessuno stia fumando in bagno, cercando di fare il figo.»

Scott lanciò un'occhiata ai suoi genitori, con uno sguardo interrogativo sul volto.

«Parole di una donna saggia» rispose Sheila alla sua domanda non posta. «Purtroppo, la colpisce in momenti casuali, e mai quando le sto dicendo ciò che ha bisogno di sapere.»

Scott scosse la testa riconoscendo qualcosa che aveva accettato ma che non aveva necessariamente capito.

Alzò un dito, e i suoi occhi persero la messa a fuoco per una frazione di secondo. «Va bene, ArchAngel mi ha dato la posizione della vostra suite. Vediamo di sistemarvi, e poi, dopo la nostra conferenza in Giappone, sono sicuro che avremo altre conversazioni.»


Mason e la famiglia si erano goduti la loro grande suite VIP, rilassandosi insieme, e in quel momenti stavano cenando nella caffetteria. Annuì all'uomo. «Sicuro. Io sono Mason.» Fece un cenno alla sua sinistra. «Questa è mia moglie Sheila e nostra figlia Anne.»

«Barnabas» rispose l'uomo a mo' di presentazione. Nel suo piatto c'erano solo una mela e una tazza di ceramica con un coperchio. Posò il piatto e si sedette.

«Allora, vi trovate bene qui sull'*ArchAngel*?» iniziò la conversazione mentre usava un coltello per sbucciare la mela.

«È forte!» si intromise Anne. «Conosci la regina?»

Barnabas guardò la giovane ragazza. All'inizio, Mason era preoccupato che avesse offeso il signore. «Sì, signorina, conosco la regina. Infatti, mi ha mandato a parlare con te e i tuoi genitori, per aiutarci a capire alcune cose.»

Il ticchettio delle unghie sul pavimento duro attirò la loro attenzione e si voltarono per vedere un enorme pastore tedesco bianco che scendeva dal corridoio tra i tavoli, procedendo nella loro direzione.

Barnabas sentì Sheila chiedere a suo marito: «È sicuro?» C'era una nota di paura nella sua voce.

«Sì, Ashur è completamente sicuro per chiunque non attacchi la regina» rispose Barnabas.

«Si chiama Ashur?» chiese Anne. «Posso accarezzarlo?»

«Non posso rispondere per Ashur. Perché non lo chiedi a lui?» rispose Barnabas.

Quando era stato pronunciato il suo nome, la testa del cane si era girata e si era concentrata sul tavolo che parlava di lui. Si era fermato a tre tavoli di distanza, come se stesse aspettando di assicurarsi che si sentissero al sicuro intorno a lui.

«Ehm, perché si è fermato?» chiese Anne.

«Sta aspettando per essere sicuro di non spaventarti» rispose Barnabas.

Anne si voltò a guardare Barnabas. «Mi stai mentendo? Lui sa cosa sta succedendo?»

«La mia regina mi assicura che è molto più intelligente di qualsiasi cane che tu abbia mai conosciuto.»

«Non dice mai bugie?» chiese Anne.

«Be'...» Barnabas fece una pausa e si grattò il mento. «Se intendi che mentirebbe per uno scherzo? Sì, assolutamente. Mentirebbe su una cosa del genere? No, non lo farebbe» concluse Barnabas.

Anne si girò di nuovo sulla sedia. «Ashur, posso accarezzarti?» Alzò un po' la voce. Lui si mise a correre... *clic clic clic clic...* e in un secondo fu accanto ad Anne.

«Oh, cielo» sussurrò Sheila. La testa del cane era alta come la spalla di Anne mentre lei era seduta sulla sedia. Era enorme.

Anne gli mise una mano sul collo e iniziò ad accarezzarlo. «Mamma, è così morbido!» Sheila sussultò quando Anne si avvicinò e si strinse al collo di Ashur in un grande abbraccio. «Grazie per essere venuto a salvarmi, Ashur.»

Ashur si rallegrò con lei. «Oh, scusa.» Si lasciò un po' andare all'abbraccio.

«Questo è il cane che era con Bethany Anne?» chiese Mason. La dolcezza di quel cane era in contrasto con l'animale deciso che la memoria di Mason gli diceva essere un cacciatore-assassino. I suoi ricordi erano sempre più annebbiati nei dettagli.

«Sì, questo è Ashur. Si è unito a un, uh, disaccordo tra Bethany Anne e alcuni altri in Sud America qualche anno fa, e da allora sta con lei. Se c'è mai stato un cane più viziato in questo sistema solare, non so quale sia.»

«No, non è viziato, è trattato bene» ribatté Sheila. «Ho visto cani da latte che sono dei mocciosi viziati. Ashur qui merita tutto quello che ha.»

Ashur sbuffò in risposta.

«È quasi come se ci stesse rispondendo» commentò Sheila.

«Lo sta facendo.» La voce ovattata di Anne proveniva dalla schiena di Ashur. «Ha detto che hai ragione, se lo merita.»

I due genitori ridacchiarono dell'immaginazione di Anne, ma videro che Barnabas non si era unito al loro divertimento. «Cosa?» chiese quando i due genitori smisero di ridere. «Secondo Bethany Anne, lui comunica. Dobbiamo solo essere disposti ad ascoltare.» Scrollò le spalle e sorrise loro. «Non sto dicendo che abbia ragione o torto, visto che io stesso non lo capisco ancora.»

Ashur sbuffò e Anne ridacchiò. «Ashur ha detto che è perché

sei un vecchio scoreggione con un cervello malu...malubabile» Ashur sbuffò di nuovo. «Mal-u-a-bule come una roccia.»

«Mason» sussurrò Sheila, «non pensavo che Anne conoscesse la parola "malleabile".»

«Sono sicuro che deve essere venuto fuori in una lezione di scienze. Sono sicuro di sì» balbettò.

Il cane sbuffò di nuovo e Anne lo liberò, girandosi verso i suoi genitori ma lasciandogli una mano sul collo. «Posso andare con Ashur? Dice che c'è un posto per allenarsi dove posso lanciargli cose da prendere. Per favore?» Gli occhi azzurri di Anne si spalancarono il più possibile.

«Ehm, è sicuro?» Sheila si voltò verso Barnabas, non sapendo cosa aspettarsi.

L'uomo sorrise e infilò la mano in una tasca della camicia. Mise un piccolo tablet sul tavolo e vi passò sopra un dito. «ArchAngel?»

La piccola tavoletta si illuminò e i cinque sentirono una voce uscire da essa. «Sì, Barnabas?»

«C'è qualcuno che usa la sala di allenamento vicino alla mensa di prua?» domandò.

«No.»

«Potresti mostrare il video della stanza?»

Il piccolo tablet mostrava una grande stanza con morbide imbottiture sul pavimento e attrezzature per l'allenamento lungo le pareti.

«Se date il permesso, immagino che vedremo i due apparire sullo schermo circa venti secondi dopo che avranno lasciato il tavolo. Potete chiedere ad ArchAngel di diffondere la vostra voce nella stanza e potranno tornare quando avremo finito qui.»

Sheila guardò sua figlia e strinse la mano di Mason mentre rispondeva: «Va bene, puoi andare.»

Sheila non aveva ancora finito di dare il permesso quando Anne schizzò via dalla sedia e corse dietro ad Ashur, che era uscito dalla mensa. Ashur aspettò all'ingresso che la ragazza lo raggiungesse, e i due scomparvero.

Barnabas vide l'ansia intorno agli occhi di Sheila rilassarsi quando sua figlia e Ashur apparvero sulla tavoletta. Anne raccolse quella che sembrava una palla da tennis e la lanciò. Ashur prese a inseguire la palla e la sentirono ridacchiare e chiamare il suo nome.

«Non so ancora se credo che il cane stesse parlando, ma stanno giocando.» Sheila, guardò sua figlia interagire mentre parlava.

«Come fate ad avere la gravità quassù?» chiese Mason, allontanandosi dalla tavoletta.

«Implementazione RDS della tecnologia kurtheriana» rispose Barnabas. «Non Vril, certo. L'energia richiesta per quello, mi è stato detto, è diversi ordini di grandezza meno efficiente.»

«Come... come fai a sapere di Vril?» balbettò Mason.

«Be', non sapevo molto, anche se ADAM mi ha aggiornato. Ho deciso di chiedere a qualcuno che potesse capire meglio, e lui l'ha fatto.»

«Chi è?» Mason, la sua curiosità scientifica prese il sopravvento.

«Lo scienziato yollin Royleen» rispose Barnabas, con un piccolo sorriso che giocava ai bordi delle sue labbra. Sheila osservò quell'uomo che attirava suo marito come un pesce che insegue un'esca, adescandolo con piccole informazioni.

«Cos'è uno scienziato yollin? È una delle società della RDS?» chiese Mason.

«Mason Jayden, tu sai del Vril, fai parte di un gruppo che risponde all'MJ-12, con una tecnologia che nemmeno i più alti funzionari del governo del tuo paese conoscono, eppure non riesci a distinguere tra un gruppo di alieni e un altro?»

La bocca di Mason finalmente si aprì e, come un pesce, ansimò per un momento o due prima di rispondere: «Non è mai stato dimostrato che il Vril sia una fonte di energia valida.»

«No, perché la Thule Gesellschaft Maria Orsitsch di Zagabria non ha gestito in modo corretto le informazioni fornitele. Tuttavia, la comunicazione *ha* funzionato con gli alieni di Aldebaran che si erano stabiliti a Sumer migliaia di anni fa, quindi gli UFO della Thule e i successivi UFO nazisti che il vostro gruppo ha nascosto sono basati su una tecnologia degli albori della nostra nascita tecnologica. Questo» Barnabas fece un cenno intorno alla stanza, «è avanzato, molto avanzato, rispetto ad Aldebaran, o almeno, questo è quello che mi è stato spiegato.»

«Come fai a sapere così tanto del nostro lavoro?» chiese Mason. «Nemmeno il presidente non dovrebbe saperlo.»

«Oh, non lo sa, te lo assicuro» concordò Barnabas. «Anche se sospetta molto, come molti dei capi che sono stati su questa nave. Stiamo rintracciando le persone che vi hanno attaccato. I tre che abbiamo combattuto erano mercenari e chi li ha assoldati ha usato collegamenti irrintracciabili. Be', non rintracciabili finora» chiarì.

«Pensi che sarete in grado di trovarli?» lo interruppe Sheila. «Quegli uomini non riusciranno a cavarsela solo perché hanno gli avvocati giusti?»

Barnabas si rivolse a Sheila. «Mia signora, quelle persone sono già state giudicate. Non eviteranno la loro punizione, glielo assicuro.»

«Bene» dichiarò Sheila, stringendo la mano di Mason.

Mason guardò Barnabas, riflettendo sulle sue parole. Colse l'occhio di Barnabas. «Mai?»

Barnabas guardò dritto negli occhi di Mason Jayden e rispose con fermezza: «Quegli uomini sono banditi per sempre. Non potranno più infastidire la tua famiglia o qualsiasi altro umano.»

Mason fece un cenno di intesa. Avevano rapito sua moglie e

messo dell'esplosivo intorno a sua figlia. Il suo desiderio di premere l'interruttore e vederli friggere su una sedia elettrica non si sarebbe mai avverato, ma non avrebbe nemmeno perso il sonno per la loro morte apparente.

Mason considerò le parole successive con molta attenzione prima di parlare. «Devo parlare con la regina. Ci sono altre tre famiglie che forse saranno in pericolo.»

5



**<u>Centro di comando sotterraneo profondo dell'ala ovest (DUCC) Washington DC, USA</u>**

Il presidente annuì ai due uomini, entrambi militari ma solo uno in uniforme. L'altro signore, in pensione, era a disagio nel suo abito a tre pezzi.

Era strano, quello.

«Signori» salutò sedendosi. «Perché ho il sospetto che sto per ricevere una lezione di storia?»

Jimmy, il collegamento militare dietro le quinte del presidente, parlò per primo. «Perché lei sa che non porto qui persone senza una ragione, signor presidente. Henry Wells è più preparato sulla storia militare di quasi tutti gli altri individui che conosco. Quella storia copre sia ciò che è nei libri, sia ciò che non è mai stato stampato. È ancora più preparato sulla storia di quanto non sia a disagio nei suoi abiti da lavoro.»

«Fastidioso» commentò Henry brontolando. «I completi sono per i giovani che cercano di attirare gli sguardi delle signore o dei mediatori di potere qui a Washington. Sono sposato da quarant'anni e le piaccio molto anche in pantaloncini e calzini bianchi alti.»

Gli altri due uomini sorrisero mentre entrambi cancellavano la visione che lampeggiava nei loro cervelli. Il rischio che correvi quando chiedevi a qualcuno che non giocava nella tua arena era che a volte dovevi accettare diversi tipi di comportamento. Quando avevi bisogno del meglio, e il meglio era strano, prendevi quello che potevi avere.

Anche se dopo ti faceva venire voglia di bere.

«Quindi» continuò Jimmy dopo aver chiuso gli occhi e tentato senza successo di scrollarsi di dosso il ricordo, «i militari hanno intenzione di andare in Antartide e cercare una tecnologia di cui si parla.»

«Perché dovrebbe esserci della tecnologia aliena nel ghiaccio?» chiese il presidente. «È successo così tanto tempo fa che il ghiaccio non c'era ancora?»

«No» disse Henry riprendendo la conversazione. «In realtà è qualcosa che è iniziato durante la Seconda guerra mondiale.»

«Nazista?» tirò a indovinare il presidente.

«Sì, signore, ma non proprio quello che pensa» gli disse Henry. «A meno che lei non sappia molto della Società Thule.»

Il presidente scosse la testa.

«D'accordo, allora dovrò farle una piccola lezione di storia. Va bene?»

Un altro cenno del presidente.

«C'è una quantità significativa di disinformazione riguardo al fatto che Hitler fosse o meno un occultista. La maggior parte ha a che fare con il fatto che il capo delle SS naziste proveniva dalla Società Ariana ed era lui stesso un occultista. Inoltre, ci sono voci che la Germania nazista abbia creato una base in Antartide durante il 1938. Quando si aggiungono la Società Thule e coloro che credevano nella comunicazione con gli alieni al mix, diventa abbastanza inverosimile, fino a quando non ci si rende conto di due informazioni interessanti.»

Il presidente annuì. «Continua. Riesco a vedere dove uno di questi sta andando a parare.»

«Infatti, ora sappiamo che esistono gli alieni, quindi l'affermazione che la gente comunicava con gli alieni non è più così folle. La seconda fu l'operazione Highjump nel 1947.»

«Highjump? Ricordo vagamente qualcosa al riguardo. Aveva a che fare con una spedizione della Marina per fermare i russi?» chiese il presidente.

«Sì, questa è stata la spiegazione ufficiale» concordò Henry. «Ma in questo caso, le voci sull'esperienza reale sono più vicine alla verità della bugia che abbiamo raccontato. Anche la bugia era più credibile, a essere sinceri.»

«Come mai?»

«Il titolo ufficiale dell'operazione, che fu organizzata dal contrammiraglio Richard E. Byrd, era "The United States Navy Antarctic Developments Program". Durò dal 1946 al 1947 e fu guidata dal contrammiraglio Richard Crimson. Iniziò nell'agosto 1946 e finì alla fine di febbraio 1947. La Task Force 68 aveva 4.700 uomini, tredici navi e trentatré aerei. L'obiettivo dichiarato era quello di stabilire la base di ricerca antartica chiamata Little America IV.»

Dopo essere entrato in modalità insegnamento, Henry non sembrava più a disagio nel suo vestito. Non sembrava ricordare com'era vestito.

«Quasi tutte le morti e le navi perse sono state attribuite al tempo inclemente dell'Antartide, ma ci sono molte versioni romanzate in cui la Task Force 68 incontrò una tecnologia superiore, per lo più nazista, che avevano costruito una base antartica nello Schwabenland. La verità, non registrata da nessuna parte, è che la task force fu attaccata, ma non da dischi volanti. Piuttosto, da persone che usavano una specie di armi molto avanzate. I nostri aerei ed elicotteri laggiù non potevano fornire una copertura aerea efficace. Gli attaccanti sembravano del tutto insensibili al freddo che stava debilitando i nostri uomini.»

«Quindi non avevano un gruppo di dischi volanti che correvano in giro a far saltare tutte le navi?» chiese il presidente.

«No.» Henry rise. «Anche se ho informazioni che provano che quelli dell'Antartide sono arrivati a Washington DC per avere una conversazione nel luglio 1952, usando quelli che crediamo fossero dischi volanti per viaggiare. Se si risale ai giornali dell'epoca, fu una grande storia. Il loro leader è, o era, una pacifista di nome Maria Orsic. Nel giro di quindici anni, il governo non aveva più comunicazioni con quel gruppo.»

«Non abbiamo provato ad andarci di nuovo?» chiese il presidente.

«No, avevamo catturato alcuni esempi di tecnologia nazista per conto nostro e i leader di Thule non volevano fornire alcuna conoscenza tecnologica aliena a un paese belligerante come gli Stati Uniti. Grazie agli scienziati che abbiamo tirato fuori dalla Germania nazista durante l'operazione Paperclip, gli Stati Uniti stavano facendo dei progressi piuttosto inebrianti. Se vogliono visitarci, lo faranno. Se andiamo a bussare senza invito, avremo lo stesso risultato dell'ultima volta, o almeno così ci hanno detto.»

«Allora cosa è cambiato?»

«Quando è venuta fuori tutta questa storia degli alieni, qualcuno si è ricordato che avevamo un piccolo progetto che inviava un messaggio in codice ogni mese all'Antartide. Ogni mese, dal 1967, abbiamo ricevuto una risposta. È diventata una routine - noiosa, se vuole - e sono sorpreso che abbia continuato. Ma a volte si fa qualcosa perché è sempre stato fatto e questo era lo stesso. Due settimane fa, un ricercatore ha trovato il piccolo gruppo responsabile dell'invio di questo messaggio e ha documentato i risultati.» Henry scrollò le spalle.

«E?» incalzò il presidente.

«Quattro anni fa, le risposte sono cessate» rispose Henry.

. . .

**<u>NRS *ArchAngel*, sopra Tokyo, Giappone</u>**

«Due incontri, due luoghi» mormorò Bethany Anne mentre lei e John camminavano veloci in uno dei lunghi corridoi dell'*ArchAngel*.

John sorrise dietro di lei. «Cos'era quello, mia regina?»

Si guardò alle spalle. «Il "mia regina" è la tua versione di "BA" oggi?»

«No» rispose John. «Forse? Forse lo sto provando per vedere come ti sta. Voglio dire, non puoi proprio arrabbiarti con me, visto che hai ammesso al mondo intero che sei una regina.»

«Sì.» Si girò di nuovo. «L'ho fatto. Bisognava farlo per abituare gli altri all'idea che non facciamo parte di nessun paese. Potrebbe rivelarsi un ostacolo in futuro.»

«Oh? Come mai?»

«Saremo noi contro loro» ammise lei. «Quindi, anche se accadesse, dimostrerebbe comunque a tutti che siamo separati da tutti i paesi. Ma è probabile che i nostri disaccordi diventino molto più sanguinosi.»

«Be', se può essere d'aiuto, invece di chiamarti la mia regina, potrei optare per MT.»

La mano sinistra di Bethany Anne spuntò sopra la sua spalla, facendo cadere la sua guardia.

---

I dieci dirigenti d'affari scelti sedevano tranquilli intorno al tavolo. Bobcat, William e Marcus erano entrati e c'erano state le presentazioni, ma tutti aspettavano il grande arrivo.

La stanza era grande, e poteva contenere facilmente un paio di centinaia di persone nei posti a sedere circostanti. Ma il tavolo in fondo ne avrebbe ospitati solo quattordici, stretti l'uno all'altro.

Le porte si aprirono e tutti si voltarono per vedere entrare una giovane donna giapponese. Alcuni degli uomini intorno al tavolo la congedarono prima di notare l'uomo che arrivò proprio dietro di lei.

Poi, tutti al tavolo passarono dall'inattività educata all'essere molto educati.

Bobcat alzò un sopracciglio. Non si aspettava che Akio e Yuko si unissero a loro per la riunione, così si raddrizzò sulla sedia. La regina stava tramando qualcosa. Diede un colpetto a William, che annuì piano e passò l'avviso a Marcus.

Marcus alzò lo sguardo e vide Akio e Yuko seduti in prima fila nell'auditorium. Si girò verso William con espressione confusa, mormorò un «Cosa?» e scrollò le spalle.

William gli fece l'occhiolino, così Marcus spense il tablet e lo mise giù. A quanto pareva, i suoi amici volevano che prestasse attenzione.

***

Akio sussurrò: «Tu rappresenti la nostra regina. Non sei un fiore timido, Yuko, e non ci disonorerai entrambi in questo sforzo. Siamo d'accordo?»

Yuko annuì e sussurrò con voce quasi impercettibile: «Sì, capito.»

***

Bobcat stava ancora prendendo appunti mentali quando le porte si aprirono una seconda volta.

John entrò per primo. La sua presenza non mancava mai di provocare una reazione, ma Bethany Anne entrando dietro di lui fece dimenticare alla maggior parte dei partecipanti il grande uomo.

Lo studio dei piccoli movimenti facciali delle persone intorno al tavolo iniziava ad affascinare Bobcat. Osservò quanti più uomini possibile, mentre Bethany Anne si dirigeva verso l'unica sedia che l'aspettava a capotavola. Quando lei non si sedette, poté quasi sentire i calcoli che si scatenavano nelle teste degli uomini. Bethany Anne non si sedette; piuttosto, rimase in piedi dietro alla sua sedia, appoggiando le mani sull'alto schienale, e guardò in fondo al tavolo coloro che erano seduti.

«Mi è stato detto» iniziò, «che c'è un modo particolare di comunicare e di attenersi alle usanze quando si lavora su affari con professionisti in Giappone.» Fece una pausa per un momento prima di continuare: «Purtroppo, non sono educata, né ho il desiderio di seguire i modi formali. Devo essere in un'altra riunione con un altro rappresentante del vostro paese che a sua volta "non" è qui sulla nostra nave al momento, proprio come voi dieci siete "non" qui in questo momento.»

Guardò su e giù per il tavolo. «Sono Sua Altezza Reale, la regina Bethany Anne. Il mio lignaggio è vario e, in un certo senso, sono sia di questo secolo che dei secoli precedenti. Mi è stato detto che siete stati tutti istruiti individualmente su come lavoreremo con le vostre compagnie.»

Ottenne dieci cenni brevi e decisi.

«Eccellente. Ora, ecco qualcosa che non si trova nel download originale.»

Si voltò di lato e alzò un sopracciglio. «Yuko?»

Quella volta, quelli che potevano guardarono la giovane giapponese scendere dal suo posto, con un'aria di competenza e sicurezza che non aveva esibito quando era entrata prima. Bethany Anne tirò fuori la sedia e gliela offrì mentre parlava. «Nel vostro paese, l'imperatore nomina il primo ministro. In queste transazioni, Yuko è la mia rappresentante designata per confermare tutto, e parla con la mia autorità per realizzare gli obiettivi che io e la mia squadra» annuì a Bobcat, William e Marcus, «abbiamo designato.»

Guardò di nuovo al suo fianco. «Akio?»

Mentre Akio scendeva, Bethany Anne fece un passo indietro e di lato, permettendo ad Akio di stare dietro e alla sinistra di

Yuko. «Non sono cieca ai potenziali problemi che possono colpire un progetto come questo, quindi Yuko ha la saggezza, la guida e la protezione per la sua persona e il suo progetto del leader dei miei Elite e di metà della sua squadra. Fidatevi di me e credetemi che non avete idea della quantità di saggezza che Yuko ha ora a portata di mano, se dovesse sentirne il bisogno.»

Bethany Anne fece una pausa e serrò le labbra prima di continuare. «Confido che ognuno di voi gentiluomini fornirà il livello appropriato di rispetto a tutti i miei rappresentanti su questa nave e nel vostro paese. Non sarò contenta se una delle due parti non si comporterà in modo onorevole. Akio accetterà qualsiasi lamentela che provenga da coloro che fanno parte della mia squadra. Se c'è un problema con qualcuno di voi o con i vostri rappresentanti, se ne occuperà personalmente con voi. Abbiate una discussione proficua.»

E proprio così, Bethany Anne lasciò la stanza. Bobcat desiderava avere una manciata di antiacidi da distribuire ai suoi nuovi partner giapponesi.

A quanto pareva, avere Akio come parte del gruppo aveva appena gettato una chiave inglese della dimensione di William nei loro piani di negoziazione. Non ne era sicuro, ma Bobcat aveva il sentore che quei ragazzi erano fregati.

Yuko iniziò la discussione. «Sono molto consapevole...» iniziò, forzando la voce per rimanere calma. Anni di perlustrazione del web oscuro non l'avevano preparata a questo, ma era ciò che la sua regina voleva. «Che possiate essere personalmente offesi dal fatto di avere a che fare con una giovane donna. Avrete l'opportunità di esprimere il vostro disappunto tra pochi minuti. Prima, ho qualcosa da dire e qualcosa da farvi vedere.»

Gli uomini, aspettandosi che la giovane donna imponesse il suo titolo e la sua autorità, erano curiosi. Erano stati informati che lavorare con la regina era potenzialmente pericoloso, ma tutti avevano riso della cosa. Come leader, quasi conquistatori nel mondo degli affari, cosa avevano da temere da una regina trentenne? E poi si era fatta sostituire da una donna di dieci anni più giovane.

«Dicono che la conoscenza è potere.» La voce di Yuko diventò fredda. «E nel regno della conoscenza, voi non siete che bambini fasciati in confronto a me.»

Tutti gli occhi degli uomini si strinsero con fastidio, ma poi una sensazione di paura li colpì. Non era forte, ma era reale.

«Tirate fuori i vostri tablet e leggete l'e-mail che ho appena inviato a ciascuno di voi. Le informazioni che sto condividendo sono quelle che ho scoperto su ognuno di voi nelle ultime dodici ore. Questo è il mio sforzo, senza nemmeno chiedere supporto alla squadra di cui faccio parte, o al mio amico, che avrebbe potuto aiutarmi.»

Gli uomini, alcuni con cautela, altri in fretta, tirarono fuori i loro telefoni o tablet e andarono alle loro e-mail. E infatti, ognuno aveva una mail con un documento criptato.

«Qual è la password?» chiese Shimizu Yuma. Tutti gli uomini notarono il piccolo sorriso sul volto della giovane donna.

«Ma cosa vi aspettate da qualcuno che ha violato i vostri computer? È la vostra, ovvio.»

Alcuni erano infastiditi. Alcuni fissavano increduli. In pochi secondi, però, tutti credettero.

Poi arrivò la lettura, il fastidio e l'irritazione.

«Questo non è onorevole!» sputò Shimizu Yuma, indicando il suo telefono.

Yuko parlò con voce calma. «Questo è quello che faccio. Lo sottolineo perché sono qui per salvarvi da voi stessi!» La voce di Yuko si alzò alla fine e Akio le mise una mano sulla spalla. Lei si calmò. «La mia regina non si preoccupa della lunga storia del nostro paese e dei modi corretti di fare le cose. Le interessano i risultati e il tempo. Nella sua mente, si ottengono risultati più in fretta senza i tentativi di ferirsi a vicenda, sia negli affari sia a livello personale.»

Yuko agitò una mano verso di loro. «Posso farvi del male rilasciando questa informazione.» Si voltò a guardare il suo orologio. «Ma tra altri quattro secondi, non esisterà più.» Il fastidio di un paio di uomini si trasformò in stupore quando gli stessi documenti che stavano esaminando scomparvero.

«Lo faccio non per turbare o disonorare voi. Cerco di chiarire un punto. Un punto, potrei aggiungere, che è noto solo qui tra queste mura. La mia regina non sa che ho fatto questo, anche se potete sentirvi libero di dirglielo se volete. Ma ecco la seconda e più importante lezione che dovete conoscere.»

Dietro di lei, Akio toccò un pulsante del suo orologio. La tecnologia gli era stata presentata da Yuko, e piaceva al guerriero stoico.

Le luci nella stanza si abbassarono e lo schermo principale dietro il tavolo si illuminò. Quelli che avevano le spalle allo schermo si girarono sulle sedie.

«Ehi» scherzò Bobcat. «Non sapevo che avremmo fatto la serata film del venerdì. Chi ha i popcorn?»

William ridacchiò, ma quella fu l'unica risposta di chiunque nella stanza.

Lo schermo, scuro, mostrava un piccolissimo punto di bianco al centro mentre una voce femminile emergeva dagli altoparlanti. «Queste informazioni sono state raccolte dalla signora Arakawa Yuko per coloro che sono stati invitati a partecipare allo scambio di tecnologia e conoscenza.»

Il punto bianco si aprì, e diverse scene mostrarono Bethany Anne che combatteva con spade o pistole. Alcune volte, il video sembrava provenire dai suoi occhi. A un certo punto, la voce di Bethany Anne, fredda e minacciosa, parlò. Chi era al tavolo vide che era di notte in quella che sembrava una città del Medio Oriente. Un uomo era di fronte a lei, spaventato. «Jahannam ti sta chiamando Dawid! Jahannam sta CHIAMANDO!» Lei urlò l'ultima parola, e l'uomo si rialzò e continuò a correre. La persona che riprendeva stava camminando verso l'uomo mentre lui si girava a guardare indietro. La voce continuò: «Dawiiid, il sangue degli innocenti è sulle tue mani!» L'uomo smise improvvisamente di correre e si voltò indietro. Indietreggiò verso di lei, ovviamente temendo qualcosa davanti a sé.

Poi l'uomo smise di muoversi. C'erano contrazioni muscolari che suggerivano che stava cercando di correre, ma non ci riusciva.

L'uomo, bloccando la vista del corpo di fronte a lui, lasciò uscire un singhiozzo quando la telecamera si spostò dietro di lui. Due degli uomini seduti al tavolo sussultarono quando la persona che riprendeva infilzò Dawid con una katana.

La vista cambiò e la persona si chinò in avanti e gli avvicinò le labbra all'orecchio. «Le grida di giustizia dei morenti sono state ascoltate! I morti sono venuti a reclamarti, Dawid. I figli della Francia avranno la loro giustizia!»

Tirò fuori la spada dall'uomo, che cadde in ginocchio. Lo tirò di nuovo su per i capelli. «Stasera tu sei la lezione, Dawid. Stasera tu sei la nota!» Tirò su l'uomo. Una frazione di secondo dopo, la sua lama tagliò la notte, lasciando l'uomo senza testa. Lei tenne la testa, il corpo cadde sulla strada. «Tu, Dawid Zadeh, non avrai una degna sepoltura!» Con questo, *spinse* la testa, che scomparve nella notte.

Alcuni degli uomini si resero conto di non averla sentita colpire il suolo.

Le luci si riaccesero e gli uomini si rivolsero di nuovo a Yuko. «Non credere che il Giappone sia l'unico paese che capisce l'onore o la giustizia o il castigo. Non vi conviene far arrabbiare me con le vostre azioni, ma vi conviene pregare di non coinvolgere mai e poi mai la mia regina.»

Yuko fece una pausa e parlò con calma e piano. «Non ha pazienza per le stronzate.»

La paura si ritirò.

Yuko sorrise, sembrando una giovane signora giapponese

dal viso fresco. «Ora, qualcuno di voi si sente disonorato a lavorare con me?»

Nessuno degli uomini si illudeva. La scuola era in corso e, per quanto vecchi, erano loro gli studenti.

Non c'era disonore nell'imparare dai maestri, anche se venivano con corpi giovani e belle facce.

6

**Cina**

I quattro amici restarono il più vicino possibile durante la marcia.

«Come mai siamo di nuovo al fronte a colpire le piante?» chiese Bai.

«Non stai tenendo il machete nel modo giusto, Bai» gli disse Zhu. «Ti stancherai il braccio troppo in fretta.»

«Questo perché quelli di noi nati nelle città non imparano a usare un machete per andare al lavoro!» scattò Bai, colpendo una seconda volta per spazzare via la vite di fronte a lui.

Il sottotenente Zi Shun si voltò e parlò ai suoi due uomini. «Bai, Zhu sta solo cercando di aiutare. Non lasciare che la tua frustrazione ti porti a disonorare il suo aiuto. E tutti» parlò un po' più forte, assicurandosi di ottenere la loro attenzione, «tenete gli occhi aperti per qualsiasi cosa sopra di noi.» Sottolineò il suo comando usando il machete per indicare in alto. Si girò e continuò a farsi strada nel sottobosco.

Bai alzò lo sguardo mentre tirava fuori la borraccia e beveva un sorso d'acqua. «Ho già detto quanto odio le giungle?»

Zhu rispose: «Ho smesso di contare alla trentaduesima volta.»

---

Gli uomini dell'esercito erano rumorosi. Geming scuoteva la coda con fastidio per lo scarso divertimento. Dai quattro re era arrivato l'ordine di sradicare coloro che seguivano la loro gente. L'esercito aveva tentato di usare la forza aerea, ma era stato inutile nel profondo delle foreste e nel buio della notte. Il piano dell'esercito era allora passato a seguire il clan attraverso la foresta.

In quel momento, lui e altri undici stavano aspettando di causare più danni possibili a quel gruppo che seguiva il loro re.

La voce di un altro soldato raggiunse le sue orecchie sensibili, causando un'altra contrazione irritata della sua coda.

Avevano già controllato gli uomini e sapevano che c'erano due tracciatori in quel gruppo. Quei due erano i primi obiettivi. Due dei fratelli del suo clan giacevano nel sottobosco, in attesa. Altri tre erano nascosti dietro i tracciatori, lungo il sentiero che avevano strappato alla giungla. Quelli dietro avrebbero attaccato per primi, con colpi rapidi e fulminei, per far concentrare il gruppo nelle retrovie, in modo che quelli davanti potessero girarsi e non vedere i colpi mortali così vicini alle guardie davanti.

Altrimenti, la guarigione sarebbe stata una sofferenza.

Avevano sentito i discorsi, i sussurri, persino le preghiere, mentre gli uomini dell'esercito continuavano a controllare le loro armi e le loro munizioni d'argento. Una preoccupazione, a dire il vero, che aveva spinto la cosa da facile ad almeno impegnativa, e potenzialmente mortale per alcuni. Tuttavia, i re avevano bisogno di tempo per nascondere i quattro tesori. Fu deciso che i migliori del loro popolo, i più intelligenti, alla fine avrebbero messo insieme i pezzi e lavorato per continuare le profezie.

Perché il Sacro Clan era paziente, se non altro.

———

Il braccio di Shun, stanco com'era, oscillò con forza per tagliare il ramo di fronte a lui. Gli alberi erano piccoli e sottili, ma occupavano comunque spazio quando i loro rami si univano, rendendo molto difficile camminare.

Fece scivolare il machete nel fodero e tirò fuori la borraccia. Mentre beveva, guardò nel baldacchino sopra di loro e notò due occhi gialli che li guardavano attraverso le foglie da oltre quaranta metri di distanza. «*Xiǎoxīn!*» gridò e lasciò cadere la borraccia, portando la mano al fucile.

In quello stesso momento, ci furono i ringhi dei gatti selvatici e le urla di quelli che stavano dietro.

«Guardate avanti!» comandò Shun. Vide Jian muoversi accanto a lui alla sua sinistra. I due esploratori si stavano ritirando, ma uno di loro si era voltato per correre, e fece forse tre passi prima di urlare e scomparire nel sottobosco.

Il secondo aveva estratto una pistola e una lama e stava cercando il suo aggressore mentre camminava all'indietro.

«Stiamo arrivando accanto a voi» gridò Shun. Le urla terrificanti di quelli dietro e dell'altro tracciatore alla loro sinistra tagliarono le grida degli uomini che continuavano a guardare fuori nella giungla, con ringhi che spingevano molti degli uomini a sparare le loro preziose munizioni.

«Vi stanno facendo sparare a vuoto!» urlò Shun. Gli unici che ascoltavano erano i suoi uomini.

Tranne Bai. Aveva già sparato alcune delle sue munizioni prima di voltarsi, imbarazzato. «Jian, portiamo Hulin con noi.»

Jian annuì.

Un piccolo albero si piegò molto piano. Shun aveva conficcato tre proiettili nella boscaglia prima di pensare, e un urlo primordiale gli rispose. «Ora!» Shun e Jian fecero quattro passi, afferrarono il tracciatore, e i quattro uomini fecero un cerchio intorno a lui.

«Abbiamo gli scienziati da proteggere!» urlò Zhu.

Shun fece una smorfia. Tatticamente, sarebbe stata una sfida. «Tutti faccia a faccia, e Hulin, guardaci le spalle.»

Ormai c'era del fuoco occasionale. Gli uomini, alcuni probabilmente con i loro ultimi caricatori di munizioni d'argento, smisero di sparare a caso.

Era tranquillo - troppo tranquillo - Shun e gli uomini continuavano a guardarsi intorno, cercando di vedere se si muovevano altri cespugli o alberi che non avrebbero dovuto. Shun cercò nel suo quadrante, con il cuore a mille quando Jian gridò: «Su!»

I quattro uomini si voltarono, e Hulin riuscì a sparare un colpo prima che cento chili di leopardo della Cina settentrionale atterrassero sul tracciatore dai rami in alto, trascinandolo a terra. Le urla dell'uomo diventarono gorgoglii mentre la sua gola veniva squarciata. Bai sparò un colpo al leopardo prima che quello urlasse di dolore e balzasse verso di lui. Il gatto trascinò i gli artigli destri sul viso di Bai e usò la sinistra per tagliare il collo dell'uomo in più punti. Affondando gli artigli posteriori nel corpo di Bai, il leopardo saltò all'indietro, facendo sì che Jian si abbassasse mentre gli volava sopra. I tre uomini rimasti si voltarono come un sol uomo e spararono nella boscaglia finché Shun non ordinò loro di fermarsi.

Shun poté sentire che gli spari erano quasi del tutto cessati. Si voltò e vide Jian che teneva la testa di Bai sollevata. Zhu si inginocchiò accanto all'amico e gli tenne la mano mentre Bai cercava di sorridere, con il volto troppo distrutto per capire le parole che le sue labbra insanguinate cercavano di formare mentre il suo unico occhio buono si chiudeva piano per l'ultima volta.

Le labbra di Shun si strinsero, girò la testa per cercare nella foresta, desiderando che un paio di occhi luminescenti lo guardassero.

Aveva un disperato bisogno di qualcosa a cui sparare.


### **<u>Lago Dulce Nuovo Messico, USA</u>**

«Me lo spieghi un'altra volta?» Ben rasato e con i capelli corti, Patrick M. Brown aveva l'aspetto di uno che poteva essere preso da un poster militare e messo sulla sedia dietro la sua scrivania di medie dimensioni. Be', tranne che per il suo occhio destro, che era cieco.

«Abbiamo perso Mason Jayden. Non è arrivato questa mattina e noi, naturalmente, siamo andati a cercarlo. Metà della sua casa è bruciata, e i testimoni dicono che c'è stata un'esplosione al secondo piano. Solo una vecchia signora ha ammesso di aver visto qualcosa, e il suo rapporto di testimone oculare è strano.»

«Vai avanti» gli disse Patrick. «Sospetto che questa sarà buona.»

«Oh» il suo secondo, Bruce scrollò le spalle e prese uno dei due posti di fronte alla scrivania, «o è una cosa perfetta, o lei è una pazza.»

«Nel nostro mestiere, il pazzo è più probabile.»

«Vero.» Bruce incrociò le gambe. «La signora dice che stava andando a prendere il giornale quando è avvenuta l'esplosione. Ha guardato e ha visto tre uomini sdraiati nel cortile di fronte alla casa in fiamme e il tetto del vicino che pioveva. I tre uomini si sono alzati, sono corsi dall'altra parte della strada e avevano in mano quelle che sembravano pistole.»

«Sembrava?» chiese Patrick.

«Sei case e lei è vecchia. Problemi di vista.»

Patrick annuì.

«Quindi, supponendo le pistole, corrono dall'altra parte

della strada. Poi qualcosa di più o meno rotondo cade dal cielo e un tizio enorme salta da circa un secondo piano fino a terra. Non riesce a sentire nulla dalla cosa rotonda. Poi, una donna e un cane arrivano dietro i tre uomini. La vecchietta dice che i ragazzi hanno posato le loro pistole, la donna sale, e giura che è vero, colpisce ogni uomo una volta e loro spariscono. Poi scompaiono anche la strana signora, il cane e il tizio enorme. Lei aveva una macchina...»

«Oh? Cos'è successo alla macchina? È sparita anche lei?» Patrick sorrise.

«No, è volata via» rispose Bruce.

Gli occhi di Patrick si strinsero. «Che tipo di macchina?»

«Dice che è una macchina sportiva, colore marrone.»

«Cazzo» esplose Patrick. «Cazzo! Dev'essere quella stronza dell'amministratrice delegata della RDS Enterprises. È l'unica persona con una macchina sportiva che vola. Hanno quelle capsule, quindi il suo uomo potrebbe essere sceso e saltato fuori. Le sue guardie sono enormi.» Pensò un attimo, poi chiese con voce più calma: «Perché erano lì?»

«L'ipotesi corrente è che i tre tizi con le pistole stessero facendo qualcosa con Mason. Ho fatto un rapido controllo dei registri e ho scoperto che ha avuto accesso ad aree di dati protette in cui normalmente non entrerebbe. Non è qualcosa che fa scattare i nostri sistemi, ma è strano. Nessuno ha visto sua moglie da qualche giorno, e abbiamo l'esplosione al piano di sopra.»

«Camere da letto?» chiese Patrick.

«Dove penseresti tu.»

«La moglie non c'è, la figlia è a casa e Mason sta controllando cose che non dovrebbe.» Patrick si appoggiò alla sedia e pensò ai possibili scenari. «Bene, se assumiamo che i tipi erano cattivi, hanno preso la moglie e forse hanno fatto una specie di interruttore dell'uomo morto sulla bambina, abbiamo qualcuno che sta cercando di estrarre i nostri dati. Questo significa che abbiamo una talpa, o qualcuno che ha capito chi è la nostra gente.»

Patrick si chinò in avanti e appoggiò i gomiti sulla scrivania. «Se supponiamo che la RDS fosse il nemico, non posso farlo funzionare. Potrebbero facilmente venire a prenderci qui, se volessero. Sono sicuro che hanno più tecnologia di quella che mostrano. Che possa fare qualcosa per spostare qualcuno in un'altra dimensione è credibile, anche se a malapena. Non l'avevo considerato, ma ci posso credere. Inoltre, secondo la nostra stessa gente che ha provato ad hackerare i loro computer, non si può fare. Tutti i rapporti psicologici indicano che non prenderebbero mai una moglie per far rubare dati a Mason.»

«E se fossero cambiati?» chiese Bruce.

Patrick scosse la testa. «Potremmo fare il diavolo a quattro per qualsiasi cosa. No, vai con la conoscenza e vedi come si adatta. Quello che mi dice è che abbiamo quasi avuto una violazione dei dati. Abbiamo tre altre famiglie che ci lasciano vulnerabili, quindi dobbiamo tirare dentro le nostre persone affidabili e sparire e occuparci di tutti i fili sciolti. Non siamo ancora pronti a produrre la nostra tecnologia su vasta scala, né possiamo combattere il governo.»

«Un governo che ci finanzia.» Bruce sorrise.

«Be', sì» concordò Patrick. «Ma noi non lavoriamo più per quei civili, vero?» Patrick guardò Bruce, il suo occhio buono che rimbalzava la domanda al suo subordinato.

«No» concordò Bruce. «Le pecore sono sprovvedute.»


## America del Sud

La capsula di Tabitha la accompagnò a casa a casa, o meglio, alla vecchia casa di Michael.

Non era più la stessa.

Hirotoshi e Ryu erano entrambi in piedi fuori nell'ombra scura. Lei agitò le dita verso di loro. «Ehi, ragazzi.» Hirotoshi non si lasciò sfuggire nulla, ma Tabitha notò la leggera quantità di irritazione che Ryu si permise di mostrare per essere stato scoperto.

«Non fatevi prendere dal panico. Aspetta, ma voi ragazzi indossate anche le amache per banane? Voglio dire, suppongo che potrebbe lasciare le vostre ciliegie in un mazzo e tutto il resto. O lasciate che l'uva dell'ira dondoli come Dio vuole?»

Hirotoshi abbassò la testa in segno di riconoscimento ed entrò in casa per primo. Ryu lo seguì e rispose: «Sì, usiamo la varietà tedesca *ein dickenhammaker*» sussurrò, completamente a faccia tosta.

Una volta dentro, Tabitha andò al lavandino, riempì un bicchiere e iniziò a bere prima di mettere insieme quello che Ryu aveva detto. Poi, mentre Ryu guardava, sputò l'acqua e iniziò a soffocare e a ridere allo stesso tempo mentre schiaffeggiava il granito accanto al lavandino. «*Ein dickenhammaker! IMPAGABILE!0*» Riiniziò a soffocare e dovette cercare di smettere di ridere per un minuto.

Ryu si voltò verso Hirotoshi, che gli fece l'occhiolino mentre Tabitha continuava a balbettare: «Ragazzi...» tossì «ragazzi, maledizione, quella merda è...» tossì ancora «divertente! Oh mio Dio, *dickenhammaker*!» Finalmente riuscì a controllarsi e si girò e sorrise a Ryu. «Va bene, siamo una cosa sola. Vi ho trovati nell'ombra, ma mi avete quasi ucciso con una battuta.»

Li superò nella sala da pranzo. «Venite a raggiungermi qui. Abbiamo un compito.»

Ryu sollevò un sopracciglio a Hirotoshi, che fece una piccola scrollata di spalle, e seguirono il loro capo al tavolo e si sedettero.

Tabitha socchiuse le labbra. «Bene, per ora non abbiamo molto su cui lavorare. Abbiamo tre mercenari che non sono più con noi, ma sono stati assunti da parti sconosciute. Noi, ovviamente, dobbiamo mettere nomi reali a "Sconosciuti". Forse sarebbe stato bello vedere se questi ragazzi avevano sentito qualcosa, ma capisco che la nostra regina era a corto di pazienza. Sono totalmente a favore di questo e sostengo il suo sforzo individuale per liberare la Terra dai coglioni e dagli idioti che fanno del male ai bambini.»

Ci fu una lunga pausa prima che Hirotoshi chiedesse: «Ma?»

Lei scrollò le spalle. «Vorrei solo che si informasse un po' di più tra la sentenza e l'esecuzione.»

Tabitha prese un grande respiro e lo rilasciò in fretta. Si voltò alla sua destra. «Lasciami fare questa domanda, Hirotoshi. Abbiamo ancora bisogno di questo posto?»

«Questa casa?» chiese lui. Tabitha annuì. «No. Possiamo operare da qualsiasi luogo. Da quando la regina ha sistemato la nostra debolezza solare, niente ci tiene più al chiuso. Possiamo lavorare dove vogliamo.»

Le sopracciglia di Tabitha si aggrottarono. «Stai dicendo che possiamo stare fuori nel bosco?»

«Senza problemi» rispose Ryu. «La maggior parte della nostra squadra ha imparato a vivere di ciò che offre la terra da piccoli. Come vampiri, spesso avevamo bisogno di andare sotto-terra per nasconderci dal sole. Si perde ogni paura degli insetti, dei serpenti, delle cimici...»

«Fermati!» Tabitha aveva alzato la mano. «Io sono sudame-ricana e abbiamo a che fare con molte cose. Tuttavia, a me non piacciono gli insetti striscianti vicino ai miei capelli, o in qual-siasi posto che possa essere considerato un punto d'ingresso. Quindi, concentriamoci sul lasciare i disgustosi metodi di avversione al sole per i libri di storia e cerchiamo di capire come ottenere ciò che ci serve per dormire sopra gli insetti, non con loro.»

Tabitha era così intenta a guardare Ryu che non vide un piccolo sorriso compiaciuto formarsi sul volto di Hirotoshi.

Lei prese di nuovo il controllo della conversazione. «D'ac-cordo, se non abbiamo bisogno di questo posto, allora voglio che voi ragazzi lavoriate con me su come possiamo restare mobili. Designeremo qualsiasi luogo semi-permanente come nostra base operativa, e voglio essere in grado di lasciare qualsiasi posto entro quindici minuti. So che siete magri, quindi probabilmente non è un vostro problema. Tuttavia, ho bisogno di insegnare ad almeno uno di voi, forse due di voi, abilità di hacking al computer. C'è qualcuno nella squadra che sarebbe interessato?»

«La maggior parte sarebbe interessata» rispose Hirotoshi. «Quando si vive qualche centinaio di anni, si impara che la curiosità risolve molti problemi.»

«Bene, chi è più propenso a impararlo?»

Hirotoshi e Ryu si fissarono a vicenda. Tabitha finse di poter vedere la fusione mentale che i due stavano facendo. Era un peccato, ammise, che non potesse collegarsi.

O poteva? Valeva la pena testare.

Alla fine, interruppero la loro gara di sguardi. «Ce ne sono due» le disse Hirotoshi. «Se mi permetti, glielo chiederò personalmente, ma in modo discreto, così le loro risposte saranno considerate disonorevoli se non desiderano farlo. Posso?»

«Certo» accettò lei. «Ho imparato la lezione prima. Se chiedi il permesso, di solito è una cosa d'onore. Fai in modo che sia così, Numero Uno.»

Maledizione, pensò Tabitha, era sicura che avrebbe fatto arrabbiare Hirotoshi solo un po' chiamandolo Numero Uno. Aveva passato due settimane a preparare il piano per fargli vedere per sbaglio *Star Trek: The Next Generation*, e poi... niente.

Maledizione!

«La prossima domanda» continuò lei. «Cosa facciamo con questa casa?»

Quella volta non ci fu alcuna pausa. Entrambi gli uomini dichiararono: «Bruciala» allo stesso tempo. Tabitha, scioccata, li fissò entrambi, poi uno, poi l'altro. «Bruciarla?»

Hirotoshi annuì a Ryu, che rispose: «Sì. C'è stato troppo male e troppe perdite in questa casa. Inoltre, non abbiamo trovato nessun nascondiglio segreto delle droghe usate per cambiare le persone. Ma solo perché non l'abbiamo trovato, non significa che non sia qui.»

Tabitha socchiuse le labbra. «Un secondo.»

*Mia regina?*

*Che cosa? Oh, Tabitha! Ehi, non mi aspettavo che avresti chiamato. Come va?*

*Posso avere il permesso di bruciare la casa di Michael... o meglio, la mia casa?*

*È tua, quindi prendi la decisione. Ma sono curiosa di sapere perché.*

*I miei consiglieri, Pancopinco e Pincopanco qui, lo suggeriscono perché è una casa piena di male. E c'è una piccola possibilità che ci sia del siero che non possiamo trovare ancora nascosto da qualche parte nella casa.*

*Pancopinco e Pincopanco? Li hai già chiamati così?*

*Oh, diavolo, no! Sono latina. Possiamo anche diventare eccitabili di tanto in tanto, ma sappiamo che ci sono linee da non oltrepassare.*

*Quindi, quello che mi stai dicendo è che stai solo aspettando il momento giusto?*

*Be', sì. Ma come faceva a saperlo?*

*Tu sei Tabitha.*

*Oh. Be', se la metti in questo modo, ha senso.*

*È un regalo. Era tutto ciò di cui avevi bisogno?*

*Sì, grazie.*

E poi Tabitha era di nuovo sola nella sua testa. Si sentiva un po' sola dopo aver rotto il collegamento. Parlare così poteva diventare una droga se ne avesse fatto un uso eccessivo, pensò.

O Bethany Anne le avrebbe dato un ceffone mentale e la sua testa avrebbe risuonato per giorni.

Non importava, potenziale problema risolto.

Parlò ai suoi ragazzi. «A Bethany Anne sta bene il suggerimento di bruciare questa casa, quindi passerò le prossime ore a dormire, poi cercherò nel dark web. Diamo una risposta alle vostre domande su chi imparerà l'hacking e possono iniziare con me domani mattina. Di' al resto di passare in rassegna la casa e tiriamo fuori quello che vogliamo dare via o vendere e mettere da parte i soldi o qualsiasi altra cosa. Prevediamo di trovare nuovi alloggi e di essere sempre in grado di spostare il nostro quartier generale in qualsiasi momento.»

Si guardò intorno, osservando la stanza un'ultima volta. «Facciamolo.»

7

———



«Cos'è quello?» chiese Bethany Anne sedendosi al tavolo. Scott, Eric, John e Darryl si guardarono in faccia.

«Cosa?» dissero in coro.

Gli occhi di Bethany Anne si strinsero: «Quello!» Indicò il collo di John. «La spilla d'argento sul tuo bavero.»

«Oh, questo?» rispose John, con un tono così liscio che il ghiaccio non gli si sarebbe sciolto in bocca. «Questi sono solo, ahh...» Vacillò quando notò lo sguardo di lei. «Vuoi vederlo?»

Il volto di Bethany Anne diventò felice. «Certo!» Tese la mano. «Vediamoli tutti, va bene?»

Gli occhi degli altri tre ragazzi sfrecciarono l'uno verso l'altro. Forse avevano giocato troppo la loro mano?

Gli uomini fecero cadere ciascuno i piccoli simboli d'argento nella mano di Bethany Anne.

*TOM.*

**Sì?**

*È possibile cambiare l'energia che estraggo dall'eterico e trasformarla in calore?*

**Certo. Aspetta, perché?**

*Voglio fare una considerazione.*

**Sai che il metallo fuso brucerebbe nelle tue mani e la vostra guarigione agirà o dovrebbe agire sopra la ferita, rendendo un problema l'uscita, giusto?**

*D'accordo, come faccio a fondere questo metallo?*

**Umm.** TOM restò in silenzio per un momento. **Forse c'è bisogno di un crogiolo di ferro, e si userebbe l'eterico per creare una lunghezza d'onda di induzione elettromagnetica che causa una corrente parassita per riscaldare il metallo.**

Bethany Anne si guardò intorno nella stanza e notò una piccola tazza usata come decorazione.

La afferrò e la sollevò, ma a quanto pareva era soltanto decorativa e qualche individuo intelligente aveva deciso di incollarla per non farla cadere se fosse successo qualcosa alla nave.

***TOM, posso usare questa cosa?***

TOM le spiegò cosa avrebbe dovuto fare per creare il campo corretto, e ci vollero solo un paio di secondi prima che sentisse del calore nella tazza.

Sì, la roba giusta.

I ragazzi trasalirono quando Bethany Anne strappò la tazza decorativa dal tavolo della credenza. «Qualcuno dovrebbe aggiustarla» commentò mentre portava la tazza grigia sul tavolo. «Allora» iniziò e fece cadere le quattro spille nella tazza. «So che queste potevano sembrare piccole spille trofeo, così pittoresche e carine.»

Si guardò intorno e vide un asciugamano. «Scott, ti dispiacerebbe portarmi quell'asciugamano?» Lui si voltò per vedere dove lei stava guardando e si alzò dalla sedia. Un paio di passi avanti e indietro, ed erano di nuovo pronti a partire mentre Bethany Anne teneva la tazza nella mano destra con l'asciugamano tra lei e la tazza e l'altra mano sopra.

Poi, tutto diventò strano... ehm.

Lei si concentrò e i ragazzi sentirono in fretta l'odore di

metallo fuso, mentre piccole volute di fumo sfuggivano dal coperchio della tazza.

*Cazzo, cazzo, cazzo, cazzo, CAZZOOO come brucia!* urlò Bethany Anne mentalmente.

Ai ragazzi sembrò che lei posasse disinvolta l'asciugamano e la tazza sul tavolo. John e Darryl si chinarono sul tavolo e guardarono nella tazza.

Le loro quattro spille non erano altro che una pozza di metallo sul fondo della coppa.

«Quelle» esclamò, «non sono spille da uniforme della regina approvate. Siamo d'accordo?»

«Certo, suona bene» disse Eric. Notò il suo sguardo. «Cioè, sì, signora?»

Lei annuì. «Ora che abbiamo tolto di mezzo questa piccola discussione, mi pare di capire che avete tutti parlato con Barnabas.»

«Sì» risposero.

«Suggerimenti?»

«Due di noi vanno a proteggere ogni famiglia. Se vengono attaccate, interveniamo e fermiamo tutto» rispose Scott.

«Ci sono tre famiglie e chi resterà con me? Oppure, siete disposti a lasciarmi sola?» chiese lei.

«Nient'affatto» dichiarò John. «Ho tirato la pagliuzza... ehm, voglio dire, sono il capo designato della tua scorta.»

Bethany Anne ignorò il suo commento. «Chi compone le tre squadre?»

«Darryl e Nathan per gli Switzer» la informò John, prendendo alcune note sul suo tablet. «Scott e Barnabas prendono i McWhorter, ed Eric e Gabrielle hanno i Gant.» Appoggiò il tablet.

«Barnabas verrà?» gli chiese lei.

John alzò le spalle. «Non è che non sarebbe una buona cosa. Anche il vecchio ha bisogno di uscire e giocare ogni tanto.»

«Allora.» Lei sorrise e agitò la mano in cerchio. «Quelli che sono di guardia non vedono l'ora, vero?»

«Diavolo, sì» esclamò Darryl, i suoi occhi abbastanza scintillanti. «Possiamo nasconderci nell'ombra e far fuori i cattivi che hanno intenzioni orribili e fottere completamente quegli stronzi ignari.»

Il sorriso di Bethany Anne restò sul suo volto mentre gli uomini ridevano dell'entusiasmo di Darryl. Si girò verso John e chiese, con il sorriso che si spegneva: «E tu hai preso la pagliuzza più corta, vero?»

I sorrisi dei ragazzi svanirono.

John scrollò le spalle e le sorrise. «Ehi, non possiamo lasciarti da sola. Altrimenti vai a far saltare in aria le case e cose del genere.»

Bethany Anne scosse la testa e allungò la mano verso la tazza, la girò e la sbatté contro l'asciugamano sul tavolo. Dopo alcuni colpi, un piccolo grumo di metallo cadde sull'asciugamano, e lei mise la tazza di lato.

«Le vostre spille, ragazzi.»

Fece l'occhiolino ai quattro uomini e si alzò. Poi scomparve.

«Ah, merda» si lamentò Eric. «Non credo che le siano piaciute le piccole spille.»

«Be'» pensò John, grattandosi sotto il mento. «Mi chiedo cosa farà quando tutti nella nave indosseranno le loro.»


**<u>Tokyo, Giappone</u>**

«Lo so.» Yuko parlò piano, ma Akio poteva sentirla sopra il treno. «Non sei felice di lasciare la spada. Ma apprezzo molto il fatto che tu mi abbia permesso questa possibilità di camminare fuori senza temere che il braccio di qualcuno possa essere tagliato.»

Akio sorrise. «Credo che tu sia più preoccupata di quanto sia giustificato, piccola viceregina.»

Yuko strinse le labbra. «Non è divertente. Non sono nessuno di speciale.»

«Ora lo sei, quindi impara da questo, Yuko. Ho molta conoscenza da impartire e sono disposto a farlo. Puoi scegliere di riceverla in un modo che è facile da sopportare, o puoi imparare dai tuoi errori. In entrambi i casi, imparerai» le disse Akio, con voce ferma. «Non ci sono altre opzioni. La regina lo comanda e noi obbediremo. Questo è il titolo che ci ha conferito, mentre tu guiderai il suo popolo in Giappone al suo posto.»

«Mi dà troppe responsabilità» argomentò Yuko.

«Lei ti dà quello che puoi fare, non quello con cui ti senti a tuo agio. Nota quanto sostegno ti ha offerto. Hai interiorizzato la conoscenza che hai acquisito dai tuoi numerosi sforzi per cercare informazioni e ora devi farlo di nuovo. Questa volta, siamo qui per proteggere, per difendere e per assicurarci che coloro che guarderebbero dall'alto in basso la nostra regina guardando il suo rappresentante vengano istruiti diversamente.»

«Onore in vita» mormorò Yuko. «E onore nella morte.» Yuko chiuse gli occhi e pensò a ciò che aveva imparato. Allungò la mano e toccò un bottone sul colletto del vestito.

«ADAM?» disse sottovoce.

>>**Sì, Yuko?**<<

«Siamo confermati?»

>>**Lo siamo, viceregina.**<<

«Oh, non anche tu!» sibilò lei. Accanto a lei, Akio lasciò trasparire un piccolo sorriso mentre continuava la sorveglianza.

>>**Perché non anche io? Sei ancora mia amica, vero? Un titolo è un titolo. Potrebbe essere segretaria Yuko o alta bidella Yuko, no? Pensa meno al titolo e più al progetto.**<<

«ADAM, cosa farei senza la tua comprensione?»

>>**Piagnucoleresti un po' di più con Akio, sarebbe la mia ipotesi.**<<

Yuko restò in silenzio per un momento. «Va bene, tutti e

due, smetterò di lamentarmi e farò del mio meglio. Questa è un'altra sfida, ma una in Outernet. Sono la Viceregina Arakawa Yuko per Sua Altezza Reale Bethany Anne in Giappone. Non disonorerò la mia carica non riuscendo a fare del mio meglio.»

>>**E sarai sempre mia amica.**<<

«Sempre» sussurrò lei.

<hr>

Il treno entrò nella stazione e due persone scesero. Intorno a loro, si creò un cuscino di spazio senza alcuna spiegazione evidente. Chi camminava sentiva inconsciamente un forte desiderio di stare lontano da loro. La donna, in un abito dal taglio alla moda, seguiva l'uomo più alto, vestito in una moda che era contemporanea, eppure sembrava vecchia di secoli. Teneva l'attenzione concentrata sul davanti e sui lati.

Pochi avrebbero notato i tre uomini che seguivano da vicino la loro scia, mimetizzandosi. Sembravano scivolare tra la folla, tenendo il passo dei due davanti a loro con facilità.

Erano i tre rinforzi Elite che proteggevano le spalle della viceregina.

C'erano due operazioni in gioco in quel momento per la regina, e quella di Yuko era solo una. Akio ne aveva una seconda e presto una terza si sarebbe unita a loro.

La loro regina non faceva mai nulla a metà.

A meno che, pensò Akio, non si consideri uscire a cercare e salvare un bambino piccolo senza le sue guardie. Si poteva sempre contare su di lei quando si trattava di lasciare che le emozioni gestissero quelle operazioni.

E Akio non avrebbe affatto cambiato Bethany Anne se avesse potuto.

Lo aiutava a mantenere la vita interessante. Come in quel momento.

. . .

## **<u>Distretto di Gangnam, Seoul, Corea del Sud</u>**

I due cinesi scesero dalla limousine e fecero un cenno all'autista, che chiuse la porta dietro di loro. Le strade erano piene di vita, dato che Gangnam aveva trasformato quello che una volta era un quartiere a basso costo in uno che equivaleva a Beverly Hills con un misto di New York City o Tokyo.

Furono fatti passare attraverso la porta del club, superando quelli che aspettavano di entrare, e poi furono guidati intorno all'enorme pista da ballo, evitando così i giovani che ascoltavano i ritmi K-pop e ballavano.

Nessuno dei due uomini, né il signore che li conduceva sul retro, parlò. Se avessero voluto, sarebbe stato uno sforzo per lo più infruttuoso di urlarsi addosso.

Chaoxiang odiava i club, ma a lui e al suo socio era stato detto di andare a fare affari proprio lì. I suoi capi cinesi, quelli che lavorano nell'intelligence militare, volevano la tecnologia a cui si diceva che i giapponesi avrebbero avuto accesso e nessun membro della Yakuza giapponese avrebbe collaborato direttamente con i cinesi.

Si odiavano a vicenda.

Non è che ai giapponesi piacessero nemmeno i sudcoreani, ma i due paesi avevano un nemico formidabile nella Cina. Essendo il gorilla locale di ottocento chili, sopportavano di fare affari con un alleato meno sgradevole.

Chaoxiang aveva bisogno di assumere la Yakuza giapponese per una grande operazione e aveva anche bisogno di un modo per nascondere qualsiasi informazione del ruolo che la Cina aveva giocato in essa.

Una grande catena montuosa demolita era un avvertimento sufficientemente grande, quindi i suoi capi non volevano rischiare un altro tentativo diretto. Inoltre, se i giapponesi avessero finito per puntare il dito contro la loro stessa gente o contro i sudcoreani, sarebbero stati punti bonus.

L'uomo che li conduceva nel retro spinse su un pezzo di muro che si aprì, delineando una porta che era stata difficile da vedere nell'oscurità del club.

Una volta che i tre uomini attraversarono la porta, le loro orecchie furono felici di essere salvate dal costante martellamento della musica.

Il retro del club era pulito e Chaoxiang e il suo compagno furono fatti entrare in una piccola stanza. All'interno, furono accolti da una giovane e attraente signora con lunghi capelli neri e un sorriso pronto. Prese le loro ordinazioni di bevande e se ne andò. Chaoxiang notò che accanto ai liquori erano disponibili metanfetamina ed ecstasy.

Pochi istanti dopo, entrarono due membri dell'organizzazione criminale locale. Una volta fatte le presentazioni, Chaoxiang andò dritto al sodo.

Voleva informazioni da un certo gruppo in Giappone e voleva che la risposta rimanesse in Giappone se il progetto andava male.

I due signori sudcoreani sorrisero. Entrambi capirono che poteva essere una bella operazione. Il gruppo che i cinesi volevano colpire era anche il loro nemico e il valore potenziale delle informazioni era di milioni. I cinesi si sarebbero aspettati le informazioni, ma avevano capito che sarebbero state fatte delle copie, giusto?

Se fossero in grado di far ricadere la colpa del crimine sui giapponesi? Be', quello sarebbe stato considerato un bonus per il lavoro. Il suo gruppo poteva dover lavorare con i giapponesi, ma apprezzarli era tutta un'altra cosa.


**<u>Las Vegas, NV, USA</u>**

«Ora, non mi sto lamentando, esattamente» brontolò Nathan mentre sorseggiava il caffè aspettando che la luce cambiasse. «Ma la nostra bambina ha un orario di sonno infernale, lo giuro.»

Darryl seguì le istruzioni del GPS sul telefono. Avevano riposto la F12berlinetta in un garage in affitto e guidavano una Mercedes S550 tutta nera. Darryl era un po' incazzato perché non vedeva l'ora di usare l'auto volante, ma tutto quello che erano riusciti a fare con quella era venire dal Colorado.

«Troppo facile da individuare» era stato il ragionamento e Darryl era stato d'accordo con la valutazione, ma non gli piaceva. Toglieva il divertimento dal viaggio in auto.

Eppure, la S550 era una bella automobile e doveva ammettere che era veloce come l'inferno.

«Occhi sugli obiettivi?» chiese Darryl.

Nathan si voltò a guardare il suo piccolo tablet. «Ancora bene. Le piccole spie tecnologiche di ArchAngel sono al lavoro. Tra altri» guardò l'ora, «cinque minuti, possiamo dire alla vigilanza che abbiamo tutto sotto controllo.»

«Suona bene» rispose Darryl mentre svoltava in un quartiere piacevole. Non era bello come quello di Mason, secondo John, ma era nuovo e, per fortuna, non aveva una postazione della sicurezza.

Be', buon per loro, non così buono per il signore e la signora Switzer.

---

«Hai intenzione di mangiarlo?» chiese Gabrielle, guardando Eric che accarezzava con amore il grande contenitore di polistirolo seduto tra loro in auto.

«Sì, lo mangerò» disse. «Aprirò il coperchio, inalerò il delizioso aroma e sorseggerò il brodo come il dorato e delizioso nettare degli dèi che è.»

«E poi?» chiese lei, guardando la tazza come se dentro ci fosse un serpente che aspettava di morderla. «Come si chiama?»

«Posole» rispose Eric, girando a sinistra in una strada laterale. «Con una "e" alla fine.»

«Va bene, posole con la e» disse Gabrielle in tono sarcastico. «Sappi solo che stai mangiando un blocca-baci finché la tua bocca non avrà un odore migliore.»

«Davvero?» chiese Eric, allontanando la mano dalla tazza.

Gabrielle fece un paio di annusate molto forti e annuì.

Venti secondi dopo, Eric si fermò in un'area di servizio e Gabrielle si guardò intorno: «Perché ci fermiamo?»

Eric saltò fuori, corse dentro e fu di nuovo fuori prima che la sua voce avesse finito di riecheggiare nella macchina. Fece scivolare qualcosa in una borsa marrone nel posto accanto alla tazza di polistirolo.

«E sarebbe?» chiese Gabrielle.

«Uno sblocca-baci» le disse Eric. «Schnapps alla cannella.»

«Cosa?» Lei lo guardò. «Vuoi coprire il *posole con la e* con l'alcol?»

Eric sorrise. «No, è un collutorio.»

Gabrielle scosse la testa e gli diede un pugno sulla spalla. «Avere la botte piena e la moglie ubriaca?»

«No, non me lo sognerei mai» rispose Eric, tirando nel quartiere dei Gant. «Voglio il mio posole e anche i tuoi baci.»

Gabrielle si avvicinò e diede una pacca a Eric sul braccio dove lo aveva colpito. «Ben fatto, signor Escobar, ben fatto.»

*Bei muscoli, signor Escobar, davvero dei bei muscoli,* pensò.

<hr>

«Allora, da quanto tempo non guidi?» chiese Scott a Barnabas, mentre i due si dirigevano verso North Las Vegas.

«Non è stato molto tempo fa. Infatti, ho dovuto guidare qui a Las Vegas. Be', fuori di qui» rispose Barnabas.

«È vero, ti sei occupato dell'assassino, giusto?»

Barnabas sbuffò. «Non tanto un assassino quanto un

becchino e un tiratore di grilletti. Giocava soprattutto sulla stupidità di quelli che gli venivano mandati. Una o due volte ha sparato a qualcuno a distanza, non ho scavato troppo a fondo per avere i dettagli.»

Scott scrollò le spalle. «I morti non raccontano storie. Non hai usato l'ultima tomba per lui?»

«Karma» rispose Barnabas.

I due uomini si stabilirono in una facile quiete, mentre Scott guidava la loro auto in una strada oltre la casa dei McWhorter e rallentò fino a fermarsi vicino al marciapiede. Con ArchAngel che sorvegliava la casa, Scott decise che sarebbero scappati da una strada più in là se qualcosa fosse sembrato strano. In quel modo, nessuno li avrebbe visti mentre ispezionavano la casa.

E nessuno poteva immaginare quanto potessero arrivare in fretta.

## 8

**<u>NRS *ArchAngel*</u>**

«Hai detto ventuno cazzo di *anni?*» chiese Bethany Anne, con la voce un'ottava più alta del normale. John e Peter si fermarono entrambi sui loro passi, voltandosi quando lei smise di camminare.

Peter alzò un sopracciglio a John, che scrollò le spalle. Dall'espressione del suo viso, era ovvio che era appena stata sorpresa da ADAM o da TOM. Peter indicò "A" a John con il linguaggio dei segni e John scosse la testa, rispondendo con "T".

La scommessa era fatta.

Gli occhi di Bethany Anne si sgranarono. «Perché diavolo non me l'hai detto?» Le sue spalle si abbassarono. «Sì, me lo ricordo. Maledizione.» Riprese a camminare, e quando raggiunse i ragazzi, quelli mantennero il passo. «Quando cazzo mi ricorderò mai di smettere di essere così impaziente?»

Quella volta, il commento sembrava essere diretto a se stessa, non a uno dei suoi compagni di stanza mentali.

«Cos'è successo, capo?» chiese John.

Si voltò a guardarlo. «Sai che ho preteso sette anni di servitù dal capitano Kael-ven T'chmon?»

«Sì» rispose John. «Come entrano in gioco ventuno anni?»

«Come facevi a sapere che erano ventuno?» Gli occhi di Bethany Anne si allontanarono per una frazione di secondo. «L'ho detto ad alta voce, vero?» Entrambi gli uomini confermarono. «Maledizione.» Fece una pausa e sospirò. «Sembra che abbia accettato sette anni solari. Il mio culetto impaziente non ha ascoltato TOM quando ha cercato di spiegare che il loro anno solare non è equivalente al nostro. Così, la roba della traduzione ha cambiato tutto in anno solare normale, che è...»

Fu interrotta quando John si intromise. «Tre dei nostri anni» sbuffò. «Lascia la tua casa, viaggia per la galassia, diventa il primo schiavo alieno della Terra.» Ridacchiò. «Forse dovresti prendere un paio di lezioni di negoziazione.»

«Forse» concordò Bethany Anne. «O forse dovrei permettere a TOM di interrompermi e avvertirmi davvero la prossima volta.»

Raggiunsero le porte della sala conferenze e prima di entrare Bethany Anne sibilò: «Forse allora non avrei avuto alieni come accompagnatori per i prossimi ventuno anni del cazzo!»

---

La stanza era grande e aveva due poltrone fatte apposta, più simili a piccoli divani senza schienale, in cui erano seduti al momento il capitano Kael-ven T'chmon e lo scienziato Royleen. In quei giorni, Kiel stava lavorando con i Wechselbalg in un'altra parte della nave. Aveva imparato a combattere i Wechselbalg e a prendere le botte per aver ucciso Coach.

Spesso.

A quanto pareva, metà dell'equipaggio di yollin appoggiava il loro capitano e faceva proprio il suo giuramento. Ormai aveva mezza maledetta nave di vassalli che non voleva.

*Che vita di merda,* pensò.

D'altra parte, il Team BMW e la maggior parte delle persone

basate sulla scienza e la meccanica amavano i nuovi giocattoli. Royleen, quando aveva visto che quelli che aspettavano il rimpatrio sarebbero vissuti, aveva deciso di prestare anche lui il suo giuramento di obbedienza. Non era un brutto posto, ma non c'era molto da fare per uno scienziato che aveva bisogno di continuare ad imparare.

La *G'laxix Sphaea*, o come scoprì il nome tradotto, l'*Alba di un Futuro Dorato*, in quel momento era sotto la lente di una grande squadra. Alcuni stavano esaminando e assicurandosi di sapere cosa fosse cosa. Altri stavano vedendo quale tecnologia potevano acquisire o utilizzare, e un terzo gruppo stava aggiornando la nave per Bethany Anne.

Quando guardò bene l'elegante scafo, mormorò: «Quella nave è bellissima.» Fece una pausa di circa tre secondi prima di aggiungere: «La mia!»

Non passò molto tempo prima che le squadre scientifiche e di ricerca iniziassero a lavorare sulla nuova nave. Fino ad allora non avevano un clone di ArchAngel da installare nella nave, ma Marcus e altri stavano lavorando anche su quello. La sfida più grande era stata quella di trovare un posto valido per lavorare sulla nave spaziale. Quella volta, Stephen era venuto in soccorso. Possedeva ancora un certo numero di magazzini e coloro che ci lavoravano comprendevano ancora l'esigenza di segretezza di Stephen.

Così, il Team BMW si era messo al lavoro. Capsule arrivarono di corsa dalla cintura di asteroidi con i migliori lavoratori per la nuova tecnologia. Avevano riempito tre enormi magazzini con la nuova nave sotto la copertura della notte e di una pioggia di meteoriti.

La squadra lanciò delle piccolissime meteore - avevano preso l'idea dall'operazione cinese - e illuminarono il cielo del Mediterraneo. Un piccolo sotterfugio con i satelliti da parte di ADAM, e la gente della regina e un'astronave aliena erano al sicuro nei magazzini, che erano sorvegliati da persone molto, molto letali.

Le prime aggiunte alla nave spaziale furono piastre gravitazionali temporanee che potevano essere controllate da TOM o ADAM nel caso in cui avessero avuto bisogno di far uscire la nave da lì.

Una volta compiuto quel primo passo, gli ordini furono cambiati per fare in modo che tutti fermassero gli attaccanti abbastanza a lungo per farli salire sulla nave, e gli antigravità avrebbero portato via la maggior parte.

I rimanenti Wechselbalg erano stati posizionati per molestare gli attaccanti fino a quando la nave non si fosse allontanata, poi sarebbero scomparsi nell'area circostante e sarebbero stati presi a bordo più tardi.

Una volta che le piastre furono in posizione, furono disegnati i piani per l'installazione degli scudi gravitazionali e delle postazioni dei cannoni.

Poi tutti si misero a lavorare sul serio.

---

«Signori, signore e alieni» annunciò Bethany Anne. «Dobbiamo discutere di cosa ci vorrà per portare avanti i nostri piani in modo che la gente possa passare attraverso quel portale.» Si sedette a capotavola. «Bene, parla con me, Michelle» disse Bethany Anne alla dottoressa Brown-Williams, che si occupava della produzione di cibo, mentre accettava una Coca Cola che Peter le porgeva sopra la spalla e svitava il tappo.

La dottoressa Brown-Williams annuì. «Abbiamo una produzione più che sufficiente per le piante e le proteine, con i nuovi contenitori di crescita basati sull'impostazione incentrata del tutto sui nutrienti. Abbiamo i pesci giusti nelle vasche per creare il fertilizzante che passa attraverso il sistema per rifornire le piante che a loro volta puliscono l'acqua reintrodotta nelle vasche dei pesci. Con i sistemi di luce corretti, anche i pesci si stanno riproducendo. Abbiamo aggiunto i crostacei che alcune squadre hanno chiesto.»

«Oh, Dio!» sbottò Bobcat. «Potrò avere il granchio nello spazio?»

La dottoressa Brown-Williams sorrise: «Sì, Bobcat, avrai il granchio nello spazio. Forse non una grande varietà, dato che ci stiamo occupando più dell'allevamento di gamberi, ma il granchio è nei piani.»

«E il grano, il mais e simili?» domandò Bethany Anne.

«Se tu puoi fornire lo spazio, io posso coltivarli. Con i sistemi di amplificazione della luce, ora possiamo generare la lunghezza d'onda giusta per alimentare i sistemi di crescita, e le piastre gravitazionali aiutano moltissimo. Ho parlato con Marcus dell'acqua e mi ha confermato che possiamo cambiare il rapporto D-H dell'acqua sulle comete che possiamo afferrare e usare l'acqua disponibile da esse per uso personale e alimentare.»

«Di quanto spazio hai bisogno?» chiese Bethany Anne.

«Ora sto modificando i bisogni basandomi sulla coltivazione di funghi e lieviti e usando la nuova stampa 3D per renderli appetibili. Abbiamo fatto scorte come pazzi di alcuni articoli, come le spezie. In parole povere, non sono qualcosa che possiamo produrre in modo efficace. Ho abbastanza sostanze nutritive da riempire una piccola luna.»

«Sì, è divertente che tu abbia menzionato la "luna",» la interruppe Bobcat. Bethany Anne alzò una mano e lui si fermò, permettendo alla dottoressa Brown-Williams di continuare.

«Quindi, per l'enorme numero di persone che mi avete chiesto di considerare, e con i sistemi che possiamo usare basati sull'ultima tecnologia kurtheriana per l'energia e la gravità, possiamo aumentare la produzione di cibo di moltissimo. Avremo più di un problema con le proteine, tranne che per la roba stampata in 3D.

Ma possiamo usare gli escrementi del bestiame come fertilizzante per le piante. Avrò bisogno di molti chilometri quadrati di terreno con un'altezza piuttosto consistente per creare una coltura idroponica per coltivare il nostro cibo. Un chilometro mi dà un milione di metri quadrati con cui giocare. Non includendo le passerelle, più in alto andiamo, ottengo un altro milione di metri cubi con cui giocare per ogni metro e mezzo di altezza. Per gli animali, ho bisogno di coltivare venti libbre di verdura per ogni libbra di manzo che alleviamo.»

«Meno male che Nathan non è qui, altrimenti si vanterebbe di come i Wechselbalg dovranno iniziare a mangiare più verdure» scherzò Bethany Anne, con qualche risatina tra coloro che sapevano che lui era l'unico Wechselbalg a cui piaceva davvero mangiare verdure.

«Possiamo ottenere senza problemi più di centomila piante alla settimana dai centoventi contenitori per la coltivazione Freight Farms che abbiamo. Inoltre, con i miglioramenti che abbiamo aggiunto, ci aspettiamo di triplicare questa produzione» aggiunse la dottoressa Brown-Williams prima di riassumere le sue conclusioni. «Trovatemi abbastanza spazio per entrare facilmente nei contenitori o duplicate la tecnologia al di fuori delle scatole, e posso sfamare un milione di persone.»

«La gente dovrà iniziare a scopare come maiali per arrivare a un milione.» William sorrise, ma la dottoressa Brown-Williams colse solo una parte del commento.

«Mi dispiace, non avevo previsto il maiale nel mix. Dovrei?» chiese, ignara delle risatine di Bobcat, William e Marcus, che teneva la faccia dritta mentre i suoi amici sorridevano.

«No. Forse, anche se ad alcuni mancherà la pancetta quando le nostre scorte saranno esaurite» rispose Bethany Anne.

«Non è per forza vero» la interruppe Dan. «Ho parlato con i responsabili del cibo degli yollin e hanno un detto simile al nostro pollo.»

«Cosa, che tutto sa di pollo?» chiese Bethany Anne.

Kael-ven T'chmon ridacchiava, il suono che usciva più come un raspante schiocco di mandibole intorno alla bocca. Quando parlava, tutti quelli che avevano il nuovo software di traduzione e i dispositivi incorporati per le comunicazioni potevano capirlo. Gli altri avevano l'hardware di traduzione e un solo auricolare. Entrambi gli yollin avevano una configurazione simile per la comunicazione.

«Ho mangiato il tuo pollo» la informò Kael-ven. «È piuttosto semplice, come un talik, che si trova ovunque. Ho mangiato il vostro maiale, ed è piuttosto gustoso, simile al nostro bistok-barook. Ci sono molti di questi animali nelle pianure meridionali di molti dei nostri continenti.»

«Se è così gustoso, perché non lo mangi?» chiese Bethany Anne.

«Li mangiamo, ma non molto spesso, perché sono costosi. I bistok-barook sono molto aggressivi e non hanno una mentalità da branco, quindi sono una scelta molto scarsa per usarli come animali da mangiare. Sono considerati un'uccisione sportiva nel terzo e quarto livello della nostra società. Tuttavia, devi essere disposto ad accettare le limitazioni per rivendicare sul serio l'uccisione di un bistok-barook, o sarai rimandato fuori con un coltello per ucciderne uno. La società ti eviterà per sempre per aver cercato di ottenere il prestigio in modo disonorevole.»

«Con cosa ti è permesso ucciderli?» chiese John.

«Qualsiasi cosa che puoi tenere in mano, ma che non puoi avere su un'armatura potenziata» rispose Kael-ven.

«Aspetta» disse Bethany Anne, «quanto è grande questo animale?»

Kael-ven si rivolse allo scienziato. «Vorresti spiegare?»

Lo scienziato yollin annuì. Royleen era stato sostanzialmente maltrattato, e in alcune aree migliorato, dagli scienziati umani che prima voleva usare come cavie. Gli umani, nel frattempo, dovevano cercare di capire che per lui gli umani erano equivalenti alle scimmie che la gente aveva usato per secoli come cavie, e in alcune società lo faceva ancora.

«Il bistok-barook è una creatura a sei zampe sinuosa quando è giovane, e può viaggiare a grande distanza. Crescono fino a più di tremila dei vostri chili. Sono onnivori ma preferiscono la carne. La maggior parte di loro sono quelli che voi considerate dominanti, quindi non sono animali da branco, e semplicemente riconoscono che non dovrebbero stare insieme per un certo periodo di tempo, o si verificano combattimenti. Almeno, al di fuori dell'accoppiamento. Man mano che invecchiano, la loro capacità di percorrere lunghe distanze diminuisce e ingrassano. Sono ancora incredibilmente veloci per una distanza più breve, diciamo un...» qui, lo scienziato vacillò per un momento, cercando di fare un calcolo, «un paio dei vostri chilometri, e naturalmente, sono in grado di resistere abbastanza bene. Hanno un certo carapace protettivo intorno alle spalle e alla testa, ma la maggior parte del corpo non è protetta. Hanno delle corna, di solito lunghe così.» Tenne le due braccia anteriori davanti a sé, separate da circa sessanta centimetri.

Proseguì: «Nella nostra società, fare uno sforzo per ucciderne uno è considerata un'attività troppo bassa per un membro di secondo livello.»

Qui, Kael-van interruppe Royleen. «Questo perché qualcuno in passato ha deciso che era stupido farlo, e ha preso una decisione su un livello che era al di sotto di chiunque al nostro livello per andare a queste cacce. Per quanto mi riguarda, penso che avessero una prole che ci avrebbe provato, e quindi, è stato decretato che fosse al di sotto di noi. Molto probabilmente perché dimostrerebbe che, se lo facessimo pubblicamente, ci faremmo uccidere con mezzi insensati tanto spesso quanto il terzo livello.»

Bethany Anne alzò un sopracciglio e considerò la dichiarazione di Kael-van. Aveva menzionato in più di un'occasione le sue critiche alla società a livelli degli yollin e il loro desiderio di "fare così perché è così che abbiamo sempre fatto" credendo di far progredire la società.

«D'accordo, sembra che i Wechselbalg avranno qualcosa da fare per aiutare a riempire le dispense di carne» annunciò Dan. Tutti tornarono alla conversazione in corso, e Bethany Anne fece un cenno di assenso.

«Grazie, Kael-van e Royleen.» Aggiunse: «Bene, il cibo sembra essere sulla buona strada. Tuttavia, abbiamo bisogno di una base... no, una fortezza, per proteggere la nostra gente se le nostre navi sono in battaglia.»

«Be', a questo proposito» iniziò Bobcat prima che Marcus lo interrompesse.

«Quello che vogliono costruire» accusò Marcus, indicando i suoi due amici, «è una Morte Nera.» Il suo sguardo disse a Bethany Anne che quella volta pensava che i due ragazzi stessero chiedendo qualcosa di esagerato.

«Completo di un laser che distrugge il pianeta?» domandò lei.

William sorrise. «Be', non lo rifiuterei, ma chi diavolo distrugge un pianeta? Qualcuno si rende conto di quanto sia uno spreco?»

Bobcat riprese la conversazione. «Sì, anche i poveri piccoli bistok-boorokie verrebbero uccisi.»

«Ed ecco che se ne va la nostra pancetta» aggiunse William.

«Non posso permetterlo» rispose Bobcat.

«Concordo» disse William. Bethany Anne vide gli occhi di Marcus alzarsi verso il soffitto. Doveva riportare la conversazione sui binari giusti.

«Ragazzi?» li interruppe. «Possiamo concentrarci su ciò che volete creare piuttosto che sull'ultima ricetta bistok-barook immaginata?»

«Scusa, capo» disse Bobcat. «Ma io adoro il maiale e il pensiero di ridere a crepapelle di un gruppo di Wechselbalg che devono andare a uccidere il maiale è divertente. Va bene, vogliamo prendere un grosso asteroide di ferro-nichel, entrarci dentro e trapanarlo. Useremo l'esterno per immagazzinare l'enorme numero di container per un po', finché non avremo forato abbastanza all'interno per spostare persone e contenuti, e poi useremo le unità gravitazionali tutte insieme per spostare l'asteroide.»

«Perdonami se sono un po' ottusa» disse Bethany Anne, «ma il ferro-nichel non è piuttosto duro?»

«Posso rispondere io» disse Royleen. Si stava abituando ad avere la possibilità di interrompere al di fuori del sistema delle caste. Quegli umani sembravano avere un sistema basato sui ruoli, ma quando si trattava di conversazioni, era opportuno aggiungere e interloquire come necessario senza essere considerati maleducati. La maleducazione, scoprì Royleen, era un tipo di filtro della gerarchia nelle conversazioni. «Il ferro-nichel è duro. Tuttavia, gli yollin hanno lavorato nello spazio esterno per molti dei vostri secoli, e hanno metodi per perforare l'asteroide e produrre prodotti di valore nello stesso tempo in cui scaviamo l'interno.»

«Non è proprio come tagliare il burro con un coltello caldo» ammise Marcus, «ma è molto veloce. È più o meno come noi che perforiamo il carbone. La differenza è che la loro meccanica mangia l'asteroide e poi lo manda attraverso un nucleo di lavorazione che separa molti dei metalli per noi. Aiuta a portare avanti la produzione. Certo, possiamo spegnere quella parte della macchina, e creerà mattoni impilabili in fretta.»

«Quindi» chiese Bethany Anne, «perfora e separa i metalli nei minerali costituenti, e li prepara per la fusione finale. Ho capito bene?»

«Sì» concordò Marcus.

«E tu hai uno di questi?» domandò lei.

«Oh no» rispose subito Royleen. «Non ce l'abbiamo. Tuttavia, abbiamo gli schemi di tre diverse dimensioni delle macchine nei nostri database.»

«Quanto in fretta può essere costruita e testata questa macchina?» chiese Bethany Anne.

«Probabilmente circa sei mesi, capo» le rispose William. «Sono andato a comprare le migliori macchine per la lavorazione e la fabbricazione che hanno i giapponesi e se otteniamo la roba giusta, possiamo iniziare a far creare alcuni dei componenti sulla Terra in diversi paesi. Ma alcune di queste cose sono tecnologie avanzate che dobbiamo fabbricare noi stessi nella cintura.»

Bethany Anne ci pensò un attimo. «Quante di queste macchine vuoi costruire?»

«Almeno quattro» rispose Bobcat. «Sempre in funzione due, una per il backup immediato, e una terzo per operazioni separate al di fuori del nucleo. Poi, creeremo macchine autoreplicanti per iniziare le seconde fasi della costruzione dei pezzi. Usando un asteroide di classe M, avremmo molto del materiale di base, ma dovremo aggiungere gli elementi più complicati come richiesto. Loro, a loro volta, continueranno ad estrarre man mano che ci espandiamo.»

«Operazioni separate?»

«Certo» rispose Bobcat. «Vogliamo aree di attracco. Un posto dove le navi possano collegarsi con noi e avere interazioni, ma facilmente separato dalla nostra area interna e sicuro. Probabilmente due, in realtà. Una per l'attracco delle nostre navi, se vogliamo tenerle separate e lontane. Non c'è bisogno che qualcuno possa allo stesso tempo attaccare con facilità le nostre navi e cercare di penetrare all'interno.»

«Va bene» concordò Bethany Anne. «E la luce?»

«Lì siamo a posto» rispose Marcus. «Abbiamo abbastanza energia attraverso l'eterico per alimentare quella che è effettivamente una grande lampada a incandescenza che utilizza una versione di una fonte di calore yollin. La luce che produce di solito è nello spettro rosso, ma possiamo sintonizzarla su qualcosa di più vicino al nostro giallo e regolare la potenza termica.

Avremo circa quattro diversi interruttori per assicurarci che non vada in supernova all'interno della base.»

«Un brutto risultato per tutti quelli che sono dentro, sono sicuro» osservò Bethany Anne.

«Sì, lo sarebbe» ammise Marcus. «Se non friggessero subito, il freddo li prenderebbe subito dopo.

«Allora, quanto sarà sicuro?» lo incalzò. «Non voglio preoccuparmi che un falso sole diventi una supernova all'interno della base della mia gente.»

Marcus mormorò un po' prima di rispondere. «Onestamente, penso che non avremmo bisogno che di una sola interruzione. Ho lavorato a quattro diverse interruzioni di sicurezza per continuare ad avere il calore e la luce, ognuna delle quali separa progressivamente l'energia in fonti sempre più piccole. In questo modo, alla fine, abbiamo ventisette piccole fonti di calore, e se una di esse funziona male, si spegne e basta. La possibilità di un guasto catastrofico dopo il quarto livello è inferiore a quella che il nostro stesso sole muoia presto.»

Bethany Anne ci pensò su. «D'accordo, ma controlla tre volte quei numeri, per favore.» Marcus annuì. Bethany Anne arricciò le labbra. «Bene. Abbiamo cibo, riparo, energia e acqua coperti al momento. Ho visto i piani per avere le rotaie e le regioni divise come una città. Confermate che abbiamo capacità di protezione e capite come affronteremo gli attacchi dall'esterno. Ho rivisto l'idea di renderla abbastanza grande per il passaggio delle navi, ma non sono ancora sicura di questa idea. Discutiamo delle navi, dei guerrieri e dei nuovi giocattoli con cui Jean Dukes vuole giocare...»

9



**<u>Las Vegas, NV, USA</u>**

Nathan diede una gomitata a Darryl. Avevano spostato l'auto in un punto fuori dal quartiere perché erano stati sorpassati durante una perlustrazione della polizia locale. Decisero che non avere domande era meglio che stare più vicini. Con l'*Arch-Angel* sopra la testa, speravano di essere avvisati in anticipo, e sembrava che avessero avuto ragione.

C'era un furgone nero che stava entrando nel quartiere. Darryl mise in moto l'auto. In pochi secondi, aveva imboccato la strada principale e stava raggiungendo il furgone, che stava mantenendo un'andatura tranquilla all'interno del quartiere. Quando il veicolo fece la sua terza curva, addentrandosi nella comunità, fu evidente che non si trattava di un falso allarme.

Superarono l'ingresso principale della suddivisione e girarono in una strada laterale che costeggiava il quartiere. Alla fine, i ragazzi uscirono dalla strada. Saltarono fuori e si misero a correre, superando con facilità la recinzione di due metri e mezzo, per schivare tra i giocattoli dei bambini sparsi nel cortile, poi saltarono la recinzione un'altra volta. Ciò li portò sulla strada di fronte alla casa degli Switzer. Nathan e Darryl si ritirarono veloci tra i cespugli accanto alla casa dei vicini e guardarono i fari del furgone scuro entrare in strada.

«Sembra che alla fine potremo giocare stasera» mormorò Nathan.

Darryl guardò l'amico. «Parli come un uomo che è stato rinchiuso in casa troppo a lungo.»

«Questo perché sono un uomo che è stato rinchiuso dentro troppo a lungo. So che Ecaterina fa del suo meglio per capire, ma anche con gli allenamenti con gli altri ragazzi, non è lo stesso che andare contro qualcuno che davvero non ti vuole bene.»

«Sì» concordò Darryl. «L'ho capito. Ti ha detto qualcosa di importante prima di partire?»

Nathan sorrise nel buio. «Sì, non mi perdonerebbe se fossi ucciso e la lasciassi a crescere il nostro bambino da sola. A quanto pare, non è stato un avvertimento sufficiente, quindi mi ha detto che avrebbe cresciuto la piccola per essere una fan degli Steelers.»

Darryl fischiò. «Maledizione, ha scelto l'opzione nucleare, vero?»

«Sì, non possiamo permettere che la piccola Christina cresca e diventi una fan degli Steelers. O peggio ancora, una fan della Coca Cola» sorrise Darryl.

«Dio, no!» sputò Nathan. «Una donna che beve Coca-Cola e sventola un terribile asciugamano? Diavolo, sarei più orgoglioso se ballasse con un palo.»

«No!» Darryl si mise a ridere.

«Be', non proprio, ma era divertente, no?» Nathan sorrise. «Sembra che il nostro spasso sia arrivato.»

«Li lasciamo entrare?»

«Sì, fa parte dell'accordo» gli disse Nathan. «Quando il primo set entra, dobbiamo colpire quelli rimasti nel furgone.»

«Sangue modificato BA alla riscossa» concordò Darryl mentre controllava la pistola, confermando che i dardi soporiferi erano bloccati e carichi e aspettavano solo la pressione sul grilletto.

«Funzionano meglio dei dardi soporiferi di marca» rispose Nathan. «Sembra che ne abbiamo tre... no, quattro che escono dal retro del furgone. Ben equipaggiati in tutto nero con copricapo. Sembra che abbiano preso la loro attrezzatura dallo stesso negozio.»

«Cosa, il Supermercato dei Terroristi?» chiese Darryl.

«Be', non sono sicuro che si possano chiamare terroristi, quanto piuttosto Supermercato delle Operazioni Sporche.» I ragazzi potevano vedere, sui loro occhiali protettivi, l'input dei droni di ArchAngel. Due si erano separati e si stavano dirigendo sul retro della casa. Gli Switzer avevano un cane che abbaiò una sola volta prima di essere messo a tacere.

In modo definitivo.

«D'accordo, per me va bene» gli occhi di Nathan diventarono gialli mentre iniziava a correre, ma scoprì che era già in ritardo. Darryl era scappato dall'altra parte della strada e aveva aperto la porta del furgone. Nathan sentì due rumori attutiti dalla pistola mentre passava davanti al furgone, correndo a perdifiato verso il cortile.

Quei due coglioni erano suoi.

Nathan vide i due entrare dalla porta sul retro, facendo scattare l'allarme interno che i ragazzi avevano installato per aiutare a nascondere qualsiasi rumore mentre entravano nella casa dietro gli attaccanti. ArchAngel avrebbe subito interrotto qualsiasi comunicazione proveniente da quel gruppo verso la loro base una volta che l'allarme fosse scattato.

Nathan aveva sempre cercato di superare, di essere migliore, di trovare nuovi modi per raggiungere gli obiettivi, e sotto la guida di Bethany Anne e con i ritocchi della capsula medica aveva realizzato la sua versione di miglioramenti e aggiornamenti.

Poteva mutare solo parti del suo corpo. Come, per esempio,

il petto e le braccia, e le mani e le unghie così gloriosamente distruttive.

I due idioti erano appena entrati nel corridoio del piano di sotto e si stavano dirigendo veloci verso la camera da letto del piano principale. Era dove gli adulti sarebbero stati se non fossero stati avvertiti da Mason e Sheila.

In quel momento c'erano un paio di manichini sotto le lenzuola. Nathan era appena arrivato alla porta della camera da letto principale quando i due che stava seguendo scaricarono tre colpi su ogni corpo nel letto.

A Jack Caton non piacevano i suoi ordini, ma aveva deciso anni prima che la migliore protezione del gruppo era la segretezza, e lui e le sue squadre sapevano che dover mettere a tacere chi aveva una vita al di fuori del progetto era una possibilità.

Mettere a tacere coloro che avevano bisogno di una vita normale. Moglie, figli e partite di calcio all'esterno. In pratica, stampelle e macine al collo.

Rischi.

Odiava quel maledetto allarme, che urlava e costringeva lui e la sua squadra a farlo senza la professionalità che avrebbe preferito.

Jack alzò la Beretta M9A3 con silenziatore e sparò una raffica di tre colpi sui suoi obiettivi. Non era sicuro se Switzer stesse dormendo a sinistra o a destra quando sparò. Iniziò a muoversi in avanti per controllare la sua uccisione. Allarme o no, qualcosa non sembrava giusto. Poi sentì un urlo da dietro di lui.

Nathan, dalla sua mano destra spuntavano artigli di quindici centimetri, colpì con il braccio come un martello pneumatico il primo uomo che incontrò. Si levò un urlo quando Nathan lo sollevò in aria e lo scagliò di lato, il sangue spruzzò le pareti in un arco mentre il corpo sbatteva contro il muro.

Jack si voltò verso destra, facendo girare la Beretta mentre guardava il corpo morto di Kolman scagliato senza sforzo contro il muro.

MERDA! Cercò di puntare la pistola, ma la sua mano fu presa in una morsa schiacciante mentre un mezzo uomo e mezza bestia gli sorrideva. «Non mi piacciono quelli che uccidono indiscriminatamente gli animali» gli disse la cosa, i suoi occhi gialli che penetravano l'oscurità.

Il braccio di Jack fu preso in una morsa, mentre la sua stessa pistola veniva girata e la canna posta sotto la sua mascella. «Una vita per una vita» ringhiò la voce gutturale, e una mano pelosa gli spinse indietro il dito del grilletto.

Gli schizzi di sangue colpirono il soffitto e Nathan lasciò cadere il secondo commando. Sentì l'odore di Darryl e si voltò.

Darryl si guardava intorno nella stanza. «Maledizione, voi Wechselbalg siete così fottutamente disordinati.»

«In arrivo, contatto tra settantadue secondi» sentirono entrambi gli uomini dai loro impianti.

«È ora di scappare» chiamò Darryl e si voltò. Nathan iniziò a correre, sapendo che non avrebbe raggiunto l'uomo, ma che sarebbe stato lì quando Darryl gli avrebbe lanciato un corpo mentre passava il furgone.

Portarono senza problemi i due dal furgone mentre saltavano la recinzione per tornare all'auto.

«Di sicuro non sarebbe stato possibile stipare questi stronzi nella F12» concordò Darryl mentre gettavano i corpi addormentati nell'auto e si rimettevano sulla strada, evitando l'arrivo dei primi soccorritori di trenta secondi.


## **<u>Berlino, Germania</u>**

Terry fece un cenno al tassista e scese dal veicolo. Nell'ultima settimana si era preso una piccola sbronza. Melissa lo aveva schiaffeggiato un'ultima volta, poi lo aveva lasciato a New York dopo che il governo americano li aveva riportati dalla portaerei dove la RDS li aveva lasciati.

A quanto pareva, la sua mentalità militare, che non stava cambiando, la preoccupava ancora molto. Lei trasformò le fiamme di una piccola discussione in un inferno e lasciò la città, tornando, lui supponeva, alla sua università.

Senza mai richiamarlo.

Eppure, non poteva bere tanto da dimenticare i suoi baci, né i suoi occhi, né il suo odore.

Maledizione. Ci aveva provato. Oh, signore, come ci aveva provato.

Sospirò e si diresse verso l'hotel, in un'altra missione per recuperare qualcosa che nessuno avrebbe dovuto cercare di ottenere. Di sicuro sperava che non fosse di nuovo nella Sabbiera. Quella sabbia finiva sempre nella fessura sbagliata, e non c'era un modo educato per tirarla fuori in una compagnia mista.

La prima chiamata arrivò, avvertendolo di una seconda chiamata e suggerendogli che avrebbe voluto bere del caffè. La seconda opportunità era la stessa dell'ultima volta.

Aveva esattamente quarantasei minuti per svegliarsi e bere due tazze del nettare del dio della vita e della buona volontà prima che arrivasse la seconda chiamata. La voce aveva un accento tedesco e prometteva un colloquio, con tutte le spese pagate, per portarlo in Germania e ritorno se non avesse funzionato.

Sospirò e disse loro che poteva essere all'aeroporto entro quattro ore.

Tutto quello era successo la mattina prima. In quel momento, Terry era in Germania a guardare un hotel che di sicuro era stato costruito duecento anni prima e che sarebbe stato lì duecento anni dopo la sua morte.

Scivolando attraverso le porte d'ingresso, si diresse verso la reception e ricevette istruzioni su come raggiungere la sala conferenze. Fu sorpreso quando vide che la porta era sorvegliata da un paio di uomini competenti, vivaci ed esperti. Il tipo duro di esperienza.

Quei ragazzi o erano ancora nell'esercito e in prestito per quell'occorrenza, o si erano ritirati di recente. Controllarono la sua carta d'identità e poi gli permisero di entrare.

Meno male che aveva lasciato le armi nella stanza d'albergo.

Quella stanza era organizzata un po' diversamente dal suo ultimo lavoro. C'erano persone sedute davanti, dietro un tavolo, e circa altre dodici nelle prime due file di sedie. Lui era il primo a sedersi nella terza fila, con due vuote dietro di lui. C'erano cinque posti per lato, il corridoio principale nel mezzo li divideva.

La maggior parte dei presenti sembrava avere un compito, così tirò fuori un tablet e iniziò a vedere se riusciva a capire chi fossero quei personaggi.

Quando la riunione iniziò, erano entrate altre quattro persone.

Ci fu un fruscio di fogli e Terry posò il tablet per dare loro la sua attenzione.

C'era una donna vestita di rosso a sinistra, un signore anziano al centro e un altro a destra, entrambi uomini in giacca e cravatta. Il signore al centro si alzò. «Il mio nome è Dr. Schäuble, e apprezzo che tutti voi vi siate uniti a noi con così poco preavviso. Sembra che manchino due persone, quindi o hanno deciso di non unirsi a noi, o forse il traffico non ha funzionato a loro favore. In ogni caso, non vi tratterremo perché sono stati scortesi.»

Bevve un sorso d'acqua e poi rimise giù il bicchiere. «Questa spedizione, e credetemi, sarà una spedizione, è uno sforzo di ricerca composto da aziende private in concerto con il sostegno del governo tedesco. L'appoggio non è così palese come forse vorremmo, ma abbiamo tasche più profonde e accesso a informazioni che altrimenti non avremmo potuto avere.»

Alla destra di Terry, nell'angolo, c'era uno schermo, e il dottor Schäuble lo indicò e premette un piccolo pulsante. Venne fuori una diapositiva, e il sangue di Terry si raffreddò.

Il titolo era Operazione Highjump.

«Stiamo cercando di portare una nave in una particolare località dell'Antartide, dove si dice, supportato da informazioni condivise dal governo tedesco, che ci sia una base iniziata da persone di qui in Germania negli anni '30. C'erano molti in...» La voce del dottor Schäuble continuava a parlare del luogo, ma Terry lo stava già ignorando.

Se c'era un posto in cui odiava andare più della Sabbiera, era il freddo. Per quanto lo riguardava, potevano prendere quell'operazione e ficcarsela su per il culo.

In nessun modo si sarebbe congelato i testicoli nell'Antartico.

Proprio no, assolutamente no.

La porta si aprì dietro di lui, e una voce leggera e melodiosa interruppe l'uomo che parlava: «Mi dispiace per il ritardo. Sono rimasta bloccata nel traffico.»

Terry lasciò cadere la testa, le spalle si abbassarono. Conosceva quella voce, e sapeva anche che la sua scelta di andare o meno in Antartide era nelle mani di qualcun altro.

In particolare, era nelle mani di lei. A quanto pareva Melissa era stata chiamata per lo stesso progetto.

Dio, aveva bisogno di una buona biancheria termica.

Terry fu sorpreso quando lei gli diede un colpetto sulla

spalla. «Spostati, TH. Non puoi permetterti di fare questo viaggio senza di me. Ti metterai solo nei guai.» Stava cercando di venire a patti con il fatto che lei gli stesse parlando, quando scivolò alla sua sinistra, una sedia più in là.

Lei si sedette e lo colpì con il sedere. «Muoviti un po' più in fretta, soldato. Ho corso gli ultimi quattro isolati per arrivare qui.»

Terry scivolò subito nel sedile accanto, le sue emozioni incasinate dalle azioni della donna.

«Dovremmo parlare» gli sibilò lei, «di come non mi hai richiamato. Voi militari non avete idea di come comportarvi con le donne. Ho pianto per una settimana, idiota!» gli sputò praticamente contro.

«È colpa *mia*?» La rabbia di Terry iniziò ad avere la meglio su di lui quando un paio di persone davanti a loro si voltarono a guardarli. Sia lui che Melissa mormorarono «Mi dispiace» e smisero a parlare.

Sembrava che avesse ragione su una cosa. Non aveva idea di come comportarsi con lei.

### Las Vegas, NV, USA

Quando Eric e Gabrielle furono informati che stava avvenendo il colpo contro gli Switzer, guidarono per otto case per fermarsi di fronte quella dei Gant. Scesero dall'auto mentre i Gant uscivano di corsa dalla loro abitazione.

Le squadre avevano piazzato un paio di monitor e trasmesso il video dei tre luoghi per Robert, che aveva difficoltà a credere che il suo gruppo li avrebbe uccisi.

«Resta nei paraggi e parcheggia al piccolo centro commerciale» gli disse Eric. «Ci infileremo nel tuo letto, e se questo è un falso allarme, puoi guidare fino a qui, saltare di nuovo nel letto e non è successo niente, capito?»

Robert annuì e scivolò in macchina. Gabrielle aveva già

chiuso la porta, sigillando la signora Gant all'interno. Entrarono in casa mentre i Gant se ne andavano.

«In arrivo, un minuto e trentasei secondi» li avvertì ArchAngel. Gabrielle chiuse la porta d'ingresso.

«Non male, ma un po' disordinato sui tempi» giudicò lei mentre i due entravano nella camera da letto principale. Eric stava già staccando le spine di alimentazione per i monitor e li sistemò sul pavimento accanto al muro.

«Vieni a letto, piccola?» chiese mentre scivolava nel letto e accarezzava l'altro lato. «Ti prometto che ti divertirai.» Lui aggrottò le sopracciglia verso di lei.

«Ehi» rispose lei, scivolando tra le lenzuola calde. «Sai proprio come addolcirmi nella posizione orizzontale, almeno...» La sua voce si interruppe quando lui scivolò dall'altra parte e la baciò. «Oh...» Lei fece una pausa per un momento, riorganizzando i pensieri. «Hai fatto bene a usare il collutorio.» Fece scorrere la mano sul suo petto, godendosi la sensazione della pelle d'oca che gli stava provocando.

«Quattro che escono da un furgone scuro sul davanti.»

«Davvero?» Eric si voltò a guardare la porta, con gli occhi che iniziavano a brillare di rosso.

Gabrielle decise che le piaceva quello sguardo sul suo uomo. Si accoccolò contro Eric. «Vogliamo occuparci di queste seccature e pianificare un'altra notte insieme, mmh?»

Eric sorrise. «Suppongo che sarebbe scortese usare il letto di qualcun altro. Be', ora sono sessualmente frustrato e incazzato nero. Ti va di occuparti della marmaglia?»

«Ora sì che stai parlando come un vampiro, signor Escobar, e mi piace» fece le fusa, e i due si voltarono mentre gli uomini avanzavano lungo il corridoio.

«Vai, ArchAngel» sussurrò Eric. Gli allarmi iniziarono a stridere e i due si precipitarono fuori dal letto nell'oscurità. Eric lanciò una piccola palla che esplose in luce, accecando i quattro uomini, che avevano gli occhiali per la visione notturna.

Fu allora che iniziarono le grida, gli urli e le morti. Eric superò Gabrielle mentre si dirigeva verso la strada, vedendo che tipo di pesce doveva prendere là fuori.

Pochi istanti dopo, con l'autista sedato, Gabrielle arrivò con uno sulle spalle. «Sembrava avere un'idea, così ho deciso di portarlo con me. Gli altri tre sono finiti.»

Eric chiuse la porta del furgone dopo aver sparato al tizio in più con un dardo soporifero. Gabrielle salì sul sedile del passeggero mentre Eric camminava dall'altra parte e saliva. Partirono nella notte.

## 10

**<u>Tokyo, Giappone</u>**

William era in paradiso. Be', se il paradiso era un grande magazzino con alcuni dei più recenti mulini, torni e altre macchine a controllo numerico per la produzione di massa. Alcune delle nuove macchine includevano aggeggi con capacità che lui non sapeva ancora esistessero.

I giapponesi avevano fatto di tutto per impressionare Bethany Anne.

William era arrivato la notte precedente e aveva subito iniziato a cercare di capire cosa aveva il suo gruppo e di cosa avevano bisogno per andare avanti nel progetto che avrebbe portato a una nuova casa per la gente di Bethany Anne.

La base di cui avevano bisogno una volta attraversato il portale.

La ragione era del più forte nello spazio degli yollin, e mentre Bethany Anne aveva promesso l'opportunità agli yollin nel sistema solare di permettere loro un passaggio sicuro, nessuno, umano o alieno, si aspettava che la prendessero in parola.

Fino a quel momento, Bethany Anne e il nucleo della

squadra credevano che solo gli yollin avessero la posizione della Terra e, in tutta sincerità, gli yollin che aveva catturato avevano ammesso che nessuno si aspettava molto da loro. Fu solo alla fine che quelli della *G'laxix Sphaea* capirono quante opportunità rappresentasse il piccolo sistema solare arretrato. A quel punto, era troppo tardi.

Erano rimasti intrappolati e non potevano uscire dal sistema.

William stava prendendo un periodo sabbatico dallo spazio per ottenere tutto il necessario per produrre in serie gli strumenti e le tecnologie di cui le squadre avevano bisogno per scavare un asteroide di ferro-nichel di circa ottanta chilometri di circonferenza.

Spostare quel grosso figlio di puttana non era un suo problema, per fortuna. Marcus aveva passato molte notti a strapparsi i capelli con TOM e gli altri per capire come usare l'enorme numero di piastre gravitazionali più piccole dei container per aiutarli a spostarlo. Non sarebbe stato veloce. In effetti, ci sarebbero voluti alcuni anni per spostare l'asteroide fino al portale. Per prima cosa, dovevano accelerarlo, poi rallentarlo man mano che si avvicinava. Le navi e l'asteroide sarebbero passati attraverso la maggior parte del tempo insieme. Da quanto aveva capito, avevano trenta minuti per far passare tutto una volta avvenuto il primo passaggio.

Sempre che il primo passaggio fosse una nave approvata. Meno male che non avevano fatto saltare in aria l'astronave yollin, altrimenti i loro piani sarebbero andati in fumo.

Tre ore dopo, con le palpebre un po' cascanti, le sue orecchie captarono il primo rumore che aveva colpito la sua mente come fuori luogo, ma era troppo stanco per preoccuparsene molto.

Akio stava camminando per la strada. Stava tornando dopo essersi assicurato che Yuko fosse protetta. Aveva due uomini con lei e uno che sorvegliava il magazzino in quel momento. Era a tre isolati dal magazzino quando ricevette il segnale di un'irruzione. Iniziò a correre.

I colpi di pistola vennero sparati quando era solo a un isolato di distanza, e gli occhi di Akio diventarono rossi.

Le urla erano iniziate quando aveva visto Eiji attaccare. C'era qualcosa che non andava. Qualcosa di molto sbagliato.

Ce n'erano troppi lì.

Non solo quel magazzino doveva essere un segreto, ma non c'era nemmeno modo che un colpo con così tante persone coinvolte andasse in porto. Molte delle persone non erano lottatori, ma sembravano delinquenti o persone della terraferma. Gente usata per i muscoli.

Eiji stava facendo del suo meglio, ma l'enorme massa di persone permetteva ad alcuni di passargli davanti anche se lui ne abbatteva molti, schivando mentre altri cercavano di spargli, spesso colpendo quelli del loro stesso gruppo nel processo.

Akio aumentò la sua proiezione di paura mentre sbatteva contro il retro del gruppo, la sua spada oscillava come una falce nel grano mentre cercava di mutilare e non di uccidere.

Se però vedeva un'arma, quella persona moriva.

La sua paura ebbe l'effetto desiderato. Le persone che cercavano di farsi strada nel magazzino si fermarono e poi iniziarono a girarsi e a spingersi all'indietro, spesso trovando Eiji o Akio.

«Lasciali passare!» urlò Akio a Eiji, che fece un cenno di intesa. Di certo avevano abbastanza gente incapace di correre per rispondere alle domande. Akio riuscì a capire dagli uomini spaventati che erano della Yakuza, o assoldati dalla Yakuza per colpire quel magazzino e prendere tutto ciò che potevano portare via che non avesse l'aspetto di tecnologia convenzionale.

Fu allora che Akio sentì William urlare dall'interno del magazzino e due colpi di pistola.

Gli occhi di Akio diventarono completamente rossi e lui estrasse un coltello separato e iniziò a colpire chiunque osasse rallentarlo mentre correva nel magazzino alla ricerca dell'amico della sua regina.

---

«Questa roba deve valere qualcosa, lì!» esclamò Goro, indicando il grosso uomo nero che stava scrivendo su una cartellina. L'uomo si girò, guardando il trio prima con confusione e poi con rabbia.

«Chi cazzo sei tu?» urlò il grosso uomo nero. «Andatevene da qui prima di perdere le vostre stupide vite.»

Non solo l'uomo nero sembrava infastidito, ma non sembrava nemmeno preoccupato che Goro e i suoi due amici avessero le pistole puntate su di lui.

«Non noi, tu» rispose Goro. «Quali di questi hanno una tecnologia non umana?»

«Di che cazzo stai parlando?» rispose il ragazzo nero. «Queste sono tutte frese e torni CNC, e laggiù» indicò con la cartellina, «sono macchine per la produzione di microprocessori.»

«Tu menti, americano!» sputò Goro, la paura lo assalì. La sua mano sobbalzò due volte. «Vediamo come rispondi bene ora, mentre supplichi che non ti spari di nuovo!» disse Goro all'uomo praticamente urlando. La paura stava diventando opprimente, come se stesse crescendo su di loro. Gli altri due con lui si guardavano intorno.

Goro mantenne la propria attenzione sull'uomo nero, appoggiato su un grande contenitore, con il sangue che gli colava sulla camicia. «Oh, adesso sei davvero finito» riuscì a dire a bassa voce l'uomo nero. «Puoi dire addio al tuo culo, brutta copia di cattivo di seconda categoria.» Fece una pausa mentre guardava Goro camminare verso di lui. «Per la cronaca» tossì William, «questa merda fa male.» Lasciò cadere la cartellina e scivolò giù dal contenitore per atterrare sul culo.

«Porca puttana!» gemette. «Se non posso mangiare dopo questo perché sto guarendo, giuro su Dio che prenderò a calci il tuo piccolo e magro culo asiatico.»

Goro si avvicinò all'uomo nero e puntò la pistola. «Tu mi dirai dove si trova la tecnologia di cui ho bisogno o ti pianterò il prossimo proiettile in mezzo agli occhi!»

«Figlio di puttana» ansimò un po' il nero, «dovresti girarti e prestare più attenzione a *lui* che al mio culo nero.» Fece un cenno dietro Goro.

Goro si guardò alle spalle e osservò allarmato il suo amico che scivolava via dalla spada della persona di cui l'uomo nero lo aveva appena avvertito. Un uomo i cui occhi brillavano di rosso e guardavano nella sua direzione. La sua voce, vecchia di secoli e piena di rabbia, parlò, dura e tagliente. «Hai ferito l'amico della mia regina e mio protetto. Ha un dolore che tu espierai. Tu fornirai l'energia necessaria per guarirlo.»

Goro, sopraffatto dalla paura, non riusciva a muoversi mentre guardava il vampiro, con i denti che crescevano, camminare verso di lui. «Sei arrivato alla fine della tua vita, e urlerai mentre finisce. Questo, te lo prometto!»

«Maledizione» William, strizzando gli occhi, trasalì per il dolore. «Vorrei avere dei popcorn per questa merda.»

---

Akio lasciò cadere il corpo a terra, la bocca congelata dal dolore, gli occhi morti.

Si avvicinò a William e gli tirò su la manica. «Sono disonorato, ma attraverso la guarigione, posso ristabilirti. Accetterai il mio sangue come parte della mia restituzione per sistemare le cose?»

«Certo, Akio» rispose William. «Ma se puoi fare qualcosa per aiutarmi quando devi tirare fuori i due proiettili, sarebbe una cosa fottutamente bella, amico.»

Akio annuì e guardò William negli occhi. «Be', ehi» William fece un passo indietro, «non intendevo dire che dobbiamo fare tutto da uomo a uomo qui, fratello, sai che mi piaci e tutto il resto...» La testa di William si abbassò mentre Akio sorrideva.

Americani... pensavano sempre di piacere a ogni ragazzo gay.

Akio si fece crescere le unghie, cercò e trovò entrambi i proiettili e li tirò fuori. Si tagliò i polsi per condividere i nanociti. Socchiuse le labbra e poi fece scorrere il dito nel senso della lunghezza, conficcando il dito sanguinante in ciascuna delle ferite per spingere i nanociti il più in profondità possibile.

Strappando la camicia di William, pulì l'area sanguinante per vedere se stava guarendo. Soddisfatto, Akio spinse di nuovo la consapevolezza nella mente di William, che iniziò a svegliarsi a poco a poco.

William sbatté le palpebre alcune volte e fece un sorriso debole. «Mi è piaciuto?»

Akio ridacchiò. «Se non ti conoscessi, William, dovrei ucciderti per questa mancanza di rispetto.»

«Akio» William mise la mano destra sulla spalla sinistra di Akio, «non era una mancanza di rispetto. Ero io che ti trattavo come tratterei qualsiasi mio fratello. Ero io che parlavo alla famiglia. Se ho offeso, mi dispiace, ma questo è tutto quello che ho da offrirti senza essere falso. Solo io.» William scrollò le spalle. «Non posso cambiare me e la mia boccaccia più di quanto tu possa cambiare ciò che senti, quindi puoi accettare anche me?»

Akio fissò William e considerò la sua spiegazione. Poi Akio mise la mano destra sulla spalla sinistra di William. «Dovevo proteggerti perché sei il caro amico della mia regina. Ora, ti proteggerò perché sei mio fratello, William.»

William sorrise. «Bene. Ora che abbiamo tolto di mezzo quella stronzata del legame maschile» William fece una pausa drammatica e guardò Akio negli occhi, «mi è piaciuto?»

Risero insieme. «Tu, William» disse Akio mentre si metteva accanto a William per aiutarlo ad alzarsi, «sei proprio un idiota.»

«Musica per le mie orecchie, fratello.» William grugnì dal dolore. «Dio.» William indicò Goro, ormai molto morto. «Avrei pagato fior di quattrini per avere dei popcorn quando gli hai fatto un nuovo buco del culo.»

I due uomini avevano fatto qualche passo prima che Akio rispondesse, impassibile: «Ho lasciato stare il suo culo, William. Non è il mio tipo.»

William scoppiò a ridere e gli afferrò il tronco, facendoli smettere di camminare. «Oh, Dio, Akio!» gridò William. «Mi stai uccidendo di nuovo, idiota!» Rise e ansimò, cercando di riprendere fiato, con le interiora ancora dolorosamente molli.

I due si stavano dirigendo verso la parte anteriore dell'edificio quando Eiji tornò. «Libero, e sento le sirene. Ho bisogno di...» Guardò oltre i due uomini. «Oh, devo sbarazzarmi di alcune prove.» Akio annuì, ed Eiji aggirò i due uomini e afferrò il cadavere di Goro.

«Erano qui per la nostra tecnologia» disse loro William mentre camminavano. «Lo stronzo morto dietro di noi cercava la nostra tecnologia kurtheriana. Dobbiamo capire chi ha dato loro questa posizione e inviare una risposta adeguata.»

Akio annuì bruscamente. «Lo farò volentieri. È ora di ricordare agli scarafaggi che c'è qualcosa da temere nella notte.»

«Oh, cazzo» si lamentò William. «Mi perderò la roba buona, vero?»

«Se intendi l'uccisione e la distruzione, temo di sì, William» concordò Akio mentre aiutava l'altro a sedersi su una sedia.

«Non ti ho dato abbastanza sangue per guarirti del tutto.» Fece una pausa di riflessione, poi continuò: «Ho del sangue di Bethany Anne nella stanza di Yuko che sarebbe meglio per te, inoltre hai già alcuni dei suoi naniti, giusto?»

William annuì.

«Da quello che ho capito, non vogliamo mischiarli se possiamo evitarlo» disse Akio.

«Forse meglio di no» concordò William mentre guardava in fondo al corridoio tutti i corpi morti o gementi. «Cazzo, sembra che qui sia passato un Cuisinart.»

Akio guardò il corridoio. «Forse dovrei far venire la viceregina.» Akio fece una smorfia, pensando alla sua reazione al sangue. «Dovrà essere qui per rappresentare la regina.»

William ridacchiò e si rivolse ad Akio. «Dieci a uno che vomiterà almeno una volta.»

Akio sorrise, guardando indietro lungo il corridoio. «Ci sto. Che ne dici di un'oncia d'oro?»

«Eh?» rispose William. «Oh, sì. Immagino che i soldi dell'umanità stiano andando via, vero?»

Akio annuì. «Stiamo per passare ad un altro sistema di crediti, lo capisco. Ma si può sempre scambiare l'oro.»

William sorrise. «D'accordo, dieci a uno, e scommetto un'oncia d'oro.»

---

Yuko serrò la mascella mentre le sue guardie Takeshi e Nario la portavano attraverso la prima serie di feriti, morti e morenti. Il fetore dei morti si mescolava alle grida dei feriti mentre i suoi occhi cercavano di nascondersi da tutte le luci stroboscopiche della polizia che sfarfallavano nella notte.

Il suo stomaco aveva la nausea e minacciava di ribellarsi. Non voleva mettere in imbarazzo se stessa e quindi la sua regina vomitando in quel luogo.

Vide Akio e gli si avvicinò. «Cos'è successo?»

«Siamo stati colpiti dalla Yakuza. Avevano capito che qui avevamo una tecnologia speciale da trasferire al governo. A quanto pare, l'informazione è stata piazzata da qualcuno e hanno colpito troppo presto per mancanza di informazioni complete.»

«William sta bene?»

«Gli hanno sparato due volte.» Quando lei si portò una mano alla bocca, gli occhi grandi, lui aggiunse in fretta: «Guarirà e sarà di nuovo sano, ma sarà anche molle per un paio di giorni al minimo.»

Yuko mise una mano sulla spalla di Akio. «Hai sangue dappertutto. Tu e Eiji state bene?»

«Io sto bene, e anche Eiji, ma gli ho fatto cambiare i vestiti così sembra che ci sia stato solo uno di noi a combattere. Molti di questi» Akio ha salutato i corpi, «sono noti criminali, quindi stanno già cercando di capire cosa fare. Come viceregina sei tu la rappresentante.» Lui la guardò e lei gli fece un cenno secco.

Aveva capito.

Girandosi, scrutò il coagulo di poliziotti dall'aspetto importante. Si fermò un attimo e si coprì la bocca.

«ADAM?»

>>Sì?<<

«Scopri chi è l'ufficiale di alto livello nella mia posizione, per favore. Inoltre, ho bisogno di avere accesso a qualsiasi cosa tu possa scoprire su ciò che la polizia già sa o sospetta.»

>>Al momento, abbiamo la polizia locale, ma ci sono altre due agenzie che stanno arrivando. Una è la squadra speciale di investigazione e l'altra è l'intelligence di pubblica sicurezza, che stanno arrivando senza molta fanfara. Inoltre, ci sono altri che stanno cercando di trattenere la stampa che sta arrivando in questo momento. La stampa giapponese di solito è quella che riporta le malefatte della polizia.<<

Yuko si voltò e si avviò verso l'edificio. «Akio, tu ed Eiji dovete entrare. Non dobbiamo essere visti fuori a quest'ora.» Entrò con coraggio nel magazzino, ma avrebbe voluto vomitare per il fetore nel corridoio. Passò con cautela sopra le parti più raccapriccianti.

Akio arrivò dietro di lei. «Permettimi di portarti in braccio oltre questo... casino.» Yuko annuì e Akio la prese con delicatezza e si spostò attraverso il corridoio. La posò dall'altra parte e William parlò, sorprendendo Yuko.

«Maledizione, Yuko.» Si girò verso di lui mentre lui la guardava dalla sua sedia. «Perché non puoi essere una donna normale solo per una volta?»

Si voltò a guardare Akio, che stava sorridendo. «Perché è arrabbiato?»

Akio guardò di nuovo nel corridoio. «Abbiamo fatto una scommessa e ho appena vinto.»

Si rivolse a William. «Qual era la scommessa?»

Ha scosso la testa. «Te lo dirò più tardi. Ora sarebbe ingiusto per te e Akio.»

Scrollò le spalle e si guardò intorno, vedendo altri due corpi morti giù nel magazzino. «Sono questi i due che ti hanno sparato?» chiese.

«No, quello se n'è andato, per sempre. Ma non lo volevamo in giro, quindi la risposta che diamo è "sì".» Grugnì e aggiunse: «ADAM ha già tirato fuori il video necessario e ha tolto la merda che non vogliamo che esca, così abbiamo quello da dare alla polizia.»

Yuko annuì. «Lavorerò con ADAM mentre aspettiamo.» Si rivolse ad Akio. «Quanti nomi vuoi?»

«Tutti» rispose lui, le sue labbra si assestarono in una linea ferma.

Lei annuì e si diresse verso una piccola scrivania a pochi metri da William. «Tutto quello che riesco a trovare, te lo darò.»

## 11

**<u>NRS *ArchAngel*</u>**

«Allora, voi due vi siete divertiti» osservò Scott con amarezza mentre beveva il caffè nella caffetteria. «E Nathan e Darryl si sono divertiti, ma io e Barnabas siamo rimasti seduti in macchina a bere caffè e a sparare cazzate.»

«Non è colpa mia.» Eric si sedette di fronte a Scott mentre Gabrielle salutava e poi si dirigeva verso la sua stanza.

Scott annuì, «Sì, abbiamo aspettato tutta la notte che qualcuno attaccasse la nostra posizione, ma abbiamo pensato che la perdita di due set di comunicazioni di squadra da parte dell'altra parte ha fatto sì che il nostro colpo non fosse possibile. Le nostre esche se ne sono comunque andate dopo il video dell'arresto di Nathan e Darryl.»

«Dove sono ora i nostri nuovi ospiti?» chiese Eric, soffiando sul caffè.

«La seconda serie di alloggi per gli ospiti, ma ho capito che saranno rimpatriati sulla Terra se vogliono o trasferiti in alloggi nella fascia degli asteroidi se non vogliono. Come puoi immaginare, gli uomini sono favorevoli, e le mogli sono completamente indecise. C'è gran parte della famiglia laggiù.»

«Sarà così ogni volta» concordò Eric. «Come va con Cheryl Lynn?»

Scott ridacchiò e guardò dietro Eric.

«È dietro di me, vero?» chiese Eric e ricevette una botta in testa. «Ahi!»

«Sì, lo è!» Cheryl Lynn entrò nel campo visivo e prese una sedia accanto a Scott. «Cheryl Lynn sta bene ora che Scott è tornato, ed è felice che non sia successo niente. So che questo è quello che ottengo per aver firmato per prendermi cura di uno di voi ragazzi, ma non posso dire che mi piaccia molto» ammise mentre si sedeva. «Ho visto Gabrielle scendere nel corridoio. Sembrava stanca.»

«Lo è. Non ha dormito durante l'operazione, e anche se beve caffè a più non posso, non ha bevuto molto durante il viaggio. Quei dannati nanociti hanno un po' abbassato l'euforia della caffeina. Ho lavorato sull'estrazione dell'energia eterica per aiutarmi a tenermi su, ma ora lei deve fare lo stesso. Era incazzata perché ero più avanti di lei in fatto di abilità, ma sono sicuro che lo capirà presto» concluse Eric.

«Dopo che avrà dormito» aggiunse Cheryl Lynn, con un cenno di assenso da parte di Eric.

«Allora, rispondendo alla tua domanda» disse Scott a Eric mentre faceva scivolare un braccio intorno a Cheryl Lynn. «Sta bene. Solo un po' tesa per la preoccupazione quando faccio un'operazione.»

«Sono qui» gli disse Cheryl Lynn, poi appoggiò la testa sulla spalla di Scott e chiuse gli occhi. «Voi ragazzi andate avanti e parlate. Io vado a fare un pisolino.» Alzò la testa e spinse sui muscoli di Scott. «Non potresti essere solo un po' flaccido? È come dormire su un sasso.» Lei riappoggiò la testa. «Non importa. Mi troverò un piccolo cuscino. Mantieni quei muscoli duri, caro.»

Scott guardò i suoi capelli e sorrise, poi guardò Eric e fece l'occhiolino.

Eric alzò la tazza. «Immagino che questo significhi che sarai all'allenamento alle sei?»

«Se non lo sono» rispose Scott, moderando la voce, «perderò questi muscoli, e poi dove sarò?»

Cheryl Lynn allungò un braccio, con gli occhi ancora chiusi, e si accoccolò più vicino a lui. «Mi prenderò ancora cura di te, anche con i muscoli un po' flaccidi. Hai ancora un bel sedere.» Fece una pausa prima di aggiungere: «Non perdere il sedere.»

I due uomini ridacchiarono.

«Cosa c'è in programma per oggi?» chiese Scott.

«Uh, penso che sia il giovedì tonante, quindi torniamo ai classici» rispose Eric.

Poi entrambi gli uomini iniziarono a cantare: «*Io ho le palle grosse, tu hai le palle grosse, ma lei ha le palle più grosse di tutte!* «

«Davvero?» si lamentò Cheryl Lynn, con la voce attutita dal parlare nel petto di Scott mentre i due ragazzi ridevano. «Voi cantate di Bethany Anne?»


### Eagles Nest Rocking Country Bar, Virginia Beach, VA, USA

Il secondo capo Harmon gettò i cinque dollari sul tavolo e prese la birra in attesa, bevendo un sorso prima di pulirsi la schiuma dalla bocca. «Maledizione, era quello di cui avevo bisogno.»

Il sottufficiale di terza classe Neil spostò la banconota alla fine del tavolo in modo che Melissa, la loro cameriera, potesse prenderla la prossima volta che sarebbe passata.

Harmon alzò un sopracciglio. «Ci ha dato la birra, sapendo che eri in ritardo» gli disse Neil. «Le ho detto che l'avrei pagata se non ti fossi presentato entro» si è sporto in avanti per guardare dietro Harmon, «altri dieci minuti.»

«Sono stato richiamato dal capo anziano Needledick per mettere i puntini sulle i e le stanghette su alcune scartoffie. Non posso credere di essermi perso quella merda. Non mi hanno fatto una bella ramanzina. Credo di essere sembrato abbastanza incazzato con me stesso. Maledettamente imbarazzante.»

«Cosa, nessuno ti ha detto che la Marina iraniana ha delle aperture se continui a fare così tanto casino?» chiese il secondo capo Ronnie, sorridendo. «È quello che mi ha detto il mio capo.»

«No» ammise Harmon. «Nessuna offerta della Marina iraniana, ma se le voci sono vere su dove stiamo andando, penso che potrei aver accettato l'offerta.»

«La grande A?» chiese Ronnie e Harmon annuì.

Neil si rivolse a Ronnie. «Alaska?»

«No, idiota, l'Antartide» rispose Ronnie. «L'Alaska sarebbe bello. Almeno lì ci vivono delle persone. La fottuta Antartide non è altro che un freddo da spaccapalle coperto da nevischio gelido e venti che dicono che ti buttano il culo fuori dalla nave.»

«Fai in modo che quelle checche del *Wild Catch* stringano i loro sfinteri abbastanza da far cadere dei cuscinetti a sfera dopo aver mangiato del metallo crudo» aggiunse Harmon.

«Quale sarà il gruppo?» chiese Neil.

«Fregata, incrociatore, LHD, ho sentito» rispose Harmon. «Entriamo, lasciamo atterrare i marines e controlliamo un paio di posizioni satellitari interessanti, e se troviamo qualcosa, scaviamo un po' e otteniamo altri rinforzi. Altrimenti, torniamo di nascosto. Tutti stanno diventando matti da legare, vogliono fare cose alla Indiana Jones in tutto il maledetto mondo. Ho sentito che alcune persone molto ben piazzate sono state sull'*ArchAngel* della NRS, e tutti sanno che hanno una tecnologia aliena.»

«E non la stanno condividendo» interviene Neil.

«Merda, *tu* lo faresti?» rispose Ronnie. «Cazzo, se avessi la loro tecnologia, di sicuro non lo farei.»

Gli uomini videro Melissa dirigersi nella loro direzione, così Ronnie prese il boccale e finì l'ultimo paio di sorsi. Il boccale colpì il tavolo pochi secondi prima che anche quello di Harmon si abbassasse vuoto.

Lei sorrise mentre lasciava tre boccali appena riempiti. «Lo prendo come un sì, ti piacciono queste?» In pochi secondi, aveva i loro vuoti sul vassoio e si era voltata per tornare al bar.

«Dio, io...» Neil iniziò.

Harmon alzò una mano. «Non dirlo» disse all'amico. «Lo pensiamo tutti, ma non dirlo. Ha avuto una vita difficile, e anche se pensiamo che non le faremmo mai niente di brutto, sappiamo tutti che lo zio Sam decide per ora. Non vuole uscire con uno della Marina, e ha tutto a che fare con il fatto che suo padre se n'è andato e non è più tornato.»

«Era della Marina?» chiese Neil.

«No» rispose Ronnie. «Era solo un perdente che non riusciva a gestire la responsabilità. Le piacciamo, ma non vuole uscire con noi. Queste sono le pause a volte» rispose Ronnie, e poi smise di guardarla e tornò al suo tavolo. «Allora, partiamo presto?»

«Questa era la chiamata che mi aspetto, ma dobbiamo caricare alcune cose, almeno sulla nostra nave» rispose Harmon.

«Maledizione, non vorrei essere tra i marines sulla piattaforma d'atterraggio degli elicotteri. Farà schifo, fuori al freddo in quel modo.»

«Sono sicuro che avranno una specie di roba meravigliosa che li tiene tutti abbrustoliti e caldi.» Harmon ridacchiò. «Proprio prima che si rompa sul loro culo e debbano camminare per il resto della strada.»

Ronnie annuì. «Hanno la sfortuna di ottenere equipaggiamento di merda, a volte. Viene da chiedersi se i pezzi grossi se la stiano prendendo nel culo sul budget, o se semplicemente non riescano a trovare un fornitore che possa fare roba che non si rompa.»

«O qualcuno sta intascando i soldi» aggiunse Neil. «Anche

se ne dubito. Ognuno dei loro ragazzi ha iniziato con un fucile in mano.»

Ronnie guardò l'orologio. «Bene, signori. È ora di accelerare le nostre vite e andare a essere una forza globale per il bene.»

«E ci congeliamo le palle mentre lo facciamo» puntualizzò Neil.

«Assicurati solo di avere un aspetto fantastico con i ghiaccioli che ti pendono dalle sopracciglia» gli disse Harmon mentre reggeva il boccale. «Tenete le palle al caldo, ragazzi. Facciamo il nostro lavoro e torniamo a casa sani e salvi. Uno di questi giorni ci sarà una signora Melissa ad aspettarci.»

I tre ragazzi fecero tintinnare insieme i boccali e buttarono giù le birre. Ognuno lasciò cadere una banconota da dieci sul tavolo e salutò Melissa mentre uscivano.


**<u>Tokyo, Giappone</u>**

William si sedette sulla sedia, con una leggera contrazione ma per il resto stava bene.

«Fa ancora male?» gli chiese Yuko.

«No, questa volta è la piccola sedia che assale il mio culo piuttosto rotondo.» Sorrise. «Scusa, forse dovrei pensare al mio linguaggio con la viceregina.»

Dietro di lei, William vide Akio annuire in accordo.

«Non preoccuparti per il mio bene in compagnia privata. Dovresti vedere cosa leggo a volte sulle bacheche quando i ragazzi non sanno che sono femmina.»

«Va meglio quando sanno che sei una donna?» chiese William.

«Dipende dal gruppo. Talvolta sì, ma di solito, c'è un troll idiota che decide che rappresento tutte le femmine che lo hanno maltrattato nella vita. Come se in qualche modo fossi da biasimare il fatto che, come hacker, siamo di solito introversi che raramente mangiano bene e non si prendono cura di se stessi, e quindi non hanno un aspetto troppo attraente.»

«Hai un bell'aspetto» replicò William.

«Sono giapponese. Ho dei geni molto buoni» disse lei. «Inoltre, mi sto allenando da quando ero in Australia. Akio e le guardie mi stanno spingendo molto. Non sono mai stata così in forma e non ho mai sofferto così tanto.»

«È un bene per te gestire tutte le sfide. Ti permette di crescere» le disse Akio. William notò che lei non alzò gli occhi al cielo come si sarebbe aspettato.

«Come posso aiutare i negoziati?» domandò.

«La delegazione sta esprimendo che vogliono la capacità di proteggersi molto meglio in futuro da una Cina belligerante e credono che la tecnologia dei puck sia la strada da seguire.»

«Be'» iniziò William, poi si fermò. Si asciugò la faccia con la mano e ricominciò. «Penso che la tecnologia migliore sarebbe quella dei cannoni a rotaia che abbiamo, con un secondo strato di puck più grandi che possono colpire a distanza. Il problema con i puck è che ogni volta che hanno intenzione di colpire qualcosa di abbastanza grande, il puck verrà distrutto nel processo. So per certo che non daremo loro la conoscenza per costruire i loro, quindi non se ne parla.»

«Saranno in grado di fare il reverse-engineering dei loro puck?»

«Non è possibile. Esplodono se vengono manomessi, e devi renderglielo molto, molto chiaro» la avvertì William. «Ho alcuni video che mostrano cosa succede quando si cerca di aprire la custodia di un puck. Se fanno attenzione, non lo faranno vicino a un luogo abitato.»

«Ti aspetti comunque che ci provino?» chiese Yuko.

«Certo. Lo farei. Lo metteranno in un bunker da qualche parte con un robot da sacrificare e un mucchio di sensori e telecamere ad alta velocità. Non che ci guadagneranno molto, dato che l'esplosione è così veloce che otterranno una quantità molto piccola di dati prima che qualsiasi cosa abbastanza vicina da registrare venga consumata. Sto fornendo il video per dimostrare il mio punto di vista, ma non ci crederanno finché non lo proveranno loro stessi.» Scrollò le spalle. «Gli scienziati sono così.»

«Cos'altro possiamo offrire?» chiese Yuko, «Se i puck saranno off-limits?»

«Be', quelli sono off limits per loro, ma voi avete intenzione di rimanere qui dopo la nostra partenza, vero?»

Yuko annuì. «Mi è stato chiesto cosa voglio fare, e Bethany Anne sta organizzando qualcosa per farci restare qui in Giappone. Akio e la nostra squadra, più un altro rimarranno indietro. Saremo i rappresentanti della regina.»

William sorrise. «Immagino che vi rimarrà anche una suite difensiva e altri giocattoli, quindi avrete dei puck e la capacità di controllarli al di fuori del governo giapponese. Finché vi forniranno terra e supporto, le vostre capacità saranno un forte moltiplicatore di forza per le loro, quindi negozia bene su questo aspetto. Bethany Anne non ha intenzione di lasciarvi deboli, ne sono certo.»

«No, e avremo capsule per gli spostamenti e luoghi secondari se dobbiamo correre. Ma il mio piano è di restare nell'ombra il più possibile e sparire se potrò.»

«È l'hacker che c'è in te che vuole nascondersi, vero?» chiese William.

«Sto cercando di pensare in modo strategico» rispose Yuko. «Ho chiesto ad Akio e agli altri come hanno fatto a rimanere nascosti così a lungo, e credono che nascondersi abbia molti benefici. Inoltre, quando Akio avrà finito di rispondere all'attacco, avremo molte altre relazioni, alcune delle quali ci dovranno dei favori.»

«Quindi, non proprio il potere dietro il trono, ma il potere che il trono può chiamare?» chiese William.

«Sì, credo che sia quello su cui stiamo lavorando. Il governo giapponese, naturalmente, è il trono in questo caso. Non la famiglia reale vera e propria, ma l'idea c'è.»

William annuì. «Con tutto quello che sta succedendo nei notiziari, è sempre più ovvio che ci stiamo dirigendo verso una resa dei conti, vero?»

Yuko ci pensò per un momento. «Sì, molto probabile. Lo vediamo sul dark web, dove si possono comprare e vendere nomi per pochi centesimi di dollaro. Ladri in paesi che non puoi localizzare su una mappa rubano dalle banche nelle più grandi città del mondo. Le più grandi nazioni si stanno preparando a distruggersi a vicenda digitalmente ogni giorno, quindi chiunque abbia una mezza idea dovrebbe almeno prestarci attenzione.»

«Dio, chi ha bisogno degli alieni per farci fuori? Lo stiamo facendo da soli.» William fece un grugnito. «Be', ci sono sempre punti luminosi, giusto?»

«Certo» concordò Yuko. «Abbiamo nuovi modi per generare energia, che alimentano modi eccitanti per produrre cibo, che è uno dei maggiori problemi che abbiamo. Poi c'è il riparo, ma con l'avvento della stampa 3D del cemento, ho capito che saranno in grado di stampare una casa in 3D. Con tutta la sabbia che c'è nel deserto, sembra probabile che abbiamo qualche uso per essa.»

«D'accordo, la promessa è lì.» William sollevò una spalla. «Dobbiamo solo orientarci verso qualcosa di diverso dal cercare di picchiarci a vicenda, ma non è per questo che il Giappone ci sta aiutando.»

«No, stanno allestendo le difese, e noi» annuì verso Akio, «siamo qui per stabilire un rifugio nascosto per il Mondo Sconosciuto.»

William sorrise. «Sarebbe una grande sorpresa per qualsiasi paese che cerca di attaccare, imbattersi nel Primo Battaglione di Wechselbalg dell'Imperatrice. Quegli stronzi non sanno quando sdraiarsi e morire!» disse ridendo.

«Be', certo, ma di nascosto» aggiunse Yuko.

«Certo. Lasciate che vi mostri un po' di tecnologia. Abbiamo un superconduttore a temperatura ambiente che farà avere ai loro scienziati un'erez... Ahhh, scusate!» William si coprì il viso con le mani: «È colpa di Bobcat» si scusò da dietro le mani. «Non mi insegna come parlare davanti alle signore.»

«No» concordò Akio da dietro Yuko. «Non lo fa.»

## 12



**<u>Berlino, Germania</u>**

Terry restò in silenzio mentre guardava Melissa discutere i particolari con gli altri scienziati. Lui e Melissa avevano parlato a lungo e con serietà di un rapporto di lavoro tra adulti.

Valeva a dire, Terry aveva lottato duramente per comportarsi come un adulto finché non gli era venuto duro e poi aveva capitolato a tutte le sue richieste.

Ogni. Singola. Richiesta.

Merda, non riusciva nemmeno a ricordare tutto quello che aveva promesso di fare. L'unica cosa che aveva in mente al momento era come avrebbe protetto quella maledetta spedizione. Non stavano portando nessuno degli agenti speciali del governo tedesco, perché c'era la possibilità che incontrassero la marina americana e non volevano un incidente. Inoltre, l'operazione doveva essere guidata dagli industriali, non dalle teste d'uovo, il che era un bel cambiamento.

Forse. Magari. Be', dipendeva dall'idiota al comando.

Cazzo, aveva bisogno di fare una telefonata.

Si voltò e fece un cenno ai due ragazzi che presidiavano la porta. «Telefonata, torno tra dieci minuti.»

Uscì in strada e camminò per un breve tratto. Tirò fuori il telefono, premette un tasto per la chiamata diretta e aspettò.

C'era la segreteria telefonica.

«Dai, Robert, sei in debito con me» borbottò Terry e premette di nuovo il numero. Quella volta risposero al secondo squillo.

«Va bene, amico, ti stai mettendo tra me e una possibile azione. Sarà meglio che questo sia più che fottutamente buono» si lamentò Robert nel suo orecchio.

«Anch'io ti amo, tesoro, e detto tra noi, la tua mano non è un appuntamento galante» rispose Terry.

«Stronzo.» Robert si mise a ridere. «Cosa ti serve, fratello?»

«Potrei avere bisogno di un piccolo gruppo di mercenari per un viaggio simile a quello che ho fatto di recente, ma questa volta verso sud.»

«Quanto a sud?» chiese Robert.

«Fino a quando non si gela a sud.» Terry sgranò gli occhi quando sentì lo sghignazzo. «Sì, palle congelate e tutto il resto.»

«Aspetta, non dirmelo» chiese Robert, il suo sorriso si fece sentire forte e chiaro nella sua voce. «Melissa è coinvolta?»

«Sì.»

«Pensavo che avesse rotto con te.»

«Non ho ricevuto il messaggio» rispose Terry.

«Il messaggio che dovevi inseguirla?» chiese Robert. «Non hai ricevuto quel messaggio con come-si-chiama a scuola?»

«A quanto pare no, stronzo, e saresti così gentile da non menzionare le fiamme precedenti da nessuna parte vicino a lei?»

«Non lo sto facendo. Io sono in America e tu sei in Germania, giusto?»

«Sì, e francamente non è abbastanza lontano.»

Robert si mise a ridere. «Terry, amico mio, sei messo male.»

«Dimmi qualcosa che non so. Andrò nella maledetta Antartide per lei, quindi sì. So che non succederà niente di divertente nella Terra dei ghiaccioli congelati parlando dal punto di vista orizzontale, e sono comunque disposto ad andare. Inoltre, sto subendo questa telefonata e tutte le tue prese in giro.»

«Non c'è abbastanza protezione?» chiese Robert.

«No, hanno avuto il mio nome da qualche parte e hanno saputo che il governo tedesco non sta prestando gente per le operazioni, quindi posso andare ad assumere.»

«Non siamo a buon mercato, amico.» Robert sorrise.

«Fottuto doppiogiochista!» rispose Terry. «Non dirmi queste stronzate. I tuoi, uh, precedenti datori di lavoro farebbero la fila per questa opportunità.»

«Adoro quando mi supplichi» scherzò Robert. «Amico, controllerò, e probabilmente saranno d'accordo. Ma dammi un paio d'ore per avere i permessi giusti e mandami un messaggio con le date e i dettagli. Potrai recuperarli durante il tuo viaggio verso sud.»

«Fantastico. Ti devo un favore, Robbie» rispose Terry.

«No, ho una certa sensazione. Hai ancora qualcosa da tirare fuori dal cappello?»

«Lo stesso dell'ultima volta» ammise Terry.

«Quella è stata la migliore che abbia mai visto, quindi sarebbe piuttosto difficile superarla» sottolineò Robert.

«È vero. Bene, torno dentro. Mandami le credenziali e i dettagli del tuo gruppo di mercenario, così posso vendervi.»

«Si gioca, fratello» gli disse Robert e riagganciò la chiamata.

Terry guardò il telefono e poi guardò a destra e a sinistra lungo la strada. Si infilò il telefono in tasca e iniziò a camminare verso l'edificio. «Hai capito bene, Robert. Si gioca, fratello, si gioca.» Raddrizzò la schiena come se le sue preoccupazioni fossero state attenuate, condivise, tra coloro che ci erano stati, che lo avevano fatto e ne erano usciti insieme.


**Tokyo, Giappone**

L'investigatore speciale di collegamento Jiro Dai parcheggiò la macchina e sospirò. Un altro incarico per tenere la mano a qualcuno che voleva informazioni speciali sui criminali. Qualcuno che probabilmente avrebbe voluto abbracciare i criminali e cantare canzoni religiose.

Non il suo tipo di persone.

Prese il portatile e il badge ed entrò nell'hotel, annuendo alle persone alla reception e prendendo l'ascensore fino all'ultimo piano. Si chiarì le idee. Quelli erano ricchi tipi permalosi.

Ancora peggio.

L'ascensore suonò e lui uscì, sorpreso di trovare qualcuno di guardia davanti all'unica porta del corridoio.

Dai ebbe l'impressione di essere già stato giudicato come una non-minaccia. Era un po' fastidioso essere liquidato così in fretta.

La porta si aprì e un altro uomo uscì. Aveva una borsa sportiva piena di qualcosa di leggero sulla spalla e della tela che copriva qualcosa di lungo nell'altra mano. Si rivolse alla guardia. «La fiducia della regina è nelle tue mani, capito?»

«*Hai!*» concordò la guardia e l'uomo girò gli occhi verso Dai.

Maledizione! Si sentiva giudicato due volte, ed era una formica. In che diavolo l'aveva coinvolto il suo capo? L'uomo annuì e si avviò verso l'ascensore da cui Dai era appena uscito. «Avremo una lunga notte, ispettore. Spero che abbia dormito bene.»

Dai osservò la guardia, poi alzò le spalle e seguì il nuovo tizio nell'ascensore.

Dai entrò e il nuovo arrivato premette il pulsante del piano terra. «Mi chiamo Akio, e stasera vedremo il tipo di giustizia che lei desidera da anni, ispettore. Spero che il tuo stomaco sia all'altezza dei tuoi desideri.»

«Di cosa stai parlando?» Dai trovò finalmente la voce. «Mi è stato detto di venire a questo indirizzo per aiutare la persona che voleva comunicare con i criminali?»

Akio lo guardò. «Investigatore Jiro, questa notte riguarderà la comunicazione, ma non la comunicazione equa. Si tratterà di inviare un messaggio da parte della viceregina, che riceve le sue istruzioni dalla mia regina, per coloro che hanno attaccato il suo popolo. Non è mai permesso attaccare senza una risposta.»

«Cosa? Chi è la regina di cui stiamo parlando? Viceregina?» Dai cercava di recuperare il senno.

L'ascensore suonò e Akio uscì e fece un cenno a un uomo che Dai non aveva visto prima. Quindi avevano un guardiano in basso. Non c'è da stupirsi che la guardia superiore non si sia preoccupata di lui.

Dai ci mise qualche secondo a capire che Akio stava ripercorrendo i passi di Dai fino alla sua macchina. «Dovrai riaccompagnarci a casa tua.»

«Cosa? Perché?» domandò Dai, scivolando sul suo sedile e facendo scattare le serrature in modo che Akio potesse entrare.

Akio salì sul sedile anteriore e chiuse la portiera. «Allora, c'è una registrazione della tua presenza a casa questa sera. Lo sai che hai un localizzatore sulla tua auto della polizia, vero?»

«Be', sì, credo. Non ci avevo pensato prima.» Dai uscì dalla sovrastruttura dell'hotel e iniziò a guidare per tornare a casa sua. «Perché lo sto facendo di nuovo?»

«Perché non sei l'unico che è stanco dei criminali che si nascondono dietro la legge e io manderò un messaggio che capiranno per decenni.»

«Quale messaggio?» chiese Dai, girando sull'autostrada.

Akio rispose: «Non si scherza con la gente della regina, o lei risponderà a tono.»

«Voglio sapere la sua risposta? Mi sembra di capire che non desideri parlare in modo gentile con loro.» Dai fu sorpreso di sentire l'uomo cupo ridacchiare.

«No. La mia regina non parla bene a chi attacca per primo. Lei risponde e basta.»

«Stai parlando dell'incidente della settimana scorsa, vero?»

chiese Dai, finalmente capendo le voci e i commenti vaghi in giro per l'ufficio. Stava lavorando ai suoi casi, quindi non aveva ascoltato troppo le chiacchiere dell'ufficio.

«Sì.»

«Allora la tua risposta non è un po' tardiva?» chiese Dai, uscendo dall'autostrada e prendendo un'altra svolta in una strada laterale.

«No. Non si crea una notte che sarà ricordata con una pianificazione frettolosa» gli disse Akio.

Questo suonava minaccioso. «Cosa hai intenzione di fare?»

Akio si rivolse a Dai. «Consegnare la sua risposta, naturalmente. E assicurami che sia compreso e concordato che una cosa come quella della scorsa settimana non sarà tentata di nuovo.»

«Come hai intenzione di farlo? Non posso fare niente senza un permesso speciale, e l'NPA non me lo darà.»

«No, tutto quello che l'NPA ha fatto è stato permettere a te e a me di parlare per qualche minuto, assicurandosi che avessimo capito che stavi facendo del tuo meglio per gestire il caso. Poi hai guidato fino a casa. Le informazioni del GPS della tua auto confermeranno la tua storia, dato che i dati vengono inviati in tempo reale al tuo quartier generale.»

Dai rallentò, entrò nel piccolo e stretto vialetto di una casa a due piani e premette il pulsante per aprire il garage. Entrando nel garage, premette di nuovo il pulsante per chiudere.

Akio scese e prese la sua borsa. «Ora, come si dice in America, è qui che si decide se si vuole prendere la pillola rossa o quella blu.»

«Cosa?» chiese Dai. «Vuoi dire *Matrix*?»

«Sì, ispettore. Vuoi andare a dormire e imparare tutto questo domattina come tutti gli altri, o vuoi partecipare?»

Dai guardò le due borse dell'uomo. «Cosa c'è in quelle?»

Akio sollevò la borsa sportiva. «Questa è la mia uniforme.» Sollevò l'altro equipaggiamento. «Queste sono le mie armi.»

«Solo tu?»

«Ispettore, tu ignori quello che sono, altrimenti non me lo chiederesti.»

«Va bene.» Dai era agitato. «Dimmi chi ho appena fatto entrare in casa mia per ragioni che non ho ancora capito bene per fare cosa a persone che probabilmente sarei d'accordo sul fatto che hanno bisogno che gli vengano fatte delle cose.»

«Ispettore, sono il castigo della mia regina. Lei ha un messaggio, e quando vuole che uno di questi messaggi sia inviato, manda il meglio.»

«E tu sei?»

«Sono» gli disse Akio, «uno Stronzo della Regina.»

---

Dai non poteva credere a quello che stava facendo. Guardò Akio mentre si cambiava nella sua uniforme con l'emblema del teschio zannuto sulla spalla. Srotolò la borsa con dentro due spade. Una era molto, molto vecchia, ma ovviamente ben tenuta.

Akio gli aveva chiesto un'altra volta: «Pillola rossa o blu?»

«Rimango con il rosso e vediamo quanto in fondo alla tana del coniglio andiamo» aveva risposto Dai.

«Allora devi indossare il tuo equipaggiamento protettivo. Non mi aspetto che combatti, ma se qualcuno ti spara, devi assicurarti di essere protetto al meglio.»

In quel momento stava indossando il giubbotto antiproiettile forse per la seconda volta nella sua carriera, e il suo sangue iniziava a pompare. Stava succedendo. Stava accadendo davvero.

Stava andando in clandestinità e aiutando qualcuno che avrebbe riportato la lotta a coloro che si facevano beffe della legge.

Stava facendo come Dirty Harry con i criminali. I film polizieschi americani erano tra i suoi preferiti.

Tirò fuori la sua SIG P230 e la indossò. I suoi colleghi, quelli che combattevano la Yakuza, erano i pochi a portare le automatiche.

«Se lo facciamo bene» gli disse Akio, «non la userai stasera. Vogliamo limitare qualsiasi prova che tu sia ovunque tranne che qui. Tieni la fondina, ma lascia qui la SIG. Ho qualcosa per te nella capsula.»

Dai strinse le labbra, ma Akio aveva ragione. Mise giù la pistola.

«Come si arriva al tetto?»

Dai smise di chiedere perché tutto il tempo. Sembrava che non avesse idea, ed era così, e l'avrebbe scoperto abbastanza presto.

I due uomini uscirono e poi salirono i gradini posteriori che li portarono sul tetto. Gli occhi di Dai si allargarono quando si rese conto che c'era un grande oggetto nero che si librava sopra di lui.

«Andiamo, Dai. Abbiamo dei messaggi da consegnare stasera» gli disse Akio. Dai fece il giro per vedere Akio che apriva le porte della capsula e poi allungava la mano dietro i due sedili e tirava fuori una scatola di metallo. Premette il pollice sulla serratura e quella si aprì, poi estrasse una pistola e la porse a Dai. L'ispettore la prese e cercò di vedere che aspetto avesse al buio.

«Guarda nella capsula. Quella è una Dukes' Special. Spara schegge di metallo usando la tecnologia dei cannoni a rotaia. Lo blocco a un livello di potenza massima di quattro.»

«A cosa serve?» chiese Dai mentre Akio rimetteva a posto la scatola e gli ordinava di sedersi sul sedile di sinistra. Si sedette dopo aver rinfoderato la pistola e iniziò a chiudersi dentro, mentre Akio si sedeva, si allacciava e chiudeva le porte. Lo schermo si illuminò con i controlli olografici.

«Le pistole» lo informò Akio mentre la vista dalla finestra mostrava il quartiere scomparire sotto di loro, «vanno a dieci, ma i tuoi polsi si romperebbero molto probabilmente a sei.»

«Perché vanno a dieci se alle sei rompono il polso a chiunque?» chiese Dai.

«Non romperanno il polso a tutti, anche se ammetto che fanno male a dieci.»

«Hai sparato a dieci?» chiese Dai.

«Certo. Jean non ti permetterà di avere le pistole finché non ti avrà controllato su un paio e confermato che conosci i pericoli del loro uso. Ho modificato la mia per permetterti di sparare per le prossime otto ore.»

«Cosa succede dopo otto ore?» chiese Dai.

«Non sparerà, e diventerà mortale se qualcuno cerca di smontarla, quindi non lo suggerirei. Se lo fai, assicurati di farmelo sapere, così posso essere da un'altra parte.»

«Dove andresti?»

«Preferibilmente la Luna» rispose Akio, senza mostrare umorismo sul suo volto.


### NRS *ArchAngel*

«Kiel.» Eric fece un cenno allo yollin, che stava riposando su un divano al lato della grande sala da combattimento.

«Stronzo Eric» rispose Kiel. «Ti prego, dimmi che non è il tuo turno di combattere con me.»

Eric sorrise. «No, non lo è. Ma *sono* curioso. Perché me lo chiedi?»

«Perché mi sono fatto battere il posto degli escrementi di yollin, e lo ammetto, sono stanco.»

«Un secondo, Kiel. Computer, nota che il dispositivo ha tradotto "posto degli escrementi" e d'ora in poi usa il culo, per favore.»

«CAPITO.»

«Be', hai ucciso qualcuno che la gente di qui conosceva, quindi tutti volevano un pezzo della tua pelle.»

«Sì, lo capisco, e capisco che voi umani vi prendete cura dei vostri amici a un livello che noi yollin non conosceremmo al di fuori della famiglia, molto probabilmente.»

«Be', a essere sinceri, sono sicuro che alcuni dei Wechselbalg volevano solo provare la tua taglia, visto che sei un po' più alto e più grosso e porti la tua maledetta armatura.»

«Sì, ho dovuto eliminare uno strato per eliminare le crepe. Non ho potuto combattere per un giorno solare mentre si induriva di nuovo. Il mio esoscheletro era molto danneggiato.»

«Chi era il peggiore?» chiese Eric.

Kiel si mise a ridere. «Stai chiedendo chi si è avvicinato al pestaggio della regina? Nessuno. Ha mantenuto la sua promessa e sono sopravvissuto, ma mi ha fatto desiderare di essere morto. Non farò più del male a uno dei suoi senza pensare.»

«Ha un modo per assicurarsi che impariamo le sue lezioni» concorda Eric.

«Non ha paura di entrare nella zona dei guerrieri e combattere. Perché?» chiese Kiel.

«Pensavo che il vostro re combattesse» disse Eric, sorpreso.

«Sì, quando ha un'armata alle spalle o mille soldati davanti a sé. Inoltre, lo considera un vero combattimento solo se la persona è al suo livello» rispose Kiel.

«Chissà a che livello troverebbe Bethany Anne?» chiese Eric, senza aspettarsi una risposta.

Kiel cinguettò di nuovo. «Non le attribuirebbe un livello, e questa è una buona cosa. Sono abbastanza sicuro che si farebbe prendere a calci nel culo da yollin e dovrebbe rinunciare al trono. Ecco perché ha così tanti combattenti davanti a sé.»

«Perché qualcuno non lo bombarda, allora?» chiese Eric.

«Questo non è il modo yollin. Deve essere una prova di combattimento. Ti sono concesse solo le armi e le armature con cui dormi.»

«Aspetta, voi dormite con le armi?»

«No, il software di traduzione deve aver fatto confusione. Intendevo dire che ti è permesso di andare in battaglia solo nudo. Non puoi avere nient'altro con te.»

«Oh, a Bethany Anne piacerebbe molto *questo* presupposto.»

«Vorrebbe combattere senza copertura?» chiese Kiel.

«No, scusa, sto facendo una battuta. Dubito che la condizione le piacerebbe affatto. Può essere un po' prudente a volte e preferisce il nero al *naturale*.»

«Non le darebbe fastidio combattere senza armi?» chiese Kiel.

«Kiel, Bethany Anne non è mai senza armi, credimi.»

---

«Sto cercando di capire tutto questo, quindi abbiate pazienza un momento» disse Bethany Anne a Marcus. «Ho sentito bene lo scienziato Royleen.»

Il capitano Kael-ven T'chmon cinguettò. «Non è sempre facile accettare ciò che dicono i nostri dotti. Da quanto ho capito, voi umani avete già questa conoscenza, ma forse non gli strumenti per manipolarla bene.»

«Sì» concordò Marcus. «Pensala in questo modo, Bethany Anne: ci sono due tipi di componenti, uno che capiamo, che è l'energia, e uno che non capiamo, che è la gravità. Tu, io, gli yollin, il tuo cibo, l'elettricità, l'acqua, tutto è energia a qualche livello. C'è molto legato alla massa contro la materia e all'equazione di Einstein. Quindi, la roccia in cui dobbiamo scavare un tunnel è energia. Il processo che inizieremo cercherà di riunire le diverse energie in una macchina. Questa macchina avrà la maggior parte delle cose giuste e alcune sbagliate. Significa solo che non avremo blocchi perfetti di qualsiasi cosa ci sia nella macchina, ma sarà molto, molto vicino.»

«Di solito» si intromise Royleen, «ci vuole un'enorme quantità di energia per alimentare queste macchine, ma capisco che con le vostre connessioni eteriche, molto probabilmente l'energia non è il problema a questo punto. Quindi, possiamo scavare nell'asteroide e avere i materiali smontati e sistemati per noi. Saremo in grado di rivenderlo sulla Terra, dato che le materie prime non saranno rintracciabili una volta che avranno fuso il prodotto.»

Bethany Anne batté il dito sulle labbra. «Stiamo concludendo la maggior parte dei nostri acquisti di massa, dato che stiamo ricevendo delle reazioni dai nostri attuali partner ogni volta che il governo scopre il nostro coinvolgimento.»

«Kael-ven.» Si rivolse all'ex capitano. «Ho una domanda.»

«Solo una?» domandò lo yollin con tono scherzoso.

Chiese: «*Et tu*, Kael-ven, *et tu*.» Guardò il soffitto. «Ti ho detto che farò sapere agli yollin che sto cercando di passare in modo pacifico. Tu sai che non mi tiro indietro di fronte a una battaglia e quindi entrambi ci aspettiamo che io ne ottenga una.»

Lo yollin confermò cinguettando.

«Bene. A proposito, mi aspetto di prenderli a calci in culo. So che all'inizio non te lo aspettavi e sono stata educata a non fare domande che pensavo ti avrebbero fatto rivelare i segreti yollin. Tuttavia, a causa del lavoro svolto da Royleen qui...»

«Che lavoro ho fatto per te?» esclamò Royleen, scioccato.

«Il tuo sforzo di tradurre le comunicazioni umane e yollin è stato trovato dalla mia squadra» ha fornito.

«Ma quello era protetto!» rispose, poi guardò il suo precedente capitano, con l'allarme negli occhi. «Non ho fornito supporto agli umani per entrare nei nostri computer.»

Kael-ven agitò una mano verso lo scienziato. «Non ha importanza. Gli umani sono subdoli e intelligenti. Inoltre, c'è un kurtheriano coinvolto, e qual è la nostra sicurezza contro uno di loro?»

**Vedi, te l'avevo detto**, disse TOM a Bethany Anne.

*È come una carta "esci gratis di prigione" per questi ragazzi*, si lamentò Bethany Anne. *Ogni volta che succede qualcosa di cui potrebbero essere incolpati, tirano fuori la carta kurtheriani, e tutti dicono: "Oh? Era coinvolto Un kurtheriano? Be', sfortuna e tutto il resto, non potresti mai vincere contro di loro".*

**Abbiamo una reputazione. Ho cercato di fartelo capire.**

*Sì, be', avendo dovuto vivere con te per così tanto tempo, ho dimenticato che non tutti sono docili come te.*

**Grazie, credo.**

«Come dicevo, grazie al lavoro che è stato fatto, abbiamo la nostra Stele di Rosetta personale e stiamo accumulando in fretta un archivio delle vostre ultime conoscenze. Quello che voglio sapere, è cosa ci vorrà per creare un trattato vincolante e infrangibile con il re yollin?»

Quella volta, entrambi i suoi vassalli yollin iniziarono a cinguettare. Bethany Anne guardò Marcus, che fece spallucce. «D'accordo, sputate il rospo» disse loro alla fine, vincendo l'impazienza quando non si fermarono per più di un minuto.

«L'unico trattato non infrangibile con il nostro re è quello di diventare un sistema schiavo degli yollin, regina Bethany Anne. Senza battere il re in combattimento personale, non c'è altro modo, o sarete in guerra con gli yollin per molto tempo.»

«Bene, questo risolve tutto» dichiarò Bethany Anne. «Non ho tempo, quindi prenderlo a calci in culo dovrà essere il piano.»

Il cinguettio di Kael-ven si fermò. «Cosa? Vorresti assumere le redini del governo yollin oltre al tuo?»

«Be', la massima autorità, certo. Ma sono troppo occupata per essere il governatore degli yollin.»

«Bene, allora chi metterai in quella posizione?» chiese Kael-ven. «Ti garantisco che tutti coloro che sono legati al trono troveranno il modo di essere dolori per te. È tutto sul sistema d'onore.»

«Lo so, quindi non è un bene che io abbia un vassallo che è

già legato a me dall'onore e che vorrà ciò che è meglio per la sua razza, governatore Kael-ven T'chmon?» rispose dolcemente, sorridendogli.

Quella volta, l'unico yollin a cinguettare fu Royleen. Marcus trovava divertente che un'espressione perplessa su uno yollin, nella luce giusta, sembrasse un'espressione perplessa su un umano.


## Tokyo, Giappone

Dai si svegliò per lo squillo del telefono. Aveva un forte mal di testa. Prese il cellulare e guardò il numero.

Era il suo capo e l'ora era quasi mezzogiorno.

Premette il pulsante. «Sì, signore! Mi dispiace, signore. Arriverò tra poco.» Si alzò a fatica, con il cervello che martellava dal dolore.

La voce del suo capo arrivò attraverso il telefono. «Non si preoccupi, ispettore speciale. Si consideri in malattia per quarantotto ore. Non voglio che si faccia vedere in questo momento, visto che qui è un manicomio con la stampa. Volevo solo dirle buon lavoro. Buona giornata.»

«Buona giornata, signore.» Dai riuscì a malapena a dirlo prima che cadesse la linea. Si appoggiò al letto e lasciò cadere il telefono sul comodino.

Oh, Dio! Aveva un gran mal di testa. Si girò dall'altra parte e si ritrovò a fissare un bicchiere d'acqua e due pillole, più un biglietto. Notò con gli occhi annebbiati che sul suo tavolino c'erano un *tokkuri* di porcellana e due piccole tazze *sakazuki*.

Oh, gli stava tornando in mente tutto. Prese gli analgesici e bevve l'acqua. Tutta. Stava soffrendo, guardò di nuovo il *tokkuri*, per il troppo sake di quella mattina.

Akio aveva ragione: era stata una decisione da pillola blu o rossa. Forse non avrebbe mai potuto parlare di quella serata, ma avrebbe ricordato per sempre che per una notte, la paura che colpiva quelli nella notte da parte chi consegnava la giustizia era stata dovuta a una collaborazione.

Ed era stato lui a indicare quelli che avevano bisogno delle lezioni di uno Stronzo della Regina.

Ricordò gli occhi rossi e dei denti a zanna e si alzò dal letto, andando a vedere se c'era ancora del sake nel *tokkuri*.

Non c'era.

Aveva davvero bisogno di alcol dopo la notte che avevano passato. Aprì il biglietto e sorrise. Era il biglietto da visita personale di Dai, "Chiamami se hai bisogno di aiuto", con tanto di firma di Akio.

Quello era il suo bene più prezioso ormai. Si diresse verso il bagno per vedere se aveva anche provato a togliersi tutto il sangue di dosso prima di crollare la sera prima.

## 13

**<u>Adiacente alla base navale tedesca di Kiel, Germania</u>**

«Abbiamo un contatto» sentì Terry sul canale della squadra.

«Davvero?» si lamentò Terry ad alta voce tra sé e sé, poi premette il pulsante per parlare. «Dove?»

«Dodici» fu la risposta.

Terry guardò la mappa. Venivano da sud e si dirigevano verso la poppa della nave, dove stavano caricando. «Quanti sono?»

«Sembrano sei» rispose la loro vedetta.

Terry fece una smorfia. A meno che non tirassero fuori le pistole, che erano verboten lì nel porto, quello sarebbe stato uno scontro fisico. Anche così, aveva sperato che essere adiacente alla base avrebbe fermato qualsiasi attacco idiota e avrebbe permesso loro di uscire dal porto senza incidenti.

Erano le nove di sera passate e la gente stava lavorando sotto le lampade al sodio, cercando di caricare la nave e di farla partire.

Robert chiamò. «Io e i ragazzi ci stiamo muovendo per intercettare. Hai qualcosa di riserva per questo?»

«Non mi aspettavo che qualcuno cercasse di coinvolgerci qui

in Germania. Sembra un posto stupido. Non abbiamo ancora niente» rispose Terry.

«Probabilmente è questo il punto» ragionò Robert. «Qualcuno non vuole che tu vada in primo luogo. Quindi, distruggete un po' di roba, fate scappare alcune persone e almeno rallentate il progetto, se non possono causare abbastanza problemi da impedirne totalmente la realizzazione.»

«Va bene. Chiedi ai facchini di prendere qualcosa e di entrare nella nave e di non tornare fuori, come se stessero facendo una pausa per qualche minuto. Lasciamoli fuori da questa situazione. Hai bisogno che venga giù?»

«No. Sei tu che paghi le bollette, capo. Tu puoi stare lassù e lasciare che noi mercenari ci divertiamo per qualche minuto.»

«Bene, ma voglio che sia annotato che mi sono offerto» gli disse Terry.

«Ho preso nota» rispose Robert e abbandonò la connessione.

Meno di un minuto dopo, Melissa entrò nella stanza. «Ho sentito che ci stanno attaccando?»

Terry tenne d'occhio i monitor che mostravano diverse parti della nave e delle banchine. Guardò i due che gli davano una buona visione dell'area di carico e dell'interno, dove i marinai avevano iniziato a prendere le armi. «Come diavolo hai fatto a ottenere quell'informazione così in fretta?» chiese, non risparmiando uno sguardo per vedere che lei stava respirando a fatica.

«Ero nella banchina di carico interna a controllare alcune attrezzature quando sono arrivati i primi caricatori con il messaggio di Robert» gli disse lei. «Non stai andando là, vero?»

«Eh?» rispose Terry, senza guardarla. «No. Robert dice di starne fuori visto che sto pagando il loro aiuto. Vogliono divertirsi loro.»

«Bene» mormorò lei.

Terry non sentì il suo commento. «Quei bastardi fortunati» borbottò.

Melissa notò che gli attaccanti erano entrati nello schermo che lui stava guardando. I suoi occhi si strinsero su Terry, poi si voltò e lasciò la stanza.

Terry stava guardando gli schermi e non si accorse quando lei se ne andò.

---

«Non credo che voi ragazzi abbiate l'autorizzazione per lavorare in quest'area» dichiarò Robert. Il capo degli intrusi era un uomo grosso. Niente capelli, naso rotto e tatuaggi sul collo. Aveva tre ragazzi alla sua sinistra e due alla sua destra.

«Non abbiamo bisogno di un'autorizzazione, americano.» La sua voce era ruvida, come se avesse fumato troppe sigarette. «Stiamo solo guadagnando un po' di soldi per bere, ragazzi, vero?» Guardò i suoi ragazzi, tutti abbastanza ben fatti. Robert notò quello più magro sulla destra.

«Thomas?» chiese Robert, e fece un segno con la mano all'uomo di cui era preoccupato.

«Ci penso io, capo» rispose Thomas e si spostò di qualche metro per avere una buona visuale nel caso in cui il tizio avesse estratto un coltello.

«Avete un ospedale preferito?» chiese Robert. «Voglio dire, non abbiamo intenzione di portarvi, ma sono sicuro che possiamo chiedere alla sicurezza del porto se potete andare lì. Se non si limitano a gettare i vostri corpi rotti nell'acqua.»

«Tu parli molto, piccolo americano.» Naso Rotto sorrise.

Be', merda. Naso rotto e due denti mancanti.

«Diavolo, sto solo aspettando che voi ragazzi ci chiediate di ballare» gli disse Robert, guardando le probabilità di sei a cinque. «Non abbiamo avuto nessuno con cui testare i nostri nuovi passi di danza da... Be', dall'ISIS, giusto, ragazzi?» La sua squadra confermò.

Naso Rotto sputò di lato. «Non sono sicuro del perché

sareste qui se aveste combattuto laggiù, ma abbiamo delle bevute da fare e non possiamo farle finché non finiamo il nostro lavoro.»

«Era ora» disse Craig Goulding alla sinistra di Robert. «La mia cena si sta raffreddando, francesino.»

«Ah, cazzo!» sputò Robert. La stroncatura di Craig spronò gli uomini a iniziare la lotta. Robert aveva lavorato per trovare un modo per disinnescare la situazione, non per incitare gli uomini, e Craig aveva dovuto solo aggiungere quel po' di benzina al fuoco.

Trattenendosi, Robert aveva permesso che il suo fastidio gli impedisse di prestare attenzione al primo pugno di Naso Rotto. Robert trasformò la sua mossa in un calcio alle gambe portato all'indietro, ma non aveva lo slancio per fare più che piegare appena la gamba del tizio. Si girò e rotolò via, per tornare su, pronto per un attacco quella volta.

«Ti avevo quasi preso, ragazzino!» Sorrise. «Dovresti dire al tuo amico che ci piace spiegare la differenza tra combattere noi e combattere i francesi!

Robert usò entrambi gli avambracci per bloccare un potente colpo di mano destra e poi usò il gomito destro per colpire il naso del suo assalitore. Il sangue schizzò. Il colpo fece indietreggiare il suo avversario di un paio di passi, ma il dolore non lo rallentò molto.

«Oh, mosse fantasiose, vero?» chiese Naso Rotto. Robert si guardò intorno e la sua rapida occhiata gli disse che il suo gruppo aveva tutto sotto controllo. Si esercitavano in abbattimenti veloci e mortali, quindi battere qualcuno sonoramente senza usare mosse mortali richiedeva un po' di tempo.

«Be', non credo che mi metterò in piedi con te e ti picchierò» rispose Robert. «Dalla tua espressione, non ti interessa, e le signore amano già il mio aspetto.»

«Questo perché alle tue signore piacciono i bei ragazzi,

americano!» Naso Rotto sogghignò. «Mentre alle mie piace la virilità.»

«Senti, Jacko, sono i soldi che paghi. Ti diranno qualsiasi cosa per pochi euro» rispose Robert, e infatti, dopo qualche istante di riflessione, Jacko urlò qualcosa di brutto in tedesco e si fece avanti per afferrarlo, a braccia tese.

La fine, quando arrivò, fu quasi deludente.

Jacko Naso Rotto ricevette un rapido calcio all'inguine mentre le braccia superiori di Robert lo bloccavano e spingevano per evitare di essere afferrato. La testa di Jacko fece un tuffo mentre si piegava intorno ai suoi maltrattati gioielli di famiglia. Robert lo afferrò e tirò con forza in modo che il suo ginocchio ascendente intercettasse la faccia di Jacko, provocando un suono di schiacciamento delle ossa.

Quando Naso Rotto finalmente colpì il terreno, altri quattro erano a terra, e uno aveva le mani alzate mentre tutta la squadra di Robert lo guardava come se fosse l'unico hamburger di fronte a un gruppo di affamati.

La voce di Terry arrivò attraverso l'auricolare. «Robert.»

Robert prese l'auricolare e se lo rimise nell'orecchio. «Sì?»

«La sicurezza del porto sta arrivando. Forse solo un paio di minuti se avete bisogno di nascondere qualcosa.»

Robert si guardò intorno. «No, questo è stato solo un episodio di scazzottata. Hai qualcosa per mostrare il nostro lato della lotta alla sicurezza?»

«Sì, ho già coperto i primi secondi, quindi dovresti essere a posto. In caso contrario, ne coprirò altri.»

«Dovremmo essere a posto, ma qui avranno bisogno di un muletto per Naso Rotto.» Robert punzecchiò l'uomo con l'alluce, ma non emise nemmeno un gemito.

«Sì, D'accordo. Be', merda» rispose Terry.

«Cosa?»

«Ho appena notato che Melissa è sparita. Be', sono sicuro di aver fatto un casino in qualche modo, e lo verrò a sapere non appena mi assicurerò che voi ragazzi siate coperti.»

«No, vai a cercarla adesso. Dille che sei andato a cercarla appena hai capito che non era con te. Sarai qui tra poco.»

«Non è giusto» iniziò Terry, ma Robert lo interruppe.

«Il primo giro lo offrirai tu, se entro sessanta secondi da quando l'avrai trovata, lei ti manderà qui» promise Robert.

«Affare fatto, ma verrò lì subito se non è nella sua cuccetta» rispose Terry.

«Va bene.» Robert abbandonò la chiamata per assicurarsi che i suoi uomini stessero bene.

Due minuti dopo, la sicurezza del porto si avvicinò, e dopo altri sessanta secondi, Terry uscì dalla nave.

Robert stava guardando i suoi uomini aiutare il gruppo di sicurezza a spostare i delinquenti. Erano stati tutti svegliati con i sali e li stavano caricando in un furgone. Guardò il suo amico. «Era incazzata perché sei andato a controllarla, vero?»

«Sì. Che diavolo è quello?» chiese Terry mentre guardava i tizi che venivano caricati sul furgone.

«Non puoi vincere, ma ci hai provato, quindi questo ti dà qualche punto. Non saprai di aver ottenuto dei punti, ma il suo tempo per raffreddarsi è appena sceso del trentatré per cento o più. Inoltre, si sente bene per averti detto di andare a fare il tuo lavoro, che è probabilmente quello che stavi facendo che ti ha messo nei guai in primo luogo» gli spiegò Robert.

«Se sai così tanto sulle donne, perché non hai una moglie?» chiese Terry, sospirando forte.

«Perché questo è il culmine di quattro relazioni serie e un po' di terapia, cercando di capire perché ho fallito quattro volte di fila» rispose Robert. «Sembra che sia il nostro turno di parlare di nuovo.»

«Fantastico! Qualcosa che posso capire.» Terry squadrò le spalle mentre faceva un passo avanti e tese la mano al capo della sicurezza.

. . .

**<u>America del Sud</u>**

Il rogo della casa di Michael era andato bene. Le fiamme erano salite in alto nel cielo quando la squadra aveva dovuto saltare sulle capsule in attesa e partire prima che le squadre di emergenza locali venissero a spegnere le fiamme.

Quando i camion dei pompieri erano arrivati, era troppo tardi per fare qualcosa se non contenere il fuoco.

Lasciarono il loro equipaggiamento critico sulla NRS *Arch-Angel* e presero delle stanze. Le stanze scelte erano simili a quelle degli Stronzi della Regina, con un soggiorno generale e un'area comune al centro. La squadra di Tabitha, tuttavia, aveva preferito tenere l'illuminazione bassa e usare quella indiretta sulle pareti per una decorazione minore. A Tabitha piaceva l'effetto e la sensazione zen, così usava solo un paio di lampade vicino al tavolo per quando voleva più luce.

Con i suoi miglioramenti, non succedeva spesso, a meno che non arrivasse qualcuno di umano o non molto modificato.

Tabitha e la sua squadra avevano impiegato un paio di giorni per seguire la loro prima pista dopo aver parlato con Mason e Sheila. C'era un piccolo magazzino che ospitava anche un ufficio commerciale alla periferia di Bielefeld, in Germania. Dopo aver fatto ricerche sulla città, trovarono il Bielefeld Conspiracy, dove quelli su internet persuadevano gli altri che la città non esisteva, e la squadra rideva di quanto la gente fosse credulona.

Tabitha si mise al lavoro.

Le sembrava interessante che le persone che cercava si trovassero nella stessa piccola area del Gruppo Mercenario Praetoria, una compagnia che la maggior parte dei tedeschi avrebbe rifiutato se gliene avessero parlato. La guerra, per i tedeschi, era spesso una parola tabù.

Tuttavia, l'edificio a tre piani sembrava essere sistemato

abbastanza bene. Si trovava su alcuni acri di terreno erboso e non aveva alberi o arbusti che bloccavano la vista per un centinaio di metri in qualsiasi direzione, prima che lasciassero crescere il fogliame locale.

Aveva già provato ad hackerare i computer, ma non c'era niente da prendere. Nessun database, nessun server, niente.

Era come se quelle persone non si fidassero dei computer o qualcosa del genere. Che rottura di palle.

Ora, lei, Hirotoshi e Ryu stavano scendendo in una delle nuove capsule a quattro posti. I due ragazzi erano davanti mentre lei esaminava la pianta dell'edificio.

«Vediamo che tipo di sicurezza hanno e poi facciamo un po' di effrazione, ragazzi» ha detto loro.

«Violazione di domicilio?» chiese Ryu.

«Già. Ora guardi più programmi polizieschi americani?»

«Sì, mi piace particolarmente la roba più vecchia su Netflix» ammise Ryu. «Posso guardare tutto senza pubblicità.»

«Mi chiedo se Netflix sarebbe sorpreso di scoprire che ADAM ha strappato tutto quello che hanno e l'ha immagazzinato nei server dell'*ArchAngel*» si chiese ad alta voce.

«La regina sa che lo sta facendo?» chiese Hirotoshi.

«Probabilmente no. Quando lo scoprirà, immagino che troverà un modo per pagarli.» Tabitha scrollò le spalle. «Dicono che puoi guardare tutto quello che vuoi gratuitamente. Il fatto che ADAM sia in grado di guardare e capire a velocità disumana aggira un po' le regole.»

«Non credo che la regina se la berrebbe» ammonì Hirotoshi.

«No, nemmeno io. Se fossi stata io, avrei solo... Be', non importa» concluse in modo stentato. Non c'era motivo di far sapere a quei ragazzi cosa avrebbe fatto. Doveva mantenere l'impressione che stava lavorando per la giustizia, non per trovare attivamente il modo di rubare film.

Scesero in silenzio per i minuti successivi. Tabitha guardava le informazioni che scorrevano sul tablet mentre si avvicinavano alla posizione dell'edificio. Il vicino più prossimo era a più di tre chilometri di distanza, immerso nelle colline.

«Ne abbiamo quattro di ronda sul terreno» li informò Ryu da davanti, guardando le informazioni visualizzate sul display sovraimpresso sul parabrezza. «Inoltre, sembra che ci siano più dispositivi che irradiano qualcosa in tutto il paesaggio.»

«Sì, forse rilevatori di movimento» concordò lei. «Non hanno niente sul tetto, per qualche motivo. Vediamo perché no.» Tabitha iniziò a dettare le istruzioni all'IA che ArchAngel le aveva fornito per quell'operazione. «Ah!» annunciò. «Gli idioti hanno davvero qualcosa sul tetto, ma sembra che l'abbiano messo in loop loro stessi. Ora, perché diavolo l'avrebbero fatto?»

Hirotoshi li teneva sopra gli alberi a più di mezzo chilometro di distanza, silenziosi e praticamente invisibili nella notte.

«Ehi, questi tedeschi sanno davvero come divertirsi insieme» rispose alla fine alla sua stessa domanda.

Ryu si girò sulla sua sedia per vedere Tabitha che teneva il suo tablet in alto, girandolo di lato e borbottando: «Diavolo, potrei iscrivermi a questo...» Lasciò cadere il tablet per vedere Ryu che la guardava. «Ah, c'erano dei filmati.»

Fece una pausa, poi aggiunse: «A quanto pare, le guardie sono di entrambi i sessi, e una coppia ha dato di matto sul tetto una settimana e mezza fa e non ha rimesso a posto la sicurezza.» Ryu la vide arrossire appena un po'. «Sono io, o sta diventando caldo qui dentro?» chiese lei, sventolandosi il viso con il tablet e sorridendo.

Ryu sbuffò e si voltò. Era raro che Tabitha fosse imbarazzata per qualcosa di sessuale.

Gli fece chiedere cosa ci fosse in quel video che lei aveva trovato.

Tabitha infilò due pistole Jean Dukes nelle fondine e si legò i capelli, prendendo un passamontagna dalla borsa. «Ecco il piano. Trova il momento in cui tutte le guardie si allontanano dall'edificio e lasciami lì. Io entrerò nell'edificio e troverò la roba, poi uscirò dall'edificio e voi verrete a prendermi.»

Ryu si voltò e lei lo guardò di nuovo. «Cosa?» chiese lei. «Come bere un bicchiere d'acqua.»

Ryu vide gli occhi di Hirotoshi roteare e studiò con attenzione la sua faccia per non far trapelare nulla.

«Scendiamo tra dodici secondi, Kemosabe» consigliò Hirotoshi.

Ryu si voltò indietro e vide Tabitha che armeggiava con le sue fondine e i suoi seni, borbottando: «Maledizione, queste tette non sono fatte per la roba clandestina. Ho bisogno di un po' di nastro adesivo per le poppe. Non riesco a far stare le mie fondine attorno a questi meloni.» Una pausa e qualche altra spinta, seguita da: «Merda, mi ha fatto male ai capezzoli» poi ancora borbottii.

Ryu si girò di nuovo e si mise di fronte, cercando di mantenere il proprio arrossamento al minimo.

Pochi secondi dopo, Tabitha aprì la porta e si lasciò cadere i tre metri sul tetto dell'edificio, rotolando e risalendo in fretta per muoversi nel buio verso una porta mentre Hirotoshi e Ryu risalivano veloci nella notte.

«Pensi che riuscirà a entrare e uscire tranquillamente?» chiese Ryu.

Hirotoshi impiegò solo un secondo per rispondere: «No.»

Risero.

---

Tabitha si fermò vicino alla porta e tirò fuori il tablet più piccolo, lo schermo impostato su intensità minima. Sussurrò: «Controlla gli allarmi in prossimità.»

«Allarme attivo sulla porta» arrivò la risposta al suo orecchio.

«Puoi disattivare?» domandò.

«Sì.»

«Allora, fallo!» sibilò Tabitha, esasperata.

«Fatto.»

Tabitha ascoltò con attenzione mentre girava la manopola e quando nessun allarme suonò e nulla sembrò fuori posto né dall'esterno né dall'interno, si infilò dentro e chiuse la porta. Girò il piccolo tablet e lasciò che la luce fioca le permettesse di vedere le scale mentre scendeva, finendo davanti a una porta normale. Secondo i suoi schemi, si apriva su una delle sale principali.

Era ora di andare a cercare informazioni alla vecchia maniera.

---

Kamilla sentì il rumore dal piano sopra di lei ma lo ignorò. Jürgen starà facendo il suo turno al terzo piano.

Continuò a cercare tra le nuove potenziali reclute. La loro squadra in America non aveva mai richiamato, il che sarebbe stato un problema. Da quando la casa che stavano ispezionando era saltata in aria, pensò che doveva essergli successo qualcosa di brutto, e tutto il possibile era stato fatto per cancellare ogni traccia che avrebbe condotto dagli agenti fino alla loro organizzazione.

Qualche minuto dopo, sentì Jürgen entrare nell'ufficio esterno e prendere una tazza di caffè. Dopo un altro paio di minuti, bussò alla sua porta, e Kamilla alzò lo sguardo e lo vide sorridere con non una, ma due tazze.

«Java?» chiese.

«Volentieri, e grazie.» Kamilla accettò la tazza mentre Jürgen si sedeva. «Com'è andata la passeggiata al terzo piano?» chiese.

«Non l'ho ancora fatta. La farò subito dopo questa tazza.»

Lui la salutò con il suo caffè e bevve un sorso. Notò il solco sulla fronte di lei. «Cosa c'è?»

«Ho sentito dei passi lassù qualche minuto fa e ho pensato che fossi tu. C'è ancora qualcuno al terzo piano?»

Jürgen mise giù la tazza. «No, sono partiti per la festa di compleanno di Victor alle quattro e mezza, per fare un salto a bere una birra.»

Kamilla aprì il secondo cassetto. Infilando la mano, tirò fuori una S&W 60 LS Ladysmith. Jürgen annuì e tirò fuori la sua Beretta 92fs, e i due lasciarono l'ufficio di Kamilla, con Jürgen che parlava nel microfono della sua cuffia.

---

«Cazzo» imprecò Tabitha. «Superpoteri gemelli e tutto il resto, ma quello che mi serve è una semplice risposta a una semplice domanda. Chi ha assunto gli assassini di Bethany Anne da qui?» Si guardò intorno nell'ufficio. Aveva tre scrivanie, tutte rivolte verso un tavolo centrale rotondo. La scrivania centrale era di fronte a una grande finestra. La stanza era di circa sette metri per lato, con molti scaffali pieni di vecchi libri, qualche soprammobile e una serie di raccoglitori a tre anelli.

Camminava intorno alla stanza e guardava il tavolo, ma tutto sembrava riguardare un progetto in Etiopia.

---

«Sono passati più di cinque minuti e non abbiamo visto accadere nulla di disastroso... ancora» brontolò Ryu mentre guardava il feed video insieme a Hirotoshi. Al momento, c'erano quattro piccoli droni video che volavano intorno al perimetro dell'edificio, mentre la loro capsula restava sopra le nuvole, fuori dalla vista.

«Dalle tempo. Sono sicuro che vedremo presto il suo biglietto da visita» rispose Hirotoshi.

⸻

«Se fossi una rubrica, dove sarei?» si chiese Tabitha, camminando verso la prima scrivania. «Cazzo, se lo so. Infilerei i dati in una cartella dentro la mia... Merda.» Si mise una mano sulla testa. «Dove diavolo credi che i sistemi operativi dei computer abbiano preso le metafore, Tabitha?» Si guardò intorno alla ricerca di un sistema di archiviazione. «Smettila di avere un momento da scema e inizia a muoverti un po' più in fretta!»

⸻

Kamilla e Jürgen salirono di soppiatto al terzo piano e aprirono la porta, guardando il corridoio che aveva diverse porte che si diramavano.

Era vuoto.

«Ogni porta in sequenza?» chiese Kamilla a Jürgen. «O andiamo direttamente all'ufficio principale?»

«Andiamo verso l'ufficio, visto che è dove è conservata la maggior parte delle informazioni. Se qualcuno è qui sopra e in un altro ufficio, potremmo spaventarlo, ma non dovrebbe trovare nulla» sussurrò.

Lei fece un cenno di assenso, e avanzarono verso la penultima porta a destra.

⸻

«A... B... C... Clienti. Ti ho presa, puttana!» sussurrò Tabitha quando sentì uno scricchiolio fuori dalla porta. Si guardò intorno e sgranò gli occhi.

Non aveva prestato attenzione e qualcuno era fuori dalla porta. Prese le cartelle degli ultimi due mesi e le arrotolò veloce, mettendole dentro il la corazza pettorale. Tirando fuori una delle sue Dukes speciali, la impostò su cinque.

« Pancopinco e Pincopanco!» mormorò nel suo microfono. «Attenzione, ragazzi, sto arrivando!»

Kamilla teneva la pistola nella mano sinistra mentre girava lentamente la maniglia della porta. Con la bocca rivolta a Jürgen, «Tre, due, uno...» e spalancò la porta, facendo un passo indietro quando i vetri iniziarono a frantumarsi all'interno della stanza.

Jürgen si precipitò nell'ufficio e puntò su una figura nera che aveva una pistola e stava sparando al vetro. Sparò due colpi, ma la figura semplicemente... scomparve.

Kamilla era proprio dietro di lui, puntando al nulla.

«Che diavolo?» chiese mentre si precipitavano verso la finestra.

La rottura del vetro avvenne nello stesso momento in cui il commento di Tabitha arrivò sul link di comunicazione.

«Chi sono Pancopinco e Pincopanco?» chiese Hirotoshi mentre la capsula scendeva urlando dal cielo notturno.

«Probabilmente i nostri ultimi soprannomi» rispose Ryu. «Vedo che ha iniziato a correre verso nord-ovest. È già fuori dalla zona di fuoco.» Guardò la mappa e picchiettò il vetro. «Dirigiti qui. Sembra un buon punto di raccolta.»

«Rotta impostata.»

«Come diavolo hanno fatto ad andarsene così in fretta?» chiese Kamilla, le luci sfavillanti nella notte.

«Perché non fai la domanda più interessante?» domandò Jürgen, indicando il terreno. «Come hanno fatto ad atterrare da tre piani, a non uccidersi e a scappare comunque?»

---

«CAZZO, CAZZO, CAZZO, CAZZO, CAZZO, CAZZO!» si lamentò Tabitha con se stessa mentre correva tra gli alberi. «Maledizione, che male! Quando imparerò a smettere di saltare dai palazzi di tre piani?»

Un ramo che non aveva notato la colpì in faccia. «Ahi!» Schivò il successivo.

Fermandosi, tirò fuori il tablet e controllò la sua posizione. Le mancavano ancora un paio di centinaia di metri per raggiungere il piccolo lago. Poteva sentire il suo corpo tornare a posto e guarire mentre stava lì. Per quanto fosse tentata di restare, iniziò a correre verso il lago, chiedendosi quale dolore le avrebbero dato i suoi due Tonti.

Trenta secondi dopo, uscì dalla boscaglia e vide la capsula alla sua sinistra. Correndo, aprì la porta e si infilò nel retro. Togliendosi la maschera, tirò fuori le cartelle da dentro il giubbotto protettivo. «A casa, James.»

Hirotoshi alzò un sopracciglio verso Ryu mentre la navicella si alzava nella notte.

«Kemosabe» iniziò Hirotoshi, girandosi sulla sedia. «Pancopinco e Pincopanco? Io non sono più uguale a Ryu di quanto tu sei uguale a Gabrielle.»

«Certo che no» concordò Tabitha.

Hirotoshi aspettò un secondo, annuì e si è girato di nuovo sulla sua sedia.

«Gabrielle non ha lo stesso livello di parti sculacciabili che ho io» concluse lei.

14

**<u>New York City, NY, USA</u>**

Zhou Song serrò le labbra e annuì al rappresentante del suo governo. Quell'informazione, quella direttiva, era troppo delicata per essere inviata via cavo, dove uno qualsiasi dei governi o delle aziende poteva potenzialmente ascoltarla o leggerla.

Quindi, l'ambasciatore Zhou aveva ormai una riunione e una direttiva.

«Abbiamo la prova» spiegò l'agente dell'intelligence Ho, «che la RDS non solo sta usando la tecnologia aliena, ma che ora è anche in possesso di alieni.»

«Com'è possibile?» chiese Zhou. «Come ne sono venuti in possesso, o come facciamo a saperlo? Non voglio i dettagli di come ne siamo venuti a conoscenza. Ho bisogno di capire abbastanza per essere sicuro di poter convincere gli altri che è vero. O abbastanza vero per ora. Sono curioso di sapere come hanno fatto.»

L'agente Ho alzò le spalle. «Da quel poco che ho capito, c'era una specie di uscita attraverso la quale dovevano volare e hanno ingannato gli alieni all'uscita usando sorpresa e sotterfugio. In ogni caso, ora sono in possesso della nave aliena e della tecnologia, più qualsiasi tecnologia che avevano prima. Non si può permettere che questo continui, questo tenere le informazioni lontane da quelli di noi qui sulla Terra e non permetterci di comunicare con i rappresentanti dei governi alieni.»

«Quindi, al momento, è la loro parola contro la nostra che hanno questi alieni e la tecnologia aliena?»

«Al momento sì» rispose l'agente Ho. «Inizi il processo per informare la nostra gente nel consiglio e nelle nazioni sostenitrici, in modo che quando la verità verrà fuori, i vostri suggerimenti aggiuntivi avranno avuto il tempo di diventare idee che crederanno di aver inventato loro stessi.»

«Capisco i requisiti del consiglio e so con quali contatti devo parlare, almeno all'inizio.»

«Bene.» L'agente Ho guardò il suo orologio. «Ho altri quarantacinque minuti, se ha altre domande. Poi devo tornare sull'aereo, visto che dopo andrò in Svizzera.»

«Sono curioso» chiese l'ambasciatore Zhou. «Cosa risponderebbe il consiglio se dovessi chiedere un divieto permanente di qualsiasi rapporto commerciale con la RDS? Un divieto, se non forniscono e consegnano subito tutta la tecnologia e i rappresentanti alieni?»

### **Boston, MA, USA**

«Torre in d4» dichiarò David e mosse il suo pezzo. Alzandosi, tornò verso la sedia e prese il portatile. «Tocca a te, vecchio mio.» Grugnì mentre si sedeva e aprì il programma di comunicazione.

Fred sbuffò. «Tu sei più vecchio di me di diciotto mesi, vecchio mio.» Pochi secondi dopo, aggiunse: «Alfiere in...»

«Be', merda» esclamò David, interrompendolo.

«Cosa c'è?» chiese Fred, alzando lo sguardo dal rapporto intitolato *Nanotechnology Shifts Resulting from Alien Technology* e TOP SECRET stampato sulla prima pagina.

«Abbiamo appena ricevuto una nota dalle risorse della Germania. Hanno avuto un'intrusione nella loro sede centrale a Bielefeld.»

«Cos'è successo?»

David continuò a leggere lo schermo prima di rispondere. «Be', questo non va bene» mormorò.

«Cosa. È successo?» chiese ancora Fred.

David rispose lentamente: «Il ladro ha preso un paio di mesi di informazioni sui clienti, ha rotto una finestra del terzo piano, è saltato fuori e poi è scappato nel bosco. Il video è... Be'. Cazzo!»

Fred posò il foglio, si alzò e andò dietro la sedia di David. David premette il pulsante per riprodurre il video ed entrambi gli uomini guardarono le immagini che mostravano una vista dalla linea degli alberi verso l'edificio. Mostrava l'oscurità, poi una luce improvvisa quando una finestra del terzo piano andò in frantumi e una figura vestita di nero saltò. La figura atterrò e rotolò, poi si alzò e attraversò il campo.

«Qui dice» ha aggiunto David, «il campo aperto è di cento metri, e il video è in tempo reale.»

«Non è possibile» confutò Fred, poi guardò di nuovo il documento che aveva iniziato a leggere. «Oh, cielo.»

David si guardò alle spalle. «A cosa stai pensando?»

Fred tornò alla sua sedia e prese in mano l'articolo che stava leggendo, acquistato di recente. «La RDS potrebbe essere sulle nostre tracce.»

«Su cosa basi questa idea?» chiese David.

Fred prese il rapporto che stava leggendo. «La panoramica esecutiva discute cosa potrebbe succedere ad un umano con le giuste modifiche, tra cui la guarigione, la capacità di uccidere e» indicò il portatile di David con i documenti, «i miglioramenti.»

David guardò il portatile. «E l'unico gruppo con una tecnologia di gran lunga superiore a quella che conosciamo è la RDS.»

«Sì.» Fred si sedette.

David si grattò il naso. «Be', questo metterebbe un vero freno ai nostri sforzi per restare fuori dal loro radar.»

«Abbiamo ancora il nostro rifugio. Non siamo stati stupidi.» Fred si appoggiò alla sedia, bevendo un piccolo sorso di whisky. «Non è che riusciranno a rintracciarci attraverso l'azienda prestanome senza entrare nei nostri computer di base esterni, e noi non li abbiamo collegati a internet.»

«Vero» pensò David. «Inoltre, farò una chiamata alla Robotic Development Systems per aumentare il budget e aggiungere un requisito per trovare ed eliminare» indicò il video, «chiunque sia.»

Fred guardò sopra i suoi occhiali da lettura. «Quale budget?»

David rideva. «Assegno loro un budget per assicurarmi che siano al guinzaglio e che non possano spendere tutto quello che vogliono.»

«David» lo ammonì Fred, «non essere avaro e sciocco. Se la RDS scopre che abbiamo a che fare con qualcosa che non gradiscono? Saranno le nostre libbre di carne personali che vorranno come risarcimento.»

David arricciò le labbra e annuì. «Bene. Quale budget?»

«Inoltre» aggiunse Fred mentre sfogliava di nuovo il documento fino al punto in cui aveva smesso di leggere. «Quella spedizione tedesca è uscita dal porto. Hanno bisogno di una ragione migliore per smettere di dirigersi verso l'Antartide. Chi conosciamo in Brasile?»

«Un momento, fammi finire questo primo messaggio» chiese David prima di cambiare applicazione e studiare per cinque minuti mentre Fred leggeva il suo rapporto. «Bene, abbiamo una connessione con i Diavoli Rossi in una delle *favelas*. Dato che la polizia e l'esercito sono stati impegnati in sforzi di pacificazione negli ultimi due anni, dopo le Olimpiadi, è stata dura. Hanno bisogno di soldi e di qualcosa per recuperare un po' di orgoglio. Potremmo convincerli a molestare la nave e chiunque vi sia sopra.»

«Fallo» gli disse Fred, poi indicò la scacchiera alle sue spalle. «Io ho mosso. È il tuo turno.»

David guardò la scacchiera. «Oh, non ci ho fatto caso. Ci arrivo tra un minuto.»


## Rio de Janeiro, Brasile

Terry stava sulla prua della nave e guardava mentre un gruppo di uomini e donne partiva per andare in città. Alcuni andarono ad acquistare altre provviste, altri a raggiungere l'ultimo porto caldo prima di arrivare in Antartide.

Sentì lo scalpiccio delle scarpe arrivare alle sue spalle. «Resti sulla nave?» gli chiese Robert.

Terry si voltò e annuì. «Sì.»

Robert spostò le spalle. «Ho ancora quel prurito, amico» gli disse mentre gli stava accanto, guardando il panorama. «Dov'è Melissa?»

«Un po' di mal di mare al momento» rispose Terry.

«Oh, maledizione che schifo» si consolò Robert. «Non ha preso la medicina?»

«Sì, ora l'ha fatto. Ma ha dovuto rendersi conto di non poter mangiare i biscotti al cioccolato che le cucine avevano preparato per capitolare finalmente e iniziare a prenderla. Dice che odia prendere qualsiasi medicina se non è necessario. Io non le prendo, quindi ha pensato che non ne avesse bisogno neanche lei.»

«Pensa ancora che un accademico possa fare tutto quello che può fare un soldato?» chiese Robert, sorridendo.

«Più o meno» concordò Terry. «La fa incazzare il fatto che ho la memoria che ho e che posso ancora operare sul campo. È piuttosto competitiva.»

«Ne hai scelto una vivace, questo è sicuro» scherzò Robert.

Notò gli occhi di Terry spostare la messa a fuoco e lo sguardo quando una grande Jeep nera girò nella corsia scendendo verso la barca. «Aspetti qualcuno?»

Terry annuì. «Hai ancora quel prurito?» Robert fece un verso affermativo. «Be', ho fatto una telefonata, ed ecco il nostro asso nella manica.»

Robert guardò la Jeep per un momento e mormorò: «Siamo proprio fottuti, vero?»

Terry sospirò. «Sì, lo siamo.»

«Tutto quello che sto dicendo» si lamentò Richard mentre il loro autista svoltava nell'ultima strada prima di una grande nave alla fine, «è che odio il freddo.»

«Dopo gli inverni in Europa, si potrebbe pensare che questo non sia che un giorno di primavera» scherzò Samuel.

Richard si voltò a guardare l'amico. «Sei veramente vivo da troppo tempo?» chiese in una lingua antica. «Saremo in Antartide, non un brutto inverno nel Vecchio Mondo.»

Samuel alzò le spalle. «Le ragazze avevano bisogno di un po' di tempo libero e si stanno riposando nella cintura. Gabrielle non ci ha mai punito per la morte di Mark. Forse questa è la nostra penitenza?»

«No.» Richard sospirò. «Ho parlato con Gabrielle. Lei sa che non smettiamo mai di fare il nostro lavoro.»

«Come è possibile?» chiese Samuel, e i suoi occhi si allargarono. «Le hai permesso di accedere ai tuoi ricordi?»

Richard annuì. «Mark se lo meritava. Anche Sia e Giannini quando Gabrielle ha parlato con loro dopo il funerale. Hanno recuperato il corpo e fatto il funerale in Colorado. La famiglia di Mark è rimasta scioccata nell'apprendere che era stato ucciso da un governo straniero.»

«Glielo hanno detto?» chiese Samuel.

«No, gliel'ho detto io» ammise Richard.

«Non l'hai mai condiviso con me.»

«Sto ancora soffrendo, un po'. Mark era un amico e io dovevo proteggerlo. Ho fallito.» Richard sospirò.

«No, abbiamo tutti fallito contro un sicario del governo. Non sapevamo di essere stati presi di mira a quel livello. Ho apprezzato il fatto che tu abbia lasciato abbastanza per identificare il tizio.»

«Nessuna pietà non significa nessun corpo» gli disse Richard mentre la loro corsa rallentava fino a fermarsi di fronte alla nave.

Entrambi i vampiri guardarono fuori dal vetro. «Vedo che il nostro nuovo contatto è lassù» commentò Samuel.

«Sì, e l'altro è il contatto militare, Robert» aggiunse Richard.

«Troppe persone con nomi che iniziano con la lettera R qui intorno» si lamentò Samuel aprendo la porta.

La professione di Robert era portare il dolore usando qualsiasi opzione fosse disponibile, e di solito era un ottimo giudice delle capacità.

Di quelle che uccidono.

Lui e Terry si erano avvicinati alla passerella per dare il benvenuto ai due ragazzi che erano scesi dalla jeep, ognuno tirando con sé una grossa borsa... Borse che tintinnavano e sembravano pesanti. Molto pesanti, a giudicare da come le cinghie si sforzavano nelle prese degli uomini. Nessuno dei due sembrava essere infastidito dal peso.

Chi diavolo aveva invitato Terry alla festa, comunque?

## 15

**<u>NRS *ArchAngel*</u>**

Seduta al tavolo, Tabitha addentò una mela e studiò il portatile. La porta principale della suite si aprì e Barnabas entrò.

«Ciao Big B» si entusiasmò, spingendo il pezzo di mela in bocca per parlare prima di deglutire.

«Ciao, Due» rispose lui amichevolmente e si sedette al tavolo. «Parlami del tuo ultimo successo.»

Tabitha lo guardò con occhi assottigliati, ma lui non sembrava darle alcun rimprovero per il suo poco elegante sforzo di fuga. «Ho avuto diciotto clienti negli ultimi due mesi. Sedici, ho confermato che non hanno niente a che fare con il mio caso, e li ho ignorati. Uno forse è dei cattivi, e l'ultimo l'ho messo da parte per una considerazione speciale.»

Barnabas alzò un sopracciglio, così lei aggiunse: «Non sono soddisfatta del progetto sul secondo, quindi se ho tempo, io e i ragazzi andremo a trovare il cliente.» Lei scrollò le spalle, e Barnabas non insistette.

«Il problema» continuò lei, «è che i dati portano a un vicolo cieco, da un punto di vista elettronico. È un'azienda rifugio, e non riesco a far entrare o uscire niente da lì, né lo può fare

ADAM. Un altro gruppo di coglioni che non ha la minima idea della sicurezza digitale.»

«Ti offende?»

«Sono pigra» rispose Tabitha. «Preferirei introdurmi nella loro azienda usando i computer e farla finita, ma chiunque sia questo gruppo, non è stupido. Be', permettetemi di riformulare la cosa. Non sono ignoranti nel nascondere le loro tracce, quindi probabilmente hanno buone conoscenze e lo fanno da un po'.»

«Stai cercando di far combaciare le persone con i fatti?» domandò Barnabas.

«Forse, ma la mia esperienza di hackeraggio dice che di solito sono le persone più anziane, quelle che lavoravano prima che i computer fossero così pervasivi, che non hanno problemi a capire come funzionare senza di essi. Quelli di noi che sono cresciuti con i computer sono ostacolati dalla nostra incapacità di capire cosa fare senza nella propria vita.»

Barnabas lo considerò per un momento. «Mi sorprendi, Due. Non mi aspettavo tanta perspicacia da...»

Tabitha sorrise. «Un pacchetto delizioso come questo?» Sorrise e si scosse i capelli.

Barnabas chiuse gli occhi e scosse la testa un paio di volte. «Proprio quando penso che sia sicuro farti i complimenti.»

«Scoprirai che è *sempre* sicuro fare un complimento a una donna. Noi ce li mangiamo. Prova con altre donne e fammi sapere cosa trovi» gli disse mentre dava un altro morso alla mela.

Barnabas socchiuse le labbra e annuì.

Ingoiò il boccone. «Tranne quando non lo è» aggiunse pensierosa. «Tipo, subito dopo che hai fatto qualcosa per cui lei è arrabbiata con te. Allora sembra solo che tu stia cercando di adularla.»

Barnabas alzò una mano. «Questa non è una discussione su

come avere una relazione uomo-donna, Numero Due, quindi non andiamo lì.»

«Bene, ma uno di questi giorni risalirai su quel cavallo e sarai felice che io ti abbia fatto cadere queste piccole chicche di saggezza.»

«Ne sono sicuro» rispose lui secco. «Qual è il prossimo passo?»

«Visitare il covo dell'iniquità e vedere quali informazioni posso scoprire dall'interno.» Scrollò le spalle.

«Nessuna finestra al terzo piano?» chiese sorridendo.

«No.» Guardò Barnabas con un'espressione accigliata. «Niente edifici a tre piani. Tuttavia, gli ultimi aggiornamenti video di ArchAngel mostrano che ci sono un sacco di uomini con pistole e cani e merda varia, quindi sto portando dentro i Tonti.»

«Non pensi che sia eccessivo?» chiese.

«Diavolo, no! I Tonti hanno riso a crepapelle del video che ArchAngel aveva della mia ultima acquisizione di dati di successo, così ho deciso che avevano bisogno della loro opportunità di uscire sul campo.» Ridacchiò. «Quei pigri bastardi.»

Barnabas si alzò. «Bene, ricorda che vogliamo scoprire la verità, non iniziare un'altra guerra» ammonì e uscì dalla stanza.

Tabitha mormorò: «Mmh.» Poi, qualche istante dopo che Barnabas se ne fu andato, alzò lo sguardo verso la porta chiusa mentre le sue sopracciglia si aggrottavano. «Guerra?»


### Rio de Janeiro, Brasile

Robert stava guardando attraverso il binocolo a luce amplificata qualche ora dopo, quando sentì un paio di clic sul canale degli assi. O almeno, era così che chiamava il canale che Richard e Samuel stavano usando per comunicare con la sua squadra.

Durante il giorno, quella era una zona abbastanza sicura, e fino a quel momento mancava solo una persona tra tutte quelle che avevano lasciato la nave. Una delle cuoche aveva famiglia in città e non era tornata, ma non era del tutto inaspettato.

Mosse il binocolo su e giù per le banchine buie, punteggiate di tanto in tanto da deboli luci, cercando di capire cosa gli assi stessero cercando di comunicare a lui e alla sua squadra.

Pochi istanti dopo, la porta del ponte si aprì e Terry, con i capelli scompigliati e la camicia infilata, chiese: «Cosa abbiamo?

«Non ne ho ancora idea.» Robert allontanò il binocolo dal viso. «Ma quei due hanno lasciato la nave, e che io sia maledetto se riesco a vederli. Sono almeno a sangue caldo?» Robert ridacchiò. «È come se sparissero nella notte o qualcosa del genere.» Riportò il binocolo agli occhi e continuò a cercare, quando arrivò una voce sulla linea della sua squadra.

«Contatto, accesso sud, due veicoli. Una berlina, una vecchia Toyota riempita fino all'orlo con dei facinorosi.»

Terry tirò fuori il binocolo a luce amplificata e si girò nella direzione in cui Robert stava guardando. «Bene, prepara i ragazzi a respingere gli abbordatori. Permesso accordato per le munizioni vere.»

«Mi chiedo cosa faranno i nostri assi» disse Robert mentre trasmetteva i comandi di Terry.

*Samuel, lato sud* inviò Richard al suo amico.

Pochi istanti dopo, una figura vestita di nero saltò sul tetto di Richard dall'altra parte della strada e si mise a correre, con i piedi che scricchiolavano sul tetto. «Abbiamo qualcosa da fare?» chiese Samuel avvicinandosi a lui e guardando oltre il lato dell'edificio.

«Sì, penso che questa volta sia qualcosa di cui dovremmo occuparci da soli. La squadra della nave sta tirando fuori munizioni vere, quindi non voglio essere nel raggio d'azione quando si scatenano. Quella merda fa male.»

«Be', gli idioti stanno arrivando su questa strada. Non è che non potremmo spegnere quei due lampioni e divertirci un po'» concordò Samuel.

«Sai, sono ancora incazzato» pensò Richard. «Non ho molto divertimento in me al momento.»

«Oh, davvero?» chiese Samuel. «Quindi Auran è ancora in superficie?»

Richard annuì.

«Bene, allora *tutto* sarà divertente» ragionò Samuel, i suoi occhi diventarono rossi e la sua voce un po' più profonda. «Solo un tipo diverso di divertimento, vecchio amico.»

Richard si voltò verso di lui, con gli occhi rosso fuoco. «Sì, non ci sono vittime stasera» concordò mentre si chinava per prendere alcuni sassolini dal tetto.

---

«Merda!» esclamò Robert. Le due luci della strada si spensero, e lui giurò di aver visto due figure cadere dalla cima dei palazzi a due piani accanto alla strada.

Fu allora che iniziò il caos.

«Abbiamo il fuoco, abbiamo il fuoco!» chiamò Victor alla radio. Spari e urla iniziarono a raggiungere le orecchie degli uomini sulla nave. Terry e Robert uscirono entrambi dal ponte per sentire quello che potevano, e non era bello.

«Cazzo» sussurrò Terry. «Hai visto una Toyota lanciata contro un edificio?»

«Visto, sì» rispose Robert, con gli occhi incollati al binocolo. «Ma crederci? No.»

---

Richard lanciò due piccoli sassolini, uno a testa, rompendo entrambe le luci e facendo cadere la strada nell'oscurità, tranne i fari del piccolo furgone Toyota e della vecchia berlina Ford marrone davanti a esso. Scese dall'edificio proprio dietro Samuel, flettendo le gambe per cadere quasi senza rumore sulla strada.

Vide Samuel camminare ad angolo verso la prima auto e dare un calcio quasi indifferente, il suo piede che sbatteva contro la portiera del guidatore, facendo girare l'auto con violenza e sbattere contro l'edificio alla loro sinistra. Poi la Toyota sul retro inquadrò Samuel nei suoi fari e schiacciò i freni.

Richard si avvicinò veloce alla Toyota con un sorriso malizioso.

***

Santiago guidava la vecchia Toyota scassata di Mateo. Dato che Mateo era bloccato in prigione dopo l'ultimo giro di vite della polizia, non l'avrebbe usata quella sera. Lui e la sua gente avevano bisogno di soldi per rifornirsi di armi dopo l'ultimo raid della polizia, e quello sembrava essere un colpo facile.

Nessuno dei ragazzi indossava abiti o simboli di bande che potessero ricondurre a loro, dato che i poliziotti si stavano facendo furbi con video e immagini. Anche nascondersi nei bassifondi non stava funzionando come negli anni precedenti.

«Maledizione!» Diede una gomitata a Jorge. «Tieni stretti i gomiti. Devo guidare.»

«Come se fosse così difficile.» Jorge fece un grugnito. «Seguire Miguel e tutta questa merda.» Spostò comunque il gomito.

Entrambi i lampioni fecero scintille, poi andarono in frantumi. Un secondo dopo, i fanali posteriori dell'auto davanti a loro sobbalzarono con violenza a destra. Sbandò contro un edificio e poi Santiago schiacciò i freni mentre una figura appariva nei suoi fari.

«Ma che cazzo?» sentì Santiago da un paio di ragazzi che si tenevano dietro, così come un paio di colpi di pistola dall'auto davanti, prima che iniziassero le urla. Poi videro un'altra figura camminare alla luce dei loro fari, gli occhi che brillavano di rosso, e i denti, denti da vampiro, prominenti nel suo sorriso.

«Gesù, Maria e lo Spirito Santo» sbottò Jorge mentre l'uomo afferrava la parte anteriore della Toyota. Santiago poteva sentire i ragazzi nel retro agitarsi e saltare fuori dal pianale del furgone. Il tempo sembrava andare al rallentatore mentre l'uomo si girava. Il furgone si capovolse all'istante, la strada girò in tondo, e poi, con un enorme impatto tonante colpirono un edificio. La quiete regnò per un momento, mentre riprendevano il senno.

«Santiago» raspò Jorge guardando il suo amico, solo per vedere che metà del suo corpo era perso sotto il furgone, steso su un lato. «Oh, Dio!» borbottò quando lo stridore dell'altra portiera strappata gli assalì le orecchie.

***

«Signore, che cazzo sta succedendo?» disse Craig alla radio.

Robert fece scattare il microfono. «La nostra protezione è intervenuta. Restate tutti fermi» gli rispose.

Thomas saltò sul canale. «Pensavo che fossimo noi la protezione.»

«A quanto pare» replicò Robert, «l'asso nella manica di Terry ha deciso di risparmiarci la fatica di sparare a un sacco di gente.»

Le urla infransero la notte, gli occasionali spari punteggiavano le grida dei feriti.

«Signore» chiamò Victor, «ha avuto un'intuizione?»

Robert schiacciò il pulsante. «Affermativo, ragazzi.»

«Be', siamo fottuti» dichiarò Victor, poi aggiunse «di nuovo» tra le risate della radio.

Terry, che stava ancora guardando per vedere cosa poteva

scorgere attraverso il binocolo, sorrise. «Be', almeno hanno ancora il loro senso dell'umorismo.»

Le luci stroboscopiche dei veicoli della polizia e dei medici lampeggiarono intorno alle pareti mentre il poliziotto che l'ispettore Gutierrez aveva mandato sulla nave tornava indietro e faceva rapporto. «Mi dispiace, signore. Dicono che erano tutti sulla nave quando hanno visto i fari. Poi si è scatenato l'inferno, con urla, spari e luci che andavano in ogni direzione.» Prese in mano una piccola chiavetta USB. «Ci hanno dato il video che era puntato in questa direzione.»

«C'è qualcosa di speciale?» chiese l'ispettore Gutierrez.

«Solo una cosa non hanno menzionato, signore» riferì il poliziotto, «posso sentire quelli nella lotta urlare un nome quando tutto va a rotoli.»

«Allora?» domandò l'ispettore accettando la chiavetta USB.

«Stanno gridando *"El Diablo"*, signore» rispose il poliziotto mentre guardava tutti i morti.

—

Richard guardava e ascoltava la polizia da tre edifici di distanza. Samuel stava guardando dall'edificio dall'altro lato della strada. Richard parlò a bassa voce ma abbastanza forte per Samuel. *«El Diablo?»* ridacchiò. «Se solo Gabrielle ci desse qualche settimana nei bassifondi, glielo farei vedere io *El Diablo.»*

«È stato divertente» concordò Samuel. «Forse stavamo diventando troppo sedentari in Australia.»

«Sei già guarito?» chiese Richard. «Che sfortuna prendere quell'ultimo colpo.»

«Lo stronzetto faceva finta di essere morto e mi ha sparato quando l'ho girato» si lamentò Samuel. «Non posso credere di essere caduto in quel trucco. Promettimi che non lo dirai a Gabrielle.»

«Non le dirò nulla, soprattutto non che ti ho visto far cadere il corpo del piccolo coglione dal molo dopo aver incassato il pagamento per averti sparato.»

«Oh» rispose Samuel. «Pensavo di essere furtivo.»

«Samuel, sono stato con te per centinaia di anni. Non credo che tu *possa* essere furtivo quando ci sono io.»

«Bah» rispose l'altro. «Ti comunico che ti ho ingannato un sacco di volte.»

«Come quando?» chiese Richard, guardando i medici prendere un paio di braccia e lasciarle cadere sul corpo a cui appartenevano. Richard si chiese se avrebbero trovato la testa. Ricordava di averla calciata via, ma non dove fosse finita.

«Non posso dirtelo, o scoprirai come ho fatto» gli disse Samuel con un sorriso.

«*El Diablo.*» Richard rise di nuovo. «Dio, *non ha prezzo.*»

———

La squadra di Robert, tranne Frederick, che era in cima a tenere d'occhio la polizia, raggiunse Terry e il loro capo nella sala riunioni della squadra. Tutti sulla nave avevano visto cosa stava succedendo, ma la maggior parte di loro pensava che si trattasse di uno scontro tra bande che, per caso, erano state vicine.

Terry guardò tutti gli uomini intorno al tavolo. «Ho intenzione di chiedere, ma non di esigere, che rimaniate il più possibile muti su questo.»

Quando si assumi un gruppo di ragazzi che vengono assegnati ad agenzie con acronimi, corri il rischio, pensò Terry.

«I due ragazzi sono con noi – i loro nomi sono Richard e Samuel – ed erano le persone che hanno avuto una giornata campale là fuori.» Fece un cenno nella direzione generale del porto. «Sono qui in prestito perché stiamo ricevendo più attenzione del dovuto.»

«Lo dirò di nuovo» ripeté Thomas, «non che mi stia lamentando, dato che sarebbe stato un dolore passare attraverso le discussioni della polizia sul fatto che avremmo sparato a tutti, ma pensavo che fossimo noi la scorta.»

«Lo siete, o dovreste esserlo» modificò Terry. «Dopo l'incidente in Germania, ho contattato le stesse persone che ci hanno aiutato nella sabbiera per vedere se avevano qualcosa che potevano fornirci.»

«Oh, bene» rispose secco Craig.

«Ehi, sii contento che sono dalla nostra parte» interruppe Robert.

«Ehi.» Craig alzò la mano. «Non ho niente contro di loro. Saremmo tutti sottoterra senza il loro aiuto con l'ISIS, quindi sono a posto così. Significa solo che forse siamo sulla strada giusta e qualsiasi cosa troviamo si perderà durante il trasporto.»

«No» disse loro Terry. «Tutta quella roba è stata restituita, alla fine» specificò. «Melissa dice che le è stata restituita dopo una settimana.»

«Quindi, forse l'hanno esaminato e si sono assicurati che nulla fosse rilevante e l'hanno restituito» concluse Craig.

«Potrebbe essere stato il prezzo per averci salvato la vita.» Terry scrollò le spalle. «Non lo so.»

«Ho già sentito delle urla in passato» replicò Victor. «Quegli uomini hanno visto dei mostri là fuori.»

«L'ufficiale di polizia» li informò Robert, «dice che non una persona è rimasta viva. La maggior parte era stata fatta a pezzi, o aveva grossi tagli sul corpo ed era morta dissanguata. Come qualcosa che farebbe un mostro.» Si guardò intorno. «Ricordatevi solo che questi mostri sono i NOSTRI mostri e siate educati.»

«Cazzo sì, sii educato.» Charlie rise. «Perché non mi interessa quello che dicono gli altri. Ogni volta che ho a che fare con la RDS, quei figli di puttana diventano sempre più spaventosi.»

Ogni uomo seduto bussò due volte sul tavolo, affermando il proprio accordo con Charlie.

## 16

**<u>TarHunt Protection Services, Kentucky, USA</u>**

«Sezione Uno, spostatevi sul canale Alfa Sette e fate rapporto» chiamò il capo delle guardie notturne Ryan Burrow nel suo microfono mentre digitava il nuovo canale per il suo secondo set di altoparlanti.

Una voce femminile arrivò dall'altoparlante. «Qui Terri. Libero fuori dall'edificio tre, base.»

«Ricevuto, Terri.» Ryan controllò il compito. «Libero.»

Ryan lo fece di nuovo per altri cinque gruppi di guardie perimetrali esterne che sorvegliavano l'edificio principale, in cui si trovava Ryan, così come gli altri due. Un edificio esterno era un alloggio temporaneo per coloro che rimanevano meno di due settimane, e l'altro era per le riunioni con i contatti esterni.

Nessuno al di fuori dell'azienda era ammesso all'interno del quartier generale a meno che non fosse con la direzione superiore, e quello era molto raro.

Il sistema video di Ryan copriva sessanta luoghi diversi all'interno dell'edificio principale e dieci negli altri due. Personalmente, nessuna delle guardie si preoccupava molto dei due edifici esterni. Se succedeva qualcosa lì, veniva trattato come una seccatura.

In quello? Sarebbe stato un problema.

***

Tabitha e i suoi ragazzi si prepararono nella stessa stanza. La aiutarono ad assicurarsi che le sue armi fossero allacciate in modo corretto.

Ryu era stato scelto per essere la sua riserva e avrebbe portato uno zaino con l'attrezzatura elettronica di cui avrebbe avuto bisogno per hackerare il sistema. Hirotoshi era con Katsu, che era la riserva di Tabitha per l'hacking. Avevano tutti i dispositivi elettronici che il Team BMW aveva costruito appositamente per la sua squadra.

Piccoli computer con comunicazioni eteriche con Arch-Angel e ADAM, con l'EI speciale che i due avevano messo insieme per Tabitha.

Chiamato Achronyx, era un sottoinsieme appositamente programmato di ArchAngel che funzionava con l'hardware al momento in scena sull'*ArchAngel*. Alla fine, avrebbe risieduto nella nave progettata per la squadra di Tabitha. La connessione eterica impediva che i segnali del tablet venissero scoperti, ma conferiva ad Achronyx la possibilità di annusare e sovvertire le risorse circostanti, se possibile.

Di solito attraverso il povero Wi-Fi come prima scelta, poi attraverso altri mezzi disponibili.

«Ranger Team 2 raggiungere hangar capsule, Ranger Team 2 raggiungere hangar capsule» annunciò ArchAngel.

Tabitha e la sua squadra lasciarono in silenzio lo scompartimento.

Pochi minuti dopo, erano saliti a bordo di una delle capsule più grandi e vi si erano legati. «Portaci giù» ordinò Tabitha, e gli schermi video mostrarono la loro capsula che si sollevava da terra e si dirigeva fuori dall'*ArchAngel*. Presto, la Terra fu di fronte a loro e si diressero verso la destinazione.

---

La capsula nera restò a un'altezza di mezzo chilometro, mentre la squadra guardava le firme di calore camminare sul terreno sotto di loro.

«Qui, qui e qui.» Hirotoshi indicò tre punti. «Sono sempre scoperti.»

Ci erano voluti quindici minuti perché i micro-droni si installassero e localizzassero la maggior parte dei sensori di sicurezza esterni.

«Questo perché» Tabitha premette un paio di pulsanti per far apparire i sensori di calore, «si fidano dei sensori di movimento e di calore in quelle zone, e le pareti non hanno entrate.» Premette un altro paio di pulsanti, ingrandendo il tetto. «Non vedo nessuna opzione per noi, nemmeno per calarci sul tetto.»

Kouki intervenne. «Perché non colpirli con violenza, abbattere gli umani, ed entrare con la forza?»

«Stiamo cercando di lasciare la gente viva. Questi ragazzi non sono cattivi, sono solo tra noi e le informazioni di cui ho bisogno» rispose Tabitha. «Non possiamo essere i buoni se facciamo un sacco di cose brutte a persone innocenti.»

«Non volevo dire di ucciderli, Kemosabe. Intendevo dire renderli incoscienti» chiarì.

«Oh.» Tabitha si voltò e guardò il vampiro. «Mi dispiace. Sono abituata al fatto che tutto sia bianco o nero.»

Kouki alzò le spalle. «Siamo altrettanto capaci di rendere privi di sensi.»

Tabitha si rivolse a Hirotoshi. «Qual è il lato negativo del suggerimento di Kouki?»

«Penserei al video» suggerì Ryu, e Hirotoshi annuì.

«Questo posto è a venticinque chilometri di distanza da

qualsiasi abitazione umana, in mezzo al nulla» si lamentò Tabitha.

«Pensavo fossero nel Kentucky» disse Shin.

«Chiedete alla maggior parte delle persone e vi diranno che qui non siamo da nessuna parte. Be', tranne la brava gente del Kentucky, ne sono sicura» aggiunse e giocò di nuovo con i comandi. «Achronyx, ho bisogno di informazioni sull'alimentazione che arriva in questa serie di edifici.»

«Vuoi includere le fonti di energia locali o solo quelle che arrivano da luoghi esterni?» domandò l'EI.

«Entrambi.»

Una linea solida entrava nel campo da ovest e una porzione dietro l'edificio principale era evidenziata.

«Manda un drone sul retro dell'edificio. Devo vedere che aspetto ha.» In basso, un piccolo drone insetto, delle dimensioni di una mosca, sfrecciò, dirigendosi verso il grande edificio e poi intorno al lato per librarsi sopra un grande coperchio di metallo. Aveva una metà rettangolare e una circolare.

«Quella metà» Tabitha indicò il lato con il grande tubo che sporgeva dall'altra parte, «è il dispositivo di slancio per fornire elettricità di qualità ai computer all'interno. L'energia entra in questo dispositivo, viene ripulita e poi va nell'edificio. Se l'elettricità muore, la quantità di moto del peso massiccio gira abbastanza per mantenere la corrente. Poi, probabilmente hanno delle batterie aggiuntive all'interno per mantenere l'energia almeno per qualche ora nel caso in cui finiscano il diesel.»

«Abbiamo bisogno di energia, o non possiamo usare i computer» commentò Katsu.

«Non serve che me lo dica, Katsu» mormorò Tabitha mentre giocava con i comandi che evidenziavano gli schemi degli edifici che erano riusciti a rubare dagli uffici del governo locale. «Qui c'è l'ufficio centrale e qui sembra la sede principale per i geek informatici.»

«Allora, andiamo nell'ufficio principale per connetterci al server?» domandò Katsu.

«No, si va verso i computer dell'amministratore. Se c'è una porta sul retro... quegli stronzi ne avranno una perché non vorranno attraversare la sicurezza per arrivare ai server se non è necessario.» Parlò un po' più forte. «Achronyx, abbiamo un conteggio delle persone all'interno?»

«Ho individuato otto fonti di calore che camminano all'esterno intorno all'edificio uno. Nessuna negli edifici due e tre.»

«Inoltre, conta su un altro o due in una sala di controllo per essere sicuri» aggiunse Ryu.

«Sembra ragionevole» concordò Tabitha e si alzò. «Allora, il piano è colpirli in fretta, metterli fuori combattimento, colpire la sicurezza e metterla fuori uso, e poi hackerare i server?»

Guardò Hirotoshi, che sembrava accettare gli input del resto della squadra solo guardandoli. «Sì, è così.»

«Achronyx, portaci giù non appena avrai eliminato tutta la sicurezza disponibile.»

«Capito. Un momento, per favore» rispose la voce elettronica.

In basso, diciassette piccoli dispositivi si angolavano verso tutti i fili che erano disponibili. Sei di essi, più grandi degli altri, fecero spuntare perni metallici che infilzavano i cavi, cercando un modo per penetrare i fili all'interno.

«La sicurezza del nucleo è stata infiltrata. Per favore, state lontani da tutte le aree segnate in rosso, poiché non sono stato in grado di prendere il controllo di questi segnali.»

La squadra fissò le aree nella mente e annuì.

«Tieni il video lontano da noi, Achronyx» ordinò Tabitha.

---

Ryan si rilassò, sorseggiando un caffè. Era sempre il turno da mezzanotte alle tre che era più difficile per lui restare sveglio. Al terzo sorso, due dei suoi venti monitor andarono in statica.

Si sporse in avanti, posando il caffè. «Che diavolo?» Premette il pulsante di chiamata. «State all'erta, gente. Abbiamo delle interferenze sulle telecamere.» Riuscì a malapena a dire l'ultima parola quando l'audio emise un acuto penetrante e lui sbatté la mano sul pulsante di silenziamento.

«Merda!» imprecò, poi prese il walkie-talkie e premette il pulsante. «Sono sul walkie-talkie mobile, gente. Cosa state vedendo?»

«Non c'è niente che non va qui, capo» rispose Terri. «L'edificio tre è libero.»

«Anche qui niente» confermò Deith.

«Dove ti trovi, Deith?» chiese Ryan. Aspettò qualche secondo. «Deith, dove ti trovi?» Ryan imprecò. «Terri, riesci a vedere Deith?» A malapena riuscì a formulare la domanda quando altri quattro video andarono in statica.

Merda, merda, merda! «Terri, riesci a vedere Deith? Terri?»

Controllò due volte il suo canale, e stava trasmettendo su quello giusto per l'ora della notte. Un bip su uno dei video attirò la sua attenzione. Anche davanti ad altre due videocamere, queste all'interno dell'edificio, lampeggiò qualcosa.

Parlò una donna. «Ehi, capo?»

Ryan alzò il walkie-talkie. «Terri, dove cazzo sei?» La sua frustrazione distrusse il contegno calmo che voleva proiettare. «C'è gente dentro l'edificio in qualche modo. Prendi chi puoi e porta il tuo culo qui dentro!»

Quella volta, praticamente urlò la richiesta mentre altre due delle sue videocamere interne si spegnevano. Allungò la mano e premette il pulsante di preparazione per riscaldare l'ultimo sistema di difesa del server.

Poi, la corrente sparì per un microsecondo prima che il backup si collegasse.

Ci fu un colpo alla sua porta e un «Capo, apri» da una donna dall'altra parte.

Ryan spinse indietro la sedia, fece due passi veloci e spinse la porta blindata. «Terri, porta il tuo culo...»

«Ciao, zucchero.» Una bella latina tutta in nero gli sorrise mentre tutte le telecamere dietro di lui si oscuravano. «Terri sta dormendo in questo momento, ma mi ha dato questo per giocare.» Agitò il walkie-talkie di Terri avanti e indietro. «Allora...» Entrò nella stanza e afferrò la spalla di Ryan.

La donna più piccola lo costrinse facilmente in ginocchio. «Farai un breve sonnellino dopo avermi dato il codice della stanza del server, tesoro.»

«Non posso!» Ryan scosse la testa. «Non ho la combinazione della serratura.» Afferrò il braccio della signora e cercò di staccarlo, per poi torcerlo. Lei lo colpì in testa.

«Basta con questa merda!» Ryan sbatté a terra, afferrandosi la testa quando il dolore dello schiaffo si presentò.

Tabitha guardò di nuovo la porta e la testa di Ryan si mosse piano per vedere qualcuno in nero, con il volto coperto, che scosse la testa.

La donna guardò Ryan. «Maledizione, questo rende le cose fastidiosamente più difficili.» Fece un passo oltre Ryan, che stava ancora vedendo doppio. «Mettilo a dormire.»

***

Tabitha si diresse verso la sala server, con Ryu alle sue spalle. Tirò fuori da una tasca il piccolo dispositivo Achronyx. «Achronyx, puoi fare qualcosa per questo?»

«Secondo i sensori di posizione, siete di fronte all'area di ricerca. I server si trovano in una stanza oltre una e oltre un'altra porta. Questa porta è su un semplice sistema di allarme che viene bypassato. Potete sfondarla.»

«Chi la può rompere?» chiese Tabitha, la sua voce salì di

un'ottava. «Io non ho le ossa come Bethany Anne, vero?» si rivolse a Ryu. «E tu?»

Ryu fece un passo avanti e Tabitha uno indietro. Ryu guardò la striscia di vetro con minuscoli fili larga venti centimetri che percorreva la porta. Si girò, scrutò il corridoio, poi si diresse verso un bagno ed entrò.

«Davvero?» chiese Tabitha. «Gli chiedo di aprire una porta e lui va a pisciare?» Un secondo dopo, sentì un forte stridore e poi un botto dall'interno del bagno, e la porta si aprì di nuovo.

Ryu uscì con una scatola di metallo deformata, e Tabitha fece un altro passo indietro. Ryu si avvicinò alla porta e il vetro andò in frantumi quando Ryu accelerò e spinse la scatola di metallo attraverso il vetro. Allungò una mano sull'altro lato e aprì la porta dall'interno.

Tabitha entrò dietro di lui, notando che i minuscoli fili avevano fatto dei tagli nella scatola di metallo. «Oh, quelli avrebbero fatto un male cane» mormorò.

Camminarono sul pavimento scricchiolante, il vetro non li disturbava nelle loro scarpe con le suole di cuoio. Ryu guardò l'ultima porta, una di metallo senza finestra, «Hai bisogno di entrare?» chiese.

«Sì. Forse. Aspetta» gli disse e cliccò il pulsante di chiamata sul collare, «Katsu, hai avuto fortuna?

«Nessuna, Kemosabe» rispose. «Sembra che questi amministratori non siano così pigri come molti altri.»

«Fantastico, cazzo. Va bene, grazie.» Tabitha annuì a Ryu. «Ho bisogno di entrare lì dentro.»

Ryu si guardò intorno e verso il soffitto cadente. Girandosi alla sua sinistra, fece due passi, poi si spinse dalla parete vicina e fece saltare due piastrelle del soffitto. Caddero sul pavimento e lui lo fece di nuovo, ma quella volta afferrò qualcosa sul soffitto, e il suo corpo e poi i suoi piedi scomparvero.

«Se ne va sempre, cazzo, quando tutto ciò di cui ho bisogno

è una porta aperta» mormorò Tabitha. «Immagina come sarebbe a un appuntamento.»

Ci fu un piccolo rumore dall'altro lato della porta, poi un clic e si aprì. Ryu le fece cenno di entrare.

«Ehi, è stato impressionante» riconobbe lei, vedendo una presa d'aria che era stata strappata dal soffitto e le sue parti sparse sul pavimento.

Guardò le tre file di sistemi di server, ognuna lunga sei metri e disposta schiena contro schiena. «Ah, un dejà vu.» Si spostò verso il primo sistema di monitor e tastiera, poi gridò: «Ho bisogno di te, Ryu, davvero tanto» mentre l'uomo si avvicinava e si girava.

Tabitha aprì la cerniera della borsa e tirò fuori il suo piccolissimo portatile e due piccolissime chiavi USB, più tre cavi. «Scusa, ti volevo solo per il tuo strumento, amico.»

Ryu sbuffò e iniziò a camminare per la stanza quando lei ebbe finito di tirare l'attrezzatura elettronica.

Achronyx chiamò sulla frequenza della squadra: «Abbiamo una chiamata al 911 ai servizi di emergenza locali. Tempo di arrivo previsto: sette minuti.»

«Non dirmi mai l'ora» mormorò Tabitha.

«Non l'ho fatto. In realtà erano sei minuti e quarantasei secondi. Ho arrotondato» rispose Achronyx.

«Dobbiamo lavorare sulle tue maniere, Achronyx» affermò Tabitha mentre guardava per vedere cosa stava succedendo, cercando di entrare nel sistema. «Un'altra volta, però. Quando mi dirai l'ora su...» fece una pausa e si accigliò. «Maledizione, non sembra giusto.» Cambiò porta e digitò altri comandi.

Pochi istanti dopo, i suoi occhi si spalancarono. «Oh cazzo, oh cazzo, oh cazzo, no!» Iniziò a digitare in fretta, poi iniziò a imprecare in spagnolo.

Ryu entrò quando non riuscì a capire le imprecazioni – stavano arrivando così veloci – e vide che lei stava scrivendo molto più veloce di quanto il computer fosse in grado di registrare. Alla fine sbatté la mano contro la gabbia accanto a lei, facendola ammaccare di qualche centimetro.

«*CAZZO!*» urlò. «Tabitha, idiota! Hai provato a stupirli con la stupidità, ora prova qualche tattica, imbecille.» Guardò la porta, diede un pugno alla serratura e la girò di lato. Afferrando una delle chiavi USB, rimise un braccio nella gabbia e si rivolse a Ryu: «Fammi un favore e distruggi tutte le porte delle gabbie, così nessuna sembrerà più speciale delle altre.»

Ryu scrollò le spalle e iniziò a camminare lungo la corsia, tirando pugni, calci e colpi di testa alle porte della gabbia per metterle a soqquadro. Quando ebbe finito con l'ultima, Tabitha scese lungo la fila, scelse una porta a metà strada e la aprì. Allungando una mano dietro di essa, disse a Ryu: «I bastardi hanno fatto un lavoro di fusione sull'accesso primario. Abbiamo fatto scattare qualcosa, e hanno fatto secco gli hard disk principali. Sto mettendo una USB sul retro in un posto fuori mano. Forse saremo fortunati e potremo avere l'accesso tra qualche giorno, dopo che avranno sistemato tutto.» Tirò fuori il braccio, chiuse e bloccò la porta, e tornò indietro dall'altra parte, calpestando il pavimento.

«Forse saremo fortunati, e gli stronzi non saranno così maledettamente bravi una seconda volta» disse esasperata mentre girava l'angolo.

Un secondo dopo, Ryu sentì la sua voce nella stanza e, attraverso la radio, «Tonti, muoviamo il culo. Questo è stato un fallimento.»

## 17

**<u>Lago Dulce, Nuovo Messico, Stati Uniti d'America</u>**

La base sotto terra esisteva da ben oltre settant'anni. I tunnel naturali sotto la base si aprivano in un profondo sistema di caverne sotterranee che andavano in più direzioni. L'unico ingresso portava a un pozzo che scendeva per oltre seicento metri usando un grande ascensore di oltre sei metri di diametro.

Tuttavia, per le operazioni, varie grandi porte si aprivano nel profondo sistema di caverne, e se si aveva la mappa giusta, si poteva sbucare in una qualsiasi delle cento diverse uscite sparse su quasi cinquemila chilometri quadrati.

Alcune erano a malapena larghe abbastanza da permettere a un uomo con uno zaino di infilarsi in una zona boschiva, e un paio di altre permettevano alle loro grandi imbarcazioni di volare fuori nella notte, nascoste dalla civiltà.

Per lo più.

Di tanto in tanto qualcuno poteva vedere qualcosa, ma la loro tecnologia era migliorata molto negli oltre sette decenni da quando erano stati formati nel 1947 dall'ordine esecutivo del presidente Harry S. Truman. Il loro compito era quello di facilitare il recupero e l'investigazione di veicoli spaziali alieni.

Nel corso degli anni, la maggior parte di coloro che sapevano della base e delle sue operazioni erano morti. Quando l'età o la rimozione strategica ebbero fatto fuori tutti i principali attori che avevano partecipato alla creazione del gruppo, svanirono completamente.

Di quei tempi, erano voci di un bilancio che poteva essere quello dello stato del Wyoming.

Vivevano secondo le loro regole, i loro giochi, i loro obiettivi. Portavano le connessioni del governo quando ne avevano bisogno, mantenendo sempre il più alto livello di sicurezza dato che, fino a poco tempo prima, avevano avuto tutte le carte della tecnologia.

Il che, alla fine, era stato anche il loro tallone d'Achille.

Patrick sedeva a un'estremità del tavolo, di fronte al capo del lato scientifico dei Majestic 12. Il suo lato, operazioni e compiti speciali, era più basato sull'azione. La dottoressa Eva Hocks era al lato opposto del tavolo, e rappresentava tutta la ricerca.

Dato che Patrick aveva indetto la riunione, iniziò a parlare lui. «Mi dispiace dire che abbiamo un potenziale problema. La conoscenza di questo progetto è ora fuori dal nostro controllo.»

Gli altri undici individui aspettavano di sentire cos'altro aveva da dire. Alcuni stavano solo contando i momenti fino a quando sarebbero stati rilasciati per tornare giù al livello sei e sette. Il loro bisogno di comprensione e la dopamina che rilasciava nel loro sistema era l'unico sballo su cui potevano contare per guidare la loro esistenza quotidiana.

Altri, avendo vissuto laggiù per tanti anni, erano passati attraverso problemi del genere prima e non erano mai diventati una minaccia seria, quindi non erano preoccupati.

«Ho indetto un blocco totale perché tutti restino qui nella base fino al momento in cui ci sentiremo sicuri di avere la situazione sotto controllo, a eccezione di Tanya, che sta ancora cercando il suo obiettivo. Abbiamo confermato che i tre membri discutibili non sono più qui sulla Terra, o almeno non in una zona in cui i nostri marcatori possono essere localizzati» si corresse Patrick.

«Com'è possibile?» Il dottor Hocks parlò per la prima volta. «Li abbiamo testati per essere localizzabili sul 99% della faccia della Terra, e anche fino a mezzo chilometro sottoterra.»

«Il mio sospetto» rispose Patrick, «è che sia perché tutte le nostre attrezzature sono rivolte verso il basso dai nostri satelliti, non verso lo spazio esterno.»

«Be', non li abbiamo portati lì, quindi... Oh.» L'altro smise di parlare.

«Sì, "oh"» concordò Patrick. «Abbiamo prove piuttosto convincenti che al momento sono tenuti fuori dal pianeta dalla RDS.»

«Perché li vogliono?» chiese il dottor Abesemmins dal tavolo alla sinistra di Patrick.

Patrick si voltò per rispondere alla domanda del dottore. «Crediamo che qualcuno stia cercando di acquisire parte della nostra tecnologia. In qualche modo, hanno localizzato uno dei nostri dipendenti che era facilmente soggiogabile a causa della famiglia e li stava ricattando. La RDS l'ha capito, non sappiamo come, e ha condotto un'operazione per liberarli con successo. Per fortuna, nessuno dei nostri dati è andato perso.»

«Te l'avevo detto che avremmo dovuto chiudere il Progetto Famiglia nel 2006» commentò il dottor Abesemmins.

Patrick alzò la mano. «Bene, potete essere certi che il progetto è morto. Nel senso che non abbiamo membri con famiglia nel nostro gruppo in questo momento.»

«Bene» fu la risposta del dottore.

«Purtroppo, non abbiamo più nemmeno quei dipendenti. Nessuno di loro aveva accesso ai livelli inferiori o ai livelli di autorizzazione più alti» Patrick annuì al dottor Abesemmins, «a causa delle preoccupazioni sulla loro fedeltà mista.»

«Bene» si intromise il dottor Hocks. «A parte l'isolamento, che effetto ha su di noi?»

Patrick evitò di alzare gli occhi al cielo. Essendo solo un membro dei dodici, aveva il potere, ma non l'autorità finale di ordinare un attacco utilizzando la tecnologia avanzata. «Tanya ha riferito che la nostra intelligence ha la conferma che la marina americana è in corsa per una seconda operazione Highjump.»

Eva sbuffò. «Vogliono un altro calcio in culo come l'ultima volta? Diavolo, noi stessi non scherziamo con i Thule, e sono abbastanza sicuro che li abbiamo superati in tecnologia.»

«Il governo non crede che il calcio in culo precedente sia avvenuto, Eva. Ricorda, abbiamo cambiato così tanto la storia che nessuno crede più a ciò che è stato stampato in passato» le ricordò Patrick.

«C'è un cambiamento interessante, tuttavia» aggiunse. «Il governo ha capito che i Thule non rispondono con il loro segnale di "via" da alcuni anni. Nessuno è sicuro se i Thule sono ancora vivi o no» concluse.

Quella volta, tutti guardarono Patrick mentre la dottoressa Hocks si chinava in avanti, mettendo le mani sul tavolo. «È così?»

Patrick sorrise di rimando. «Sì, è così.»

---

Il viaggio di ritorno all'*ArchAngel* fu tranquillo. Hirotoshi e Ryu lasciarono che Tabitha vivesse tutte le emozioni di un'operazione non riuscita.

Quando la navetta arrivò, si slacciò e si rivolse alla sua squadra. «Grazie a tutti. Devo scusarmi perché non ho capito che avrebbero cancellato i loro dati e non ho pensato di prendere delle precauzioni. Non farò questo errore una seconda volta.»

Inspirò profondamente e sospirò. «Hirotoshi, raggiungerò te e Ryu tra un po'. Vado a camminare per i corridoi. Ragazzi, non farò più cazzate del genere.»

Mentre parlava, le porte della capsula più grande furono aperte da coloro che si trovavano nell'hangar e lei si girò e uscì, facendo un cenno ai due uomini mentre si dirigeva verso l'uscita.

Una mezz'ora dopo, Tabitha sentì un linguaggio grossolano provenire da davanti a lei, e alzò lo sguardo per vedere dove si trovava.

Era in R&S. La voce era femminile, quindi era probabile che fosse Jean Dukes. Per un momento o due, si lasciò fluttuare, ascoltando la filippica che stava facendo Jean, poi si rese conto di qualcosa.

Non si permetteva di sfogarsi.

Si portò una mano alla bocca e cercò di trattenere il suo sghignazzo. Jean era apparentemente molto arrabbiata. Era risaputo che Jean amava la sua squadra e loro l'amavano a loro volta, ma sicuramente aveva un modo di parlare con loro.

Si fermò fuori dalla porta, che era chiusa, ma Tabitha poteva facilmente sentire l'ultima sfuriata, dato che la voce di Jean era chiara come il giorno. «Ascoltate, idioti del cazzo, è meglio che sistemate questa situazione del cazzo prima che io torni indietro nel tempo e faccia gocciolare la parte migliore di voi dal culo di vostra madre!»

Tabitha si allontanò in fretta, facendo sei metri prima di scoppiare a ridere. Le ci vollero alcuni giri per rendersi conto che aveva accettato il commento di Jean come se fosse diretto anche a lei.

Un enorme sorriso le illuminava il viso e iniziò a camminare verso il suo alloggio. «Oh, mio Dio» sussurrò. «Torna indietro nel tempo e fai gocciolare...» Non finì la frase ad alta voce perché riiniziò a ridere. Cercò invano di soffocare il suo sbuffo mettendosi una mano sulla bocca, ma non fece altro che attutire i suoni mentre le lacrime le scorrevano sul viso.

## 18

**<u>NRS *ArchAngel*</u>**

Ci fu un colpo secco alla porta di Bethany Anne. «Entra, John» disse. Continuò ad accarezzare la testa di Ashur mentre la massiccia guardia entrava.

«Hai intenzione di andare alla riunione con gli yollin in tuta?»

Bethany Anne guardò la parte superiore del suo tablet. «Maledizione!» Si precipitò fuori dal letto, lanciando il tablet a John mentre gli sfrecciava intorno ed entrava nel suo armadio. John sentì il tintinnio delle grucce e qualche imprecazione estremamente veloce provenire da dentro. Pochi istanti dopo, lei uscì indossando jeans blu e una camicia nera.

«Non proprio ben vestita oggi, hm?» John sorrise mentre lei glissava con un cenno e la seguì fuori dalla suite.

Quando Bethany Anne arrivò alla riunione, vide che Bobcat, William, Marcus e Jeffrey erano seduti. C'erano anche gli yollin, il capitano Kael-ven, Kiel e Royleen. Anche Dan, Peter, Nathan, Patricia e suo padre erano presenti. Aveva già superato Eric e Scott nel corridoio fuori dalle porte, e John rimase un metro e mezzo dietro di lei quando si sedette a capotavola.

Bethany Anne aprì la conversazione. «Chiedo scusa a tutti, sono rimasta incantata nel leggere lo stato delle nostre nuove navi nei rapporti dell'ammiraglio Thomas. Per coloro che vogliono saperlo, le nuove navi stanno andando bene, e lui riferisce che dovremmo avere le prime due entro i prossimi sei mesi.»

Dan chiese: «L'ammiraglio Thomas sta facendo abbastanza bene, allora?»

Bethany Anne annuì. «Di certo sembra soddisfatto dei risultati. Se possiamo continuare a far produrre alcuni pezzi sulla Terra e trasferirglieli, possono mantenere questo ritmo. Ma se dovessimo subire continue molestie ai nostri partner di produzione, gli strumenti che stiamo ricevendo dal Giappone aumenteranno di importanza.»

William si chinò in avanti. «Yuko sta facendo un buon lavoro lì, e siamo stati in grado di acquistare un venti per cento in più rispetto ai nostri accordi originali. So anche che ci sono molte piccole officine meccaniche che probabilmente hanno utensili e macchine di cui si sbarazzerebbero in un attimo se potessero trovare un compratore in contanti.»

Bethany Anne annuì. «Questo è un buon punto. Perché tu e Patricia non vi buttate su questo? Ho il sospetto, dal rumore che stiamo sentendo dalle Nazioni Unite, che la situazione potrebbe diventare piuttosto sgradevole. Preferirei che avessimo più capacità produttiva possibile.»

Bobcat sorrise a William, che sgranò gli occhi. «Non c'è riposo per i malvagi» gli disse Bobcat. «Se hai una buona idea, assicurati di essere disposto a vederla realizzata.» Fece l'occhiolino mentre William annuiva.

«Come ti senti?» chiese a William.

«Come la pioggia, adesso. Da quando la capsula medica ha finito con me, sono come nuovo. Inoltre, ho perso una decina di chili, quindi le ragazze faranno meglio a stare attente quando il nuovo William comincerà a pavoneggiarsi» si rallegrò.

Patricia ridacchiò. «Informerò i giornali.»

William sorrise. «Vedi di farlo. Inoltre, puoi fare qualche bella foto dal mio lato destro? Mi mette meglio in evidenza.» Si mise in posa e Patricia sbuffò.

«Vedrò di usare qualche vecchio filmato sgranato. Forse possiamo nascondere qualche ruga dietro i pixel» gli rispose.

Bobcat rise e William sorrise, strofinandosi il naso con il dito medio.

«Bene, visto che abbiamo finito i preliminari, vorrei discutere di alcune cose, e voglio il parere di tutti mentre chiedo della cultura yollin.» Fece un cenno ai tre alieni presenti. «Comprendendo che finora, gli unici alieni che abbiamo avuto nel nostro sistema solare di recente di cui siamo a conoscenza sono gli yollin. Non intendo permettere che siano dietro di noi, pronti a tornare indietro e attaccare la Terra. Secondo le mie conversazioni con il capitano Kael-ven, possiamo aspettarci delle ostilità mentre ci facciamo strada nello spazio degli yollin.»

Lance aprì la conversazione. «Kael-ven, gli yollin attaccano sempre le altre specie nel loro territorio? Ed è solo il vostro sistema natale, o anche le località secondarie o terziarie?»

Kael-ven sistemò le zampe anteriori sul divano e si rivolse al generale. «L'unico caso in cui le navi di Yoll non attaccherebbero è se chi attraversa il nostro territorio ha un evidente vantaggio militare. In quel caso, dovremmo presumere che l'altra specie sia superiore a noi. Pertanto, il nostro sistema di caste richiederebbe che tutti noi, anche il nostro re, fossimo sottomessi.»

Dan si accigliò. «Quindi non esiste una cosa che sia uguale al vostro re? Ti sto chiedendo se hai interazioni con altre specie in cui le consideri amiche, o almeno alleate?»

Ci volle un attimo perché Kael-ven rispondesse a questa domanda. «C'è una precisazione che devo fare. Anche se abbiamo degli alleati, riconosciamo che la loro forza militare è attualmente al di là della nostra capacità di superarli. Internamente, tuttavia, il nostro sistema di caste sta aspettando con pazienza il giorno in cui potremo soggiogarli. Se gli alleati rimangono davanti a noi, non attaccheremo mai. Ma se dovesse arrivare un giorno in cui i nostri sforzi per espandere il nostro impero forniranno l'opportunità, quello sarà il giorno in cui diventeranno sottomessi a noi.»

«Kael-ven» chiese Bethany Anne, «puoi spiegare meglio il sistema di caste degli yollin?»

«Certo.» Si voltò verso Bethany Anne. «Ci sono quattro caste principali su Yoll. Esse esistono da ben più di cento generazioni. Alcuni storici sospettano che il sistema delle caste derivi da antiche credenze religiose.»

Royleen cinguettò per un secondo con Kael-ven, e il suo software di traduzione non riuscì a tenere il passo.

Kael-ven si voltò di nuovo verso gli umani. «Royleen ha chiarito che tra gli scienziati si sa bene che il sistema delle caste era religioso un tempo, quindi scusate la mia ignoranza. In questo momento, le quattro caste principali sono: primo livello, Kolin. Questo è il primo sovrano, il re, e coloro che gli fanno rapporto su Yoll. Inoltre, tutti coloro che gestiscono grandi aree politiche al di fuori del sistema primario di yollin devono essere in questa casta. La seconda casta è chiamata Chloret. Questi sono i governanti secondari e le posizioni di leadership di alto livello in tutti i mondi, compresi quelli che voi chiamate i vertici militari.

La terza casta si chiama Mont. Queste sono le posizioni di leadership di livello inferiore, tutte le posizioni di lavoro qualificato di alto livello, e la gestione delle gilde e tutte le posizioni militari medie. Per esempio, Kiel qui è in Mont. La quarta casta è chiamata Shuk. È la manodopera non qualificata e la più bassa della manodopera qualificata. Per i militari, questi sarebbero i soldati. Infine, c'è un gruppo non casta chiamato Kiene. Questi sono gli indesiderabili. Nel vostro mondo, potreste chiamarli criminali o scontenti, coloro che hanno perso la loro strada.

Spesso vengono trasferiti in terre che hanno poca o nessuna civiltà.»

«Credevo che Yoll fosse sovrappopolata» osservò Marcus.

Royleen intervenne. «Sì e no. Ci sono alcune zone del pianeta in cui è difficile vivere. La massa terrestre non è molto utilizzabile per costruirci sopra e la popolazione indigena, gli animali, possono essere piuttosto feroci. Perciò sono considerate un gradino più alto rispetto alle prigioni.»

«Sì, abbiamo un paese che ha fatto qualcosa di simile nella nostra storia. Più di uno, a pensarci bene» modificò Marcus. «Tutto dipendeva da quanto fosse importante il malcontento.»

Bethany Anne domandò: «Quindi ognuno di questi livelli di casta ha più a che fare con ruoli e responsabilità che con la nascita?»

«Si nasce in una casta, ma si ha l'opportunità di fare qualcosa di se stessi e di ottenere abbastanza consensi per salire» spiegò Kiel.

«Chloret è il livello di casta più alto che un individuo può raggiungere senza che il re ti riconosca personalmente. Questo accade di rado» aggiunse Kael-ven.

«Perché la gente di rado compie imprese degne di essere riconosciute, o il re teme la concorrenza?» chiese Bobcat.

Sia Kiel che Royleen guardarono il capitano Kael-ven, che rispose: «Come individuo della casta più alta qui e quindi quello che può rispondere senza che gli altri siano penalizzati, ti prego di riconoscere che questa è una risposta che potrebbe causare la cancellazione di un individuo dal suo posto e diventare un membro della casta Kiene.»

Bethany Anne annuì riconoscendo la sua preoccupazione. «Capiamo.»

Cinguettò un momento prima di continuare. «Il mio giudizio personale è che il sistema delle caste è un metodo per mantenere la società yollin organizzata, strutturata, e un modo in cui coloro che sono ai livelli più alti mantengono le loro posizioni. Inoltre, quelli di noi della prima e della seconda casta sono solitamente riconoscibili per il nostro set di gambe aggiuntive» spiegò.

Bethany Anne sentì William mormorare a Bobcat: «Mi stavo chiedendo come mai quella coppia in più.»

Kael-ven continuò: «Non è affatto un modo definitivo per dire se qualcuno appartiene alla casta Kolin o Chloret. Io sono il figlio di una famiglia che è stata al mio livello per tre generazioni.»

«Interessante» mormorò Marcus.

Dan si rivolse a Bethany Anne. «Pensi che ci sia un modo per usare il sistema delle caste per cambiare la società yollin?»

Mentre Bethany Anne guardava il soffitto, pensando, non mancò di vedere le molte teste al tavolo guardarsi l'un l'altra, chiedendosi se Dan avesse qualche intuizione. Alla fine, gettò uno sguardo a tutti e gli fece un piccolo sorriso. «Sì, Dan ha ragione.»

Fece un cenno verso i tre yollin. «Ho già parlato con ognuno di loro. Be', permettetemi di rettificare per dire che ho già parlato con il capitano Kael-ven e lo scienziato Royleen. Ho urlato e preso a pugni Kiel per la maggior parte del tempo.»

Kiel si strofinò il petto, distratto.

«Una cosa che mi colpisce della società yollin è che sono molto strutturati a causa delle molte generazioni in cui si sono trovate all'interno di questo sistema. Da quello che ho capito, il re proviene dalla prima famiglia e le regole stabiliscono che solo quelli al livello più alto possono sfidare il re, ma pochi lo fanno, perché se falliscono, perdono la vita e tutta la loro famiglia viene degradata a Kiene. Questo tende a mettere un freno allo sconvolgimento della struttura politica. Coloro che appartengono alle caste inferiori non sono considerati abbastanza intelligenti e con una genetica abbastanza buona per governare. Per come la vedo io» annuì agli yollin, «e vi prego di correggermi se sbaglio, la comprensione generale è che ogni casta è solo un po' più lenta mentalmente e un po' meno in forma fisicamente di quella superiore?»

Gli yollin erano d'accordo.

«Ora» sorrise alla squadra, «il tallone d'Achille della società yollin è che chiunque possa battere il re è, quindi, adatto a governare.»

Lance mormorò: «Oh-oh.» Bethany Anne gli sorrise.

«Quindi...» iniziò Dan. «Hai intenzione di sfidare il re?»

«È il minimo che possa fare dopo che ha attaccato la mia gente.» Sorrise in modo diabolico. «Cos'altro dovrebbe fare una regina quando viene offesa da un altro monarca?»

Dan si rivolse al capitano Kael-ven, indicando Bethany Anne. «Quello che lei propone è ammissibile nella vostra società?»

Kael-ven ha chiacchierato prima di rispondere: «Sì. Ci sono state due occasioni nella nostra storia in cui altre specie hanno sfidato Kolin.»

«Perché ho la sensazione che l'altra scarpa non sia ancora caduta?» chiese Lance al tavolo in generale.

«Probabilmente perché è lunga circa tre metri e sta cadendo da trecento metri sopra di noi in questo momento» ha risposto Bobcat.

«Cosa significa questa frase, "l'altra scarpa non è ancora caduta"?» chiese il capitano Kael-ven.

Jeffrey spiegò. «Significa che non abbiamo ancora sentito la parte peggiore.»

«Non c'è molto altro da aggiungere» gli disse il capitano Kael-ven. «Tranne che la sfida è all'ultimo sangue, e non ti è permesso di portare nulla al combattimento.»

«Quindi, niente armi, niente armatura, niente protezione?» chiese Lance.

La testa del capitano Kael-ven si girò di lato e poi tornò dritta. «No, niente come non *niente*. Il modo in cui sei venuto al mondo.»

John parlò da dietro Bethany Anne: «La regina può combattere nel suo vestito di compleanno?»

Bethany Anne cercò di ignorare i sorrisi intorno al tavolo. «Per la cronaca, non ci sarà nessun video di questa lotta» dichiarò.

Il capitano Kael-ven aggiunse un altro elemento. «Qualcuno di voi si rende conto che il nostro re è grande circa il doppio di me?»

«E l'altra scarpa è finalmente atterrata» disse William a un tavolo improvvisamente tranquillo.

Bobcat intervenne: «Be', sai cosa si dice di chi è più grande.»

«Sì, ti fanno il culo due volte più forte» ha concluso Lance.

«Ehi, non pensiamo tutti che Bethany Anne abbia una possibilità di vincere questo combattimento o qualcosa del genere solo perché il mio avversario sarà alto quattro metri, avrà un'armatura di esoscheletro osseo che lo circonda, sarà infernalmente veloce a combattere e avrà appendici multiple. Be', diavolo. Sì, potrebbe farmi sudare.»

Dan fece la domanda. «Capitano Kael-ven, ho capito che tu e una parte significativa del tuo equipaggio siete ora vassalli di Bethany Anne. Cosa succederebbe se il nostro popolo superasse il vostro nelle sfide in questo momento? Quelli che sono di casta equivalente o superiore?»

Quella volta, la maggior parte dei presenti al tavolo riconobbe che Kiel e Royleen guardavano il capitano Kael-ven con curiosità. A quanto pareva, non era una cosa su cui si rifletteva molto nella società yollin.

Il capitano Kael-ven aprì la bocca e la richiuse più volte prima di rispondere finalmente: «I test dovrebbero essere appropriati perché le sfide abbiano importanza. Per esempio» fece un cenno nella direzione dello scienziato Royleen, «sarebbe inappropriato richiedere allo scienziato Royleen di accettare una sfida relativa alle arti marziali. Né» fece un cenno verso

Kiel, «sarebbe appropriato far rispondere Kiel a domande scientifiche per la sua sfida.»

Il capitano Kael-ven si voltò verso i suoi compagni alieni e cinguettò per un momento. Voltandosi di nuovo, disse agli umani: «Ho avuto conferma sia con Kiel che con lo scienziato Royleen che riterrebbero che chi li batterebbe sarebbe della stessa casta o superiore. Se fosse evidente che sono di gran lunga superiori, riterrebbero che gli individui andrebbero assegnati a una casta superiore alla loro.»

«Dove vuoi arrivare, Dan?» chiese Bethany Anne dall'altra parte del tavolo.

«Penso che dobbiamo considerare una strategia a lungo termine per la società yollin. Sospetto che attueremo questo piano per battere i kurtheriani per molti, molti decenni, giusto?» Tutti intorno al tavolo annuirono. «Quindi, mi sto chiedendo cosa dobbiamo fare per assicurarci che la società yollin attribuisca agli umani la superiorità in tutte le caste. Non possiamo sperare di modificare il sistema delle caste all'interno della società yollin senza prima qualificare la nostra posizione all'interno di quel sistema.»

«Non cercare di abbatterlo senza prima dimostrare che siamo migliori di esso?» chiese Jeffrey.

«Precisamente. Dato che metteremo in scena la stazione di battaglia nello spazio yollin, preferirei sapere che stiamo lavorando per creare una società migliore per gli yollin, piuttosto che tenerli solo come un avversario sconfitto sotto i nostri piedi.»

«Stai pensando ai giapponesi dopo la seconda guerra mondiale?» chiese Lance.

«Non esattamente» rispose Dan. «Ma sono un esempio buono come un altro.»

Bethany Anne alzò le spalle. «Capisco la tua logica, ma come potremmo risolvere la cosa?»

«Domanda, capitano Kael-ven» intervenne Dan. Aspettò di

avere l'attenzione dello yollin. «Si può dire che la persona di più alto livello in qualsiasi ruolo sulla vostra nave sia la persona migliore per quella posizione?»

«Se intendi che sono i più alti in grado all'interno del sistema delle caste, la risposta è sì. Sulla mia nave, credo sia vero che sono anche l'individuo migliore per il ruolo. Tuttavia, non vi suggerirei di prendere questa qualifica e pensare che si applichi a tutte le navi che abbiamo» rispose il capitano Kael-ven.

«Allora, se uno dei nostri battesse uno dei vostri la vostra gente accetterebbe di considerarlo superiore a loro?»

Kiel lo interruppe. «Allora, Bo'cha'tien accetterebbe qualcuno che mi ha battuto come superiore a lei?»

«Sì, è quello che chiede» concordò Kael-ven.

Kiel si rivolse a Dan. «Se no, la batterei io stesso» rispose. «Suggerendo che è meglio di qualcuno che mi ha battuto, sta dicendo che è meglio di me, e per me, per mantenere la mia posizione, questo può essere interpretato solo come una sfida.»

«Be', questo è proprio da Wechselbalg.» Peter parlò per la prima volta nella riunione. «Se non riesci a battere quello che ti precede nel branco, non hai il diritto di batterti con chi gli sta sopra finché non ci riesci.»

Kiel si voltò a guardare l'umano. «Sembrerebbe che ci sia molto da combattere allora, se è sempre richiesto.»

Peter scrollò le spalle. «Non è sempre necessario. Per esempio, quelli di noi che sono più grintosi chiederanno a qualcuno se vuole accettare la sfida per mantenere il suo posto. In genere, hai visto qualcuno combattere prima che tocchi a te. Se sei nel mezzo dell'ordine di beccata, sai se hai intenzione di accettare la sfida o permettere loro di passarti davanti e accettare che sono già migliori. Se c'è qualche dubbio, o sei semplicemente testardo, allora accetti tutte le sfide come combattimenti.»

«A che livello sei?» chiese Kiel.

«Probabilmente uguale a te, Kiel» rispose Peter. «Io

rispondo a Dan, qui, che è il capo, per così dire. Io sono i muscoli.»

«Quindi, se tu mi sfidi, allora siamo uguali, giusto?» chiese Kiel.

«Sì, ti sfido» disse Peter prima che qualcuno potesse dire qualcosa. «Quali sono le condizioni?»

«Cosa sono normalmente per la tua gente?»

«La mia gente?» ripeté Pietro. «Lo stesso del tuo re: solo quello con cui sei venuto al mondo.»

Il capitano Kael-ven si voltò dall'altra parte. «Royleen?»

«Cosa?» si voltò lo scienziato. «Vuoi che accetti una sfida?»

«Sì, se gli umani lo considerano. Tu sei il nostro miglior scienziato. Se uno di loro può batterti, allora siamo d'accordo.»

«E tu?» chiese Dan.

«Io?» chiese Kael-ven. «Pensavo fosse dolorosamente ovvio che sono già stato battuto da te. Per me, si tratta di guidare la mia nave. Avevo l'elemento sorpresa e una posizione tatticamente superiore, e ho accettato la mia sconfitta. Non sono al livello della regina Bethany Anne.» Lui le fece un cenno con la testa. «Quindi non è una domanda per me.»

«Accetto la sfida» dichiarò Marcus.

«Tu?» sbottarono William e Bill.

«Bel modo di sostenere il vostro compagno di squadra, voi due» osservò Bethany Anne.

«Non è questo, capo» chiarì Bobcat, puntando il pollice verso il suo amico. «Marcus odia giocare a Monopoli o a dama, o...»

«*SCOMMETTERE*» aggiunse William.

«Quindi sì, siamo un po' sorpresi» concluse Bobcat.

«Forse» ammise Marcus. «Ma voi non siete mai stati intorno agli scienziati quando diventiamo conflittuali.»

«Sì, è vero» concordò William.

«Parola. E ci puoi scommettere. Inizia a disegnare ghirigori...» iniziò Bobcat.

«Quella è notazione scientifica, voi Neanderthal» ribatté Marcus.

«Ho quella maglietta» scherzò Bobcat. «È solo sporca al momento.»

«Oh, mi dispiace» interviene William. «Credo di averla usata la settimana scorsa per pulire una perdita di petrolio.»

Bobcat si voltò verso William. «Merda, davvero?»

«Abbastanza sicuro. Quella grigio-verde?» Bobcat annuì. «Non c'è più.»

«Be', maledizione.» Bobcat si voltò di nuovo verso Marcus. «Scusa, niente maglietta, ma sono d'accordo con te.»

Bethany Anne alzò una mano per fermare il trio e guardò Kael-ven. «Come sarebbe la sfida per gli scienziati?»

«Ognuno sceglie un argomento e la domanda finale è concordata dalle due squadre.»

«Squadre?» chiese Bethany Anne.

«Be', sì, certo» confermò Royleen. «Lo scienziato ha sempre un secondo che è soggetto alla direzione dello scienziato. Questo permette allo scienziato di guidare la direzione della ricerca e poi andare avanti con altri progetti. Non è così che si fa?»

«Be'» rispose Marcus, «in alcuni casi. In altri, siamo il nostro mini-gruppo di una persona. C'è qualche limite su chi sia la persona di supporto?» Guardò con attenzione Bobcat e William, che si allontanarono entrambi da lui.

Royleen cinguettò mentre osservava il gioco di parole tra i tre umani. «No. Non può essere meccanico, deve essere organico ed essere in grado di confermare chi è, ma sono autorizzati a sostenere la loro guida in qualsiasi modo possono » guardò con attenzione i due uomini che si allontanavano da Marcus.

«Oh, bene, allora.» Marcus sorrise.

Bobcat e William si guardarono a vicenda, confusi.

## 19

**<u>NRS *ArchAngel*</u>**

Ci vollero due giorni per riunirsi. Avevano già metà dell'equipaggio della nave yollin con loro sull'*ArchAngel*, e per le sfide, anche la maggior parte del resto della *G'laxix Sphaea* voleva essere presente. Poiché l'altra metà dell'equipaggio dell'astronave yollin era stata alloggiata in quattordici container sulla Luna, quelli sulla nave impiegarono alcune ore per spostare l'*ArchAngel* in posizione e far transitare gli alieni fino a essa per l'evento.

Non che gli alieni non fossero sorvegliati con discrezione dai Guardiani per assicurarsi che nessuno decidesse di andare in giro da solo.

Per fortuna, non l'avevano fatto.

La più grande area aperta disponibile oltre all'alloggiamento della navicella era stata sgomberata, e Peter e Kiel erano al centro della stanza. Era alta venti piedi, larga settantacinque e lunga cento. C'erano alcuni punti che William doveva pulire, dato che l'aveva usata per smontare qualcosa di meccanico.

Bethany Anne sedeva tra John e Darryl, con Kael-ven

dall'altra parte di John e Scott ed Eric dietro di loro. «Dov'è Royleen?» chiese, sporgendosi intorno a John.

«Non è molto interessato alle arti marziali» spiegò Kael-ven. «È impegnato a imparare quello che può sulle unità gravitazionali che Marcus ha scelto come sua area di competenza.»

Si mise in bocca una patata cruda e ne morse un pezzo. Dopo un paio di scricchiolii, deglutì. «Era sorpreso di scoprire che Marcus era il responsabile di alcune delle ultime modifiche ai propulsori gravitazionali per gli umani.»

«Era abbastanza sicuro che avrebbe battuto Marcus con facilità, immagino» disse lei.

«Sì. Gli scienziati, credo, sono sempre sicuri della loro superiorità.»

«Qual è il suo argomento?»

«Vecchie lingue aliene.» Kael-ven si mise a ridere. «È sicuro che nessun umano ha la conoscenza degli alieni o di quello che dicono per poter rispondere alle sue domande.»

«Capisco, e l'ultimo argomento?»

«Matematica generale. Non credo che possa aiutare Marcus in questo momento, ma la gravità non è che un aspetto della matematica piccolo e molto preciso. Royleen deve avere almeno tre o quattro diversi tipi di matematica con cui gli scienziati yollin hanno lavorato per almeno quattro dei nostri secoli. Non abbiamo ancora incontrato alcuna attività umana in quelle discipline. Quindi, se non riesce a capire le risposte gravitazionali, ha in programma di sbalordirlo con quelle.»

«Vedo...» disse lei con espressione pensierosa.

Kiel aveva riposato negli ultimi due giorni. Mentre aveva lavorato duramente per imparare dai suoi molti, molti combattimenti con gli umani, si era astenuto dall'usare alcune delle mosse a doppia articolazione di cui la sua specie era capace durante le prove marziali.

Ma stava per sorprendere gli umani con stili che non avevano visto da lui.

Mentre si trovava al centro della stanza, poteva sentire il cinguettio e l'esultanza del suo popolo che lo incoraggiava e lo sosteneva.

Era una bella sensazione.

Non aveva nulla contro quell'umano di fronte a lui. In effetti, non aveva ancora combattuto contro di lui. Per la sua età, che a Kiel sembrava giovane, occupava una posizione elevata, quindi si aspettava una sfida.

Ma lui aveva un'armatura personale, mentre un umano non aveva altro che una pelle morbida. Aveva artigli duri che tagliavano e pugnalavano, mentre l'umano aveva dita morbide.

Mentre doveva preoccuparsi del trauma contundente da calci e pugni, almeno non doveva preoccuparsi di coltelli o spade.

---

«Hai sentito?» chiese Tabitha sedendosi accanto a Gabrielle, offrendole dei popcorn mentre le due guardavano Kiel e Peter camminare verso il centro della stanza.

«Cosa, piccola?» chiese Gabrielle, allungando una mano verso il sacchetto e afferrandone una manciata.

«Stiamo per dare un'occhiata alle caramelle di Peter.»

«Eh?» chiese Gabrielle intorno ai suoi popcorn.

Tabitha si gettò in bocca un paio di chicchi spuntati. «Deve spogliarsi prima di combattere l'alieno.»

«Oh, è il momento degli addominali?» chiese Gabrielle dopo aver deglutito. «Mi sta bene.»

«Non scherziamo! Il suo addome potrebbe essere usato per insegnare il braille» disse Tabitha.

«Chissà cosa direbbe?»

Tabitha sbuffò. «Chi se ne frega? Probabilmente "Pensi che sia duro?" o "Vai più in basso". No, voglio dire denudarsi.»

«Oh» rispose Gabrielle, allungando la mano per spingere

Tabitha indietro nel suo posto. «Spostati, mi stai bloccando la vista.»

«Ehi!» rispose Tabitha, schiaffeggiando la mano di Gabrielle. «Hai un ragazzo!»

«Sì, un ragazzo che starà con Bethany Anne se mai dovesse combattere contro il re di Yoll, e sarà nudo come un verme.»

«Oh.» Tabitha fece una pausa, poi si appoggiò all'indietro. «Ottima osservazione.»

---

Kiel fece un cenno all'umano, che si tolse i vestiti e li porse a una persona accanto a lui, che li piegò e poi si allontanò.

Kiel si allungò, alzò le gambe fino alla loro massima altezza e ruggì una sfida. La sua gente ruggì in risposta, scuotendo le mura.

Kiel sorrise all'umano, che stava aspettando con pazienza che Kiel finisse.

«Tocca a me.» Il sorriso di risposta di Peter era lupesco mentre aspettava che il rumore si calmasse.

---

I suoni provenienti dal suo popolo impressionarono Kael-ven. Erano usciti per sostenere Kiel e Royleen, anche quelli che avevano scelto di restare rinchiusi sulla luna degli umani. Di tanto in tanto li contattava per controllare. A parte la mancanza di spazio, che non era poi così male visto che erano stati comunque sulla *G'laxix Sphaea*, si annoiavano ma non venivano maltrattati.

Si voltò a guardare intorno a John e a Bethany Anne. «Penso che sia meglio che tu chiuda gli occhi. Potrebbe diventare un po' brutto.»

«Scommetto che questo finisce con la vittoria di Peter entro venti minuti umani dall'inizio» rispose lei, non togliendo gli occhi dai due avversari.

«Cosa abbiamo da scommettere?» chiese Kael-ven.

Si rivolse a lui. «Se Kiel vince, ridurrò il tuo tempo di servizio a due anni solari.» Diede una gomitata a John quando lui sbuffò. «Se vince Peter, devi essere disposto ad ascoltare con mente aperta e ad aiutarmi con un'idea che ho per quando avrò fatto fuori il tuo re.»

Kael-ven scrollò le spalle. «Fatto.» Si appoggiò all'indietro. Quello sarebbe stato un modo onorevole per ridurre la pena per lui e la sua gente. Non era sicuro che si rendesse conto che quando il suo tempo era finito, lo era anche il loro.

Gli yollin finalmente si calmarono quando Peter parlò.

---

«Nella mia vita, ci sono state molte volte in cui sono stato chiamato a combattere. A volte, c'era il potenziale per uccidermi. In un caso, una volta, ho visto uccidere qualcuno che amavo. O» si voltò per trovare Ecaterina e Nathan tra il pubblico, «lo sarebbe stata se qualcuno non fosse intervenuto.»

Peter si voltò di nuovo verso Kiel. «Da allora, in rari casi, sono chiamato ad attingere alle capacità della mia gente, della mia specie. Ci vuole qualcosa per scatenarlo, e io penso sempre» Kiel vide gli occhi di Peter iniziare a cambiare colore, «sempre» la sua voce diventò più profonda, più grintosa, «a quello che ho provato quando lei è stata ferita.»

Kiel fece un involontario passo indietro quando l'umano di fronte a lui cambiò. Non era più piccolo e morbido. Ora era alto quanto Kiel, coperto di pelo e aveva dei coltelli al posto delle unghie alle estremità delle mani. Poi ululò, e gli umani gli diedero il loro sostegno.

Il combattimento era iniziato!

Kiel saltò verso l'umano, che si abbassò sotto di lui. Ma il suo piede fu preso, e Kiel dovette spingere le braccia sotto di sé per impedire che la sua faccia sbattesse contro il pavimento di metallo.

Poi fu strattonato all'indietro, e si contorse due volte in aria prima di atterrare a metà strada verso il muro più lontano con un doloroso scricchiolio.

Le urla erano forti, riverberavano sui muri da entrambi i lati della stanza.

Kiel fece una smorfia. Non sarebbe stato facile, dopotutto.

L'umano andò verso di lui.

Oh, e i denti, pensò Kiel. Stai lontano anche dai denti.

Kiel scattò in avanti, facendo una finta a sinistra prima di lanciarsi, e quella volta, usando le gambe per dare un calcio a forbice, mise a segno un colpo sul corpo dell'umano. Quando atterrò, vide del sangue sulle dita dei piedi.

Bene!

Si voltò indietro per guardare l'umano, che non sembrava molto infastidito dal taglio.

Il taglio che si stava rimarginando davanti agli occhi di Kiel.

*Quello era un male.*

«Domanda» chiese Kael-ven vedendo che il taglio di Kiel sul corpo dell'umano mutato iniziava a guarire. «Potete farlo tutti?»

«Si potrebbe chiamare una cosa di casta» rispose Bethany Anne.

Kael-ven non mancò di riconoscere che lei non rispondeva del tutto, ma si chiedeva, se quell'uomo seguiva la sua regina...

Cosa poteva fare la regina?

«Sai» commentò Tabitha, mangiando popcorn mentre i due ragazzi combattevano. «Quello era davvero un bel colpo d'occhio. Ma tu sei fottuta.»

«Sì, be', mi assicurerò di scoparlo da morire la notte prima del suo combattimento con il re» rispose Gabrielle.

Tabitha fece un cenno di approvazione. «Buon piano.»

Kiel si spostò alla sua sinistra in un semicerchio. Aveva subito due tagli duri attraverso le sue parti molli e aveva scoperto che il morso dell'umano poteva rompergli il braccio.

Era in un mondo di dolore e il danno peggiore che l'umano mostrava era un po' di sangue sul pavimento e qualche respiro affannoso.

Era contento che gli stava fornendo un allenamento.

«Ti assssspettavi di vinnnncereeee?» gli chiese l'umano.

«Mi aspetto di provare fino a quando non potrò fare di più, umano» rispose lui, per un ruggito di approvazione da parte del suo popolo.

L'umano alzò le spalle. «Cosssì sssia.» Guardò il soffitto e di nuovo gli yollin per un secondo, prima di rivolgersi a Kiel. «Sssuppongo che tu posssa volare?»

«Oh, Dio, questo farà male» mormorò Bethany Anne.

«Cosa?» chiese Kael-ven.

«Credo che Kiel stia per fare un volo più lungo e più alto» gli disse.

«È già andato» indicò Kael-ven, «da lì a lì! Quanto più lontano può essere gettato?»

«Prova, lassù» rispose John mentre Peter ruggiva e caricava Kiel, afferrando l'alieno e ruotando, lanciandolo da sotto le spalle verso il soffitto. Il corpo di Kiel si fermò solo quando sbatté contro la cima, poi si schiantò di nuovo giù per atterrare tra i suoi sostenitori, alcuni dei quali avevano cercato di schivarlo e altri avevano cercato di aiutare a prenderlo.

«Oh, penso che abbiamo bisogno di qualcuno che vada ad aiutare alcuni di loro» commentò Bethany Anne mentre gli alieni si sparpagliavano tra le sedie, il corpo comatoso di Kiel ne bloccava tre a terra.

Peter ruggì la sua sfida mentre Nathan si dirigeva verso il centro dell'arena. Bethany Anne guardò Nathan schioccare le dita per attirare l'attenzione di Peter e poi calmarlo, aiutandolo a concentrarsi abbastanza per cambiare di nuovo.

«Darò un undici a quel culo, però» affermò Tabitha malinconica e poi si voltò, nascondendo il viso arrossito quando Peter si voltò e le fece l'occhiolino. Lei gridò: «Oh, mio Dio!»

Gabrielle scoppiò a ridere, poi iniziò a tossire per il popcorn che aveva ancora in bocca.

Ci volle un'ora per ripulire dalla prima sfida e furono necessarie alcune cure mediche sia per Kiel che per uno di quelli che aveva schiacciato alla fine. Per fortuna, la squadra medica aveva studiato Kiel dato che era stato ferito così spesso e sapeva che sarebbe stato di nuovo bene in un paio di giorni, escluso il braccio rotto.

L'amico che aveva cercato di aiutare ad attutire la caduta di Kiel era ancora svenuto.

Per la seconda sfida, Royleen e Marcus fecero portare un tavolo al centro della stanza, ed entrambi posarono i dispositivi elettronici. Marcus tirò fuori il suo da uno zaino marrone.

Royleen aveva un altro yollin in piedi dietro di lui mentre Marcus tirava fuori un altro grande dispositivo e lo appoggiava sul tavolo.

---

«Suppongo che tu non voglia andare per il doppio o niente, Kael-ven?» chiese Bethany Anne mentre tutti riprendevano i loro posti.

«Cos'è la parte doppia? Come posso ascoltare le tue informazioni due volte?»

«No, giusto. Ecco l'accordo. Vi darò comunque solo due anni solari, ma da parte mia, se vi chiedo qualcosa che non è contro la vostra etica, promettete di farlo per me. Oppure, se dite di no, spiegate perché non volete o non potete farlo.» Fece un cenno ai due fuori al centro. «Se vince Royleen, non dovrai ascoltare nulla e avrai solo due anni solari.»

Kael-ven guardò di nuovo verso il centro della stanza. Resistette all'impulso di vedere se c'era della pelle da poter masticare. Era stato informato che gli umani si sentivano male a vederlo e lui non voleva offendere chi gli stava intorno.

«Hai parlato con Marcus dei suoi piani?» chiese infine Kael-ven.

Bethany Anne scosse la testa. «No, non gliel'ho chiesto.»

«Non hai parlato nemmeno con Bobcat o William?» chiese Kael-ven.

«No. In effetti, non ho parlato con nessun umano per chiedere cosa Marcus possa avere in mente» gli assicurò Bethany Anne.

«Stanno per iniziare» disse John a Kael-ven. «Quindi la tua risposta è...» chiese.

Kael-ven fissò i due più in basso, chiedendosi dove fosse il secondo di Marcus. Alla fine, accorrendo prima che i due colpissero le loro bandiere al centro del tavolo, acconsentì: «AFFARE FATTO!»

---

«Buona fortuna» disse Marcus a Royleen.

«Dov'è il tuo secondo?» gli chiese lo yollin mentre si sedeva sul suo sedile. «Non avere un secondo non mi obbliga a rilasciare T'llek qui.»

«Oh, scusa» disse Marcus e prese la seconda scatola mentre si sedeva, «Il mio secondo è proprio qui. Non può essere qui fisicamente, quindi sta parlando attraverso questo.»

Royleen guardò la scatola. «Che cos'è?»

«Quella» una voce proveniva dall'altoparlante, «è la mia scatola di amplificazione sonora che mi permette di parlare a tutti in modo che tutti possano sentirmi.»

Royleen fece una smorfia. «E tu chi sei?»

«TOM» rispose la voce.

«Chi è Tom?» chiese Royleen, guardando dall'oratore a Marcus. «Ci sono così tanti nomi umani e alcuni di voi portano lo stesso nome.»

«Sono anche conosciuto come Talete di Mileto» gli disse la voce, colorando di umorismo il suo tono.

---

«Questo nome, questo "Talete di Mileto", mi è familiare» commentò Kael-ven. Si rivolse a Bethany Anne. «Perché conosco questo nome?»

«Oh, aspetta» promise Bethany Anne. «Andrà meglio.»

Kael-ven si voltò di nuovo, temendo la prossima sorpresa che gli alieni avrebbero portato ai test.

Royleen indicò l'altoparlante. «Pensavo che ti avrebbe appoggiato uno dei tuoi due amici ricercatori.»

«Bobcat e William?» chiese Marcus, sorpreso. «Sono due dei miei migliori amici, e con loro sfonderei le porte dell'inferno. Ma vorrei che uno di loro mi sostenesse nella scienza, così come mi fiderei di Bobcat per la birra» concluse.

---

«Ahi» disse Bobcat dal suo posto accanto a William e Barnabas mentre la folla dal lato umano della stanza rideva.

«Ha sbagliato a dirlo?» gli chiese Barnabas.

«Oh, diavolo, no. Non mi fiderei di me con la birra, ma maledizione, avrebbe potuto dirlo un po' più gentilmente» rispose Bobcat.

«Parola» concordò William. «E no, nemmeno io mi fiderei di Bobcat con la birra» disse William a Barnabas.

«Anch'io ti odio» rispose Bobcat.

«Ho una confezione da dodici di Shiner Bock fresca» accennò William conversando.

«Ti amo di nuovo» rispose subito Bobcat.

Barnabas sorrise.

---

«Allora chi è?» Royleen indicò l'altoparlante. «Come faccio a sapere che esiste e che non è un vostro programma informatico?»

La voce di TOM rispose: «Lo scienziato Royleen della casta Chloret del quarto pianeta che ruota intorno al sistema stellare D-122.221 trovato dai kurtheriani nell'anno solare...»

«No!» gridò Royleen, saltando in piedi dal suo posto, sorprendendo gli ascoltatori. «Non è possibile!»

Marcus sorrise e allargò le braccia. «Perché no?» chiese. «Hai detto che potevo avere chiunque come rinforzo.»

Royleen guardò l'oratore, Marcus e il suo capitano, che era confuso, e poi di nuovo l'oratore e chiese: «Qual è il tuo vero nome?»

---

«Perché Royleen è così agitato?» chiese Kael-ven.

«Perché non ha fatto le sue ricerche» rispose John, «non ha scoperto che tipo di amici Marcus ha da chiamare come rinforzo.»

«Quale amico potrebbe dargli così tanto fastidio?» chiese Kael-ven, la confusione che colorava la sua voce.

«Il tipo incredibile» rispose Bethany Anne.

---

Una serie di numeri iniziò a uscire dall'altoparlante e Royleen alzò una mano dopo i primi cinquanta. «Non posso tenerli tutti nella mia testa!»

TOM si fermò.

Le spalle di Royleen si abbassarono. «Quante lingue?»

«Morte o ancora esistenti?» chiese TOM.

«Non importa» gli disse Royleen e guardò Marcus indicando l'altoparlante. «Com'è che hai un kurtheriano come amico?»

---

«TOM è un kurtheriano!» esclamò Kael-ven, stupito.

«Be', sì. Non l'ha appena detto Royleen?» chiese Bethany Anne.

«Ma tu hai detto... hai detto» Kael-ven tacque, poi si voltò a guardare Bethany Anne, che ricambiò la sua attenzione. «Mi hai detto che non avevi parlato con nessun umano dei suoi piani. È stato un kurtheriano a dirvi cosa si intendeva fare.»

«Forse sono stato informato che il kurtheriano è stato invitato a partecipare. Ma tu conosci i kurtheriani. Decidono da soli quello che vogliono fare» gli disse lei enigmaticamente.

**Bello. Hai intenzione di ammettere che questo kurtheriano dipende da te per la sua vita?**

*Ehi, non ho iniziato io quella situazione. Mi sono svegliata e il tuo culo alieno era già in giro. Forse ricorderai che non ti ho mai detto cosa fare con Marcus. Siete stati voi due ad architettare tutto questo, quindi non prendertela con me.*

**Vuoi guardare Royleen? Voglio godermi di nuovo la sua espressione scioccata.**

Bethany Anne guardò lo scienziato, che sembrava ancora confuso.

*Non preoccupatevi. Ho ArchAngel che registra video di tutto questo. Lo guarderemo di nuovo.*

**Al rallentatore,** concordò TOM.

# 20



Charles entrò nella sala di lettura, notando la scacchiera. Si fermò, capì che Fred avrebbe vinto la partita con David in tre mosse, poi si girò verso la sua sedia per sedersi. Tirò fuori il portatile e lavorò per un paio di minuti prima di sentire Fred e David arrivare nel corridoio.

«Ti sto dicendo» insistette David, «che è stata un'operazione della RDS ad attaccare TarHunt nel Kentucky.» David guardò la scacchiera e mosse una pedina, poi continuò verso la sua sedia. Sentì Fred fermarsi sulla scacchiera.

«TarHunt è stato colpito?» chiese Charles, alzando lo sguardo dal suo portatile. «Quando è successo?»

«L'abbiamo saputo ieri mattina dopo che hanno fatto una revisione completa» rispose David, tirando fuori alcune cartelle dalla valigetta. «Hanno perso un paio d'ore di video di cui non era stato fatto il backup e alcune persone sono state picchiate, e una è andata all'ospedale, ma nessuno è entrato nei dati.»

«Tocca a te» disse Fred mentre proseguiva nella stanza. «Ti ho preso in due mosse» aggiunse mentre prendeva posto e accendeva la lampada accanto alla sua sedia.

David guardò oltre. «Mi dici sempre che mi hai in queste mosse, ma di rado lo fai.»

«Hai mosso il tuo alfiere in d4?» chiese Charles a Fred, che fece cenno di sì. Charles si rivolse a David: «Sì, sei finito in due.»

«Be'... merda.» David si accigliò. «Controllerò due volte, ma sposterò i mille nella tua colonna.»

«A quanto mi porta questo?» chiese Fred.

«A niente. Sei ancora sotto di cinquantatremila dalla corsa presidenziale» si intromise Charles.

«Be', chi diavolo pensava che sarebbe successo?» brontolò Fred. «Era una cosa sicura.»

David scrollò le spalle mentre apriva il piccolo libro delle scommesse. «Sicuro o no, devi ancora il piatto» gli disse mentre segnava la vincita.

«Pensi che la RDS fosse dietro l'attacco di TarHunt» chiese Charles prima di voltarsi di nuovo verso Fred, «e hai detto che l'attacco in Sud America è stato un fallimento?»

Fred prese una cartella blu e se la mise in grembo. «Non solo è stato un fallimento, ma è stato anche un fallimento completo e totale che sfida l'immaginazione. Cioè» modificò guardando Charles, «se credi a un gruppo di zoticoni sudamericani che probabilmente sono fatti di liquidi di scolo.»

Charles ci pensò un attimo. «Credo che dovremo raddoppiare i nostri sforzi alle Nazioni Unite.» Si rivolse a David. «Non abbiamo Timothy James che ci sta lavorando?»

«Sì» confermò l'altro. «Ci ha chiesto se volevamo salire con qualcuno dei paesi che si stanno agitando. Al momento, la maggior parte di loro sono più piccoli e non possono entrare nella corsa per aggiornare la tecnologia. Sente che i piccoli stanno cercando di fare il salto di qualità e recuperare il ritardo se tutti ricevono la tecnologia allo stesso tempo dalle Nazioni Unite.»

«Perché pensano che la RDS li ascolti» mormorò Fred, «non lo saprò mai.»

«Le azioni della RDS sono scese del dieci per cento su tutta la linea» gli disse David.

«Un sacco di vendite in quasi tutte le loro aziende» aggiunse Charles, scrutando il portatile.

«Chi compra?» chiese Fred.

Charles passò qualche minuto a guardare, abbastanza a lungo perché Fred e David tornassero a leggere le loro cose prima di rispondere: «La ricerca dice che tutti, dai governi alle grandi aziende.»

«C'è qualcosa di strano» affermò David con crescente sospetto. «Non ha senso. Quelle aziende sono state tenute sotto controllo per anni. Decenni, addirittura.»

«Be', la roba dell'ONU sta causando una perdita di fiducia in alcuni dei titolari?» ipotizzò Fred.

«Se è così, allora ci sono alcuni grossi giocatori che stanno spazzando via il cambio di proprietà» rispose Charles. «Il mio voto è di dire a Timothy James di trovare alleanze e vedere chi ha bisogno di finanziamenti. Vogliamo essere presenti nel maggior numero possibile di queste operazioni.»

«Per la minor quantità di denaro possibile» aggiunse David.

Charles lo guardò con un sorriso sul volto. «Dovevi proprio aggiungerlo?»


## Vicino al Lago Dulce, NM, USA

Patrick Brown si diresse verso l'hangar principale dell'astronave, Bruce lo accompagnò.

«Voglio quattro navi per questo» disse Patrick sopra la spalla. «Assicurati che si dirigano verso lo spazio e che poi scendano e cercate di far sembrare che vengano dallo spazio o che salgano dal ghiaccio. Se diamo la colpa alla RDS, va bene, e se continuiamo con l'idea che si tratta della società nazista, siamo a posto anche lì.»

«Vuoi che mettiamo a tacere la Marina?» chiese Bruce, senza giudizio nella voce.

«No. Qui non siamo contro di loro. Diavolo, siamo dalla stessa parte. È solo che non dovrebbero scherzare con questa tecnologia, quindi devono farsi da parte.» Patrick digitò una sequenza nella serratura, mise il dito su un pannello e poi parlò in un microfono. Un secondo dopo, ci fu un ronzio, e Patrick aprì la porta, facendo cenno a Bruce di seguirlo e chiudendola dietro di loro.

«Quello che vogliamo fare è scoprire dove stanno andando. Finora non abbiamo le loro coordinate dirette, il che è piuttosto sorprendente.»

«Com'è possibile?» chiese Bruce mentre i due uomini continuavano lungo il corridoio grezzo, dirigendosi più in profondità nel sottosuolo.

«Onestamente, non lo so» ammise Patrick. «Credo che alle navi vengano date le coordinate di posizioni approssimative, e man mano che si avvicinano, ne ottengono di nuove. Qualcuno sta tenendo queste informazioni molto riservate e nessuna delle nostre normali acquisizioni di dati ha avuto successo, o saremmo già scesi a controllare.»

I due uomini camminarono fino alla fine del corridoio che si apriva su una caverna naturale di dimensioni significative che conteneva dodici navi. Dieci di esse sembravano UFO rotondi, seduti su quattro gambe ciascuno. Due erano a forma di campana e più alte delle altre, e una aveva ancora una svastica nazista sul lato e mitragliatrici che spuntavano dal fondo.

«Dovresti prendere il vecchio campanello lì» scherzò Bruce. «Causerebbe ogni sorta di confusione per la Marina.»

Patrick si mise a ridere. «Se non stessi cercando di far incolpare la RDS di questa merda, probabilmente lo farei. Sarebbe efficace per mandarli fuori strada e i militari si inzupperebbero le mutande pensando che abbiamo un gruppo di nazisti ancora in giro.»

«Non è vero?» chiese Bruce. «Giù in Antartide?»

«Be', forse» concesse Patrick mentre si avvicinavano a quattro uomini, tutti in tute di volo grigio scuro con i caschi in braccio.

«Bene, ragazzi» iniziò Patrick mentre raggiungevano i quattro aviatori. «Le navi della Marina si avvicineranno a Schwabenland domani mattina. Voi andrete su e vi appoggerete sopra il Polo Sud. Quando avremo individuato con esattezza il punto in cui la Marina sbarcherò, voi dovrete farli partire.»

«Se ci sparano, signore?» chiese il capo del volo Antony Rikert.

Patrick scrollò le spalle. «Noi rispondiamo al fuoco. Gli originali l'hanno fatto, quindi non dovrebbero aspettarsi niente di meno. Vediamo se hanno intenzione di fare i bagagli e andarsene, e se non lo fanno, allora continuiamo a intensificare la risposta finché non decidono che è una missione perdente.» Ci pensò per un momento. «Se devi, affondane una.»

«Capito, signore.»

Ancora qualche minuto di conversazione e i quattro uomini si diressero verso le ultime navi che la Majestic 12 era stato in grado di costruire con la sua tecnologia avanzata.

Stavano scatenando l'ultima tecnologia veramente umana, non quella stronzata ibrida della RDS.

Patrick e Bruce si voltarono indietro mentre le navi, silenziose nel loro volo, navigavano fuori dalle grandi caverne. Presero la rotta che le avrebbe fatte salire silenziosamente al cielo cinquanta chilometri più a nord.


### NRS *ArchAngel*

Il ticchettio dei piedi di Kael-ven sul pavimento avvisò Kiel del suo arrivo prima che la porta si aprisse ed entrasse il suo capitano.

«Come ti senti?» chiese Kael-ven, guardando il gesso che copriva il braccio di Kiel.

«Come se fossi stato sballottato da un koron-dak.» Kiel grugnì. «Ma il koron-dak» sollevò il braccio, «è stato abbastanza gentile da riparare ciò che ha rotto.»

«Questi umani sono difficili da capire» rifletté Kael-ven. «Ora vediamo quelle che devono essere modifiche kurtheriane, ma non hanno padroni kurtheriani.»

«Forse gli umani li hanno cacciati via?» Kiel si mise a ridere. «So che gli umani possono essere un po' fastidiosi e subdoli quando vogliono.»

«Sì, l'ho scoperto.» Kael-ven si avvicinò alla piccola sedia e si abbassò, bloccando le gambe sotto di essa. «La loro regina mi ha battuto in due diverse scommesse. Ora devo ascoltare le sue domande e devo considerare la sua offerta.»

«Se non continuassero a batterci» disse Kiel, «penserei che sono stati solo fortunati.»

«No, sono più che fortunati. Hanno una storia.» Kael-ven si guardò intorno nella stanza e suppose che qualsiasi cosa potesse dire sarebbe stata registrata. «Ho parlato con un certo Frank Kurns.» Kiel gemette al commento di Kael-ven. «L'hai incontrato?»

«Royleen lo chiama "l'umano dalle mille domande". Lo si può riconoscere perché sta sempre scrivendo nei suoi libri.»

«Sì, è quello» concordò Kael-ven. «Ma risponde alle domande con la stessa prontezza con cui le fa.»

«Non avevo pensato di fargli domande» ammise Kiel, cercando di grattarsi il braccio ingessato.

«Ero il primo della classe in strategia e volevo risparmiare la voce» spiegò Kiel-ven. «Quindi dovevo trovare un'idea in fretta. Per come è andata a finire, non ha avuto problemi a rispondere a domande che mi hanno aiutato a spiegare perché gli umani sono così difficili da individuare.»

«Bene, non ho niente di meglio da fare che stare in questo letto e ascoltare, signore.»

«Oh, sono qui per parlare, Kiel, sia con te sia con Royleen. Lui è il prossimo.»

«Royleen sa che stai andando a parlare con lui?»

«Ne dubito» rispose Kael-ven. «Perché a questo punto non l'ho informato. Immagino che se lo sa, cercherà di nascondersi da me.»

«È ancora arrabbiato per aver perso contro il loro scienziato?»

«Sì, ma in un'area che non mi aspettavo. Una volta che ha capito che sarebbe stato sfidato da un kurtheriano, ha perso il coraggio. Credo che sia più infastidito dal fatto che TOM sia amico di un umano e non si aspetta di poter mai superare questo vantaggio. Non riesco a capire gli scienziati, Kiel» si lamentò Kael-ven.

«Dovresti provare a vantarti con i tuoi compagni di come sarà facile schiacciare il piccolo umano sotto i tuoi piedi, per poi vederlo trasformarsi in un koron-dak davanti ai tuoi occhi. Detto tra noi, capitano, ho fatto di tutto per non pisciare in mezzo al pavimento» si offrì Kiel.

«Non saprei dire. Mi sembrava che stessi combattendo in modo ammirevole» lo rassicurò Kael-ven. Aveva smesso di cercare di convincere i suoi uomini a non chiamarlo più capitano. «Be', finché non ti ha lanciato sul soffitto e sei atterrato su J'llock.»

«Sì, ricordo che i suoi occhi diventavano più grandi mentre scendevo. Non mi ha ascoltato quando gli ho urlato di togliersi di mezzo.» Kiel sbuffò.

«Una volta che si alza dal letto, farebbe bene ad allenarsi con la squadra marziale per migliorare la sua velocità di reazione» suggerì Kael-ven.

«Questo è quasi aggiungere l'insulto al suo dolore, ma glielo dirò, capitano. Allora, ora che hai tolto i convenevoli, a cosa posso rispondere per te?»

«L'effetto dei tuoi antidolorifici deve essere svanito.» Kael-ven si mise a ridere a crepapelle. «Sei più schietto del solito.»

«Le mie scuse. È stare in mezzo a questi umani. Quando siamo in riunione, cercano di trovare la soluzione e non permettono alla casta o al ruolo di mettersi in mezzo.»

«Vero. Lasciami spiegare quello che ho imparato da Frank Kurns e perché credo che per noi sia una fortuna che gli umani si concentrino sui kurtheriani.»

«Sarebbe bello se qualcuno potesse sbarazzarsi di quegli stronzi galattici, signore» osservò Kiel.

«Sì, ma tu stai pensando di nuovo come uno yollin. Stai pensando a cosa potremmo superare se non dovessimo preoccuparci che un clan kurtheriano arrivi e ci crei problemi.» Kael-ven afferrò un pezzo di pelle che si sfaldava, se lo mise in bocca e iniziò a masticarlo. «Ho avuto abbastanza suggerimenti dalla gente della regina. Stanno costruendo un'enorme stazione spaziale.»

«Ti prego, dimmi che non sarà una versione più grande di quella orribile della luna» disse Kiel, con voce quasi implorante.

Kael-ven cinguettò. «No. Ho scoperto che l'orribile stazione sulla loro luna era una base temporanea. È la loro prima stazione spaziale, mi sembra di capire, e alla fine sarebbe stata abbandonata o migliorata a qualche livello. Sono una specie del tipo "pratico prima del bello". O almeno, mi sembra di capire che questo gruppo lo sia.» Kael-ven sospirò. «Vogliono assicurarsi che Yoll non possa attaccare il loro mondo natale.»

«Come possono ottenere questo risultato?» chiese Kiel. «Siamo in quattro sistemi solari. Ci riuniremo intorno al re.»

«No, ci riuniremo intorno al monarca. È quello che abbiamo fatto per generazioni e generazioni, e ora capisco come Bethany Anne intende proteggere il suo mondo da Yoll.» Kael-ven guardò il pavimento e poi di nuovo Kiel. «Quanto credi che sarebbe pericoloso questo Peter umano, se fossero in molti?»

«Molto pericoloso, capitano. Guarisce, è incredibilmente veloce e ha un armamento offensivo naturale. Non ha un esoscheletro, quindi non ha tanta armatura, forse.» Kiel alzò le spalle. «Non che avesse importanza nel mio caso.»

«E se dovessi combatterlo indossando un'armatura?» chiese Kael-ven.

«Sarebbe un combattimento molto più equo. La velocità avanzata dell'armatura compenserebbe gran parte del vantaggio di velocità che ha mostrato. L'armatura incasserebbe molti dei colpi. Suppongo che non mi combatterà in questo modo. Io certamente non lo farei.»

«No. Mi hanno presentato un'altra persona, una donna. Jean Dukes è il suo nome.»

«Un'altra?» Kiel rise. «Le femmine erano piuttosto rare sulla stazione spaziale, e ora non si può muovere un braccio senza colpirne una. Dov'erano, allora?»

«A quanto pare, c'era l'ordine di proteggerle. A differenza delle prime supposizioni di Royleen, non sono stupidi, anche se possono essere fortunati.»

«C'è un mondo di questi esseri laggiù?» chiese Kiel. «Perché se è così, è un mondo di demoni, e forse la nostra mancata notifica al re...» La sua voce si fermò.

«Giochi a Kabesh, Kiel?» gli chiese Kael-ven.

«Le ossa, signore?» chiese Kiel, al cenno di Kael-ven, «L'ho fatto a volte, sì.»

«Ogni volta che Yoll ha sottomesso un'altra razza, abbiamo gettato le ossa. Questa volta siamo venuti su tutti bianchi. Prima o poi doveva succedere. In un modo o nell'altro, questo cambierà Yoll per sempre.»

«I nostri nomi finiranno massacrati nei libri di storia» gemette Kiel, ricordando come aveva pensato che a quell'ora sarebbe stato ricco su Yoll.

Kael-ven allungò le gambe e si alzò in piedi. «Non ne sono ancora così sicuro. Credo che Yoll sia già soggiogato da molte, molte generazioni.»

Kiel girò la testa: «Da chi?»

Kael-ven si fermò sulla porta. «Da Kolin, Kiel. Dai Primi Regnanti della Prima Casta. Ricorda, siamo qui per decreto del re per soggiogare altre specie. Questa volta, una specie ha rifiutato la nostra offerta.»

Kael-ven fece un paio di passi e si fermò, guardando indietro. «Kiel, pensa a questo. Se l'umano Peter si è trasformato in un koron-dak, in cosa si trasforma la sua regina?»

La porta si chiuse dietro Kael-ven, lasciando Kiel a riflettere sulla domanda. All'inizio, Kiel rise al pensiero che la piccola femmina umana avesse fatto qualcosa del genere. Poi si ricordò del suo pugno e si strofinò il petto.

Ha cambiato forma? *Poteva* cambiare forma?

## 21

**<u>Nave tedesca Adler</u>**

«Fa un freddo del cazzo» mormorò Craig mentre si girava, trovandosi Melissa dietro di lui. «Oh, mi scusi, signora!»

«Scuse accettate» gli disse Melissa mentre gli girava intorno. «Avevo bisogno di sentire cosa fosse davvero il freddo, così dentro di me mi sento calda al confronto.»

«Questa è... una specie di logica» concordò Craig. «Ma sono abbastanza sicuro che prenderei solo altri vestiti, signora.»

Melissa pestò i piedi sul ponte. «Come fanno a diventare così freddi così in fretta?»

«Il sangue» iniziò Craig, poi si fermò. «Scusi, domanda retorica, giusto?»

Melissa guardò il soldato.

Craig si girò e poi tornò verso Melissa. «Qualcosa non va?»

«No. Sì... Forse?» Melissa inclinò la testa in segno di esasperazione. «Non sto cercando di fare la stronza, ma stai usando parole che non mi aspetto di sentire da persone dell'esercito.»

«Cosa, retorica?» chiese Craig e rise. «Signora, può essere maledettamente noioso in molti dei nostri tour. In più, dobbiamo fare molto di più che flessioni e nuotare all'infinito.»

«Certo, sparare con le pistole e uccidere le cose, giusto?» chiese Melissa.

«Certo, anche questo» permise Craig, senza offendersi per quella che era la verità. «Ma di solito parliamo anche più lingue, a volte con diversi dialetti. Dobbiamo capire le regole religiose e sociali del luogo in cui siamo di stanza, così come tutte le diverse abilità sia fisiche che mentali per salire e avanzare.»

«Quante lingue sai parlare, Craig?» gli ha chiesto.

«A parte l'inglese, parlo spagnolo, pashtun e un po' di tedesco» rispose lui.

«Non ho mai chiesto a Terry quante ne sa parlare» ha riflettuto.

«Terry? Merda... oh, scusi signora.» Craig arrossì un po' alle guance. «Ne sa parlare almeno sei, che io sappia.»

«Sei? Ehi, non lo sapevo.» Guardò il mare, così freddo e così mortale mentre la loro nave passava, vedendo di tanto in tanto il ghiaccio in lontananza che andava su e giù. «Spero che non diventeremo un altro *Titanic*.»

«Molto improbabile. Abbiamo l'attrezzatura per impedire che accada» le assicurò Craig.

«Bene.» Si voltò di nuovo verso di lui. «Perché hai detto sei che tu sappia?»

«Terry?» Melissa annuì. «Perché può essere un furbo figlio di puttana» rispose Craig, con gli occhi puntati sull'acqua. «Io e i ragazzi scopriamo sempre qualcosa di nuovo su Terry.»

«Perché?»

«Be'.» Craig allungò un braccio e fece spostare Melissa verso il muro. «Aspetti, sento che la nave sta girando un po'. Il vento sta per diventare piuttosto pungente se non si sposta qui vicino alla parete.»

«Grazie.»

«Di nulla.» Craig guardò l'acqua. «Sa che Robert, il nostro capo, e Terry si conoscono da molto tempo, vero?»

«Sì. Dice che erano buoni amici quando erano più giovani.»

«Sì, hanno fatto molto prima di arruolarsi insieme, e poi quando sono entrati nelle squadre, sono rimasti insieme. Quei due hanno due sensi gemelli. Ogni volta che entravano in un brutto scontro a fuoco, Robert aveva un sesto senso al riguardo. E maledizione se ogni volta che succedeva, Terry si era procurato in qualche modo delle armi extra che li aiutavano a uscire dal...ah....» balbettò Craig.

«Dillo e basta, Craig. Che tu ci creda o no, i dottori di ricerca sanno imprecare abbastanza bene.»

«Va bene, Terry sembrava sempre avere armi speciali che non avrebbe dovuto avere ogni volta che venivano gettati nella merda e tutto andava a puttane. In questo mestiere si scopre chi ha fortuna, sa?» Melissa annuì, ma non ne aveva idea. «Così, tutti i ragazzi imparano in fretta a chiedere a Robert se ha quel prurito.»

«Ogni volta che Robert ha il prurito, Terry ha la risposta?» chiese Melissa.

«No, non sempre. Qualche volta abbiamo visto un po' di azione quando Robert aveva un prurito ma Terry non aveva niente di speciale, ma non era mai troppo grave. Ogni volta che Robert aveva il prurito e Terry aveva una risposta?» Craig ridacchiò. «Be', allora sapevamo che avrebbe fatto schifo, signora.»

«È questo che è successo nella "fossa"?» chiese Melissa.

«La sabbiera? Sì. Era la prima volta che quei due stavano insieme da molti anni, ed è come se non si fosse mai interrotta, questa connessione che hanno.»

«Quindi, Terry ha fatto portare la scatola durante il viaggio» disse Melissa.

«Sì, ma poi il presidente chiede un favore alla RDS e noi facciamo cadere un po' di fuoco sugli stronzi che ci saltano addosso e problema risolto.»

Melissa si guardò intorno. «Terry non ha portato una cassa di legno questa volta. Ho controllato.»

Craig le fece cenno di avvicinarsi piegando un dito e indicò la prua della nave.

Melissa strinse gli occhi e fece un passo nel vento. «Oddio! Fa freddo.» Guardò verso la parte anteriore della nave, la prua che si sollevava in aria e sbatteva verso il basso. C'era un uomo davanti.

«Che diavolo sta facendo lassù?» chiese lei, alzando la voce. «Congelerà se non cade in acqua!» Si voltò e tornò veloce verso la parete. «Scusa, mia madre non ha cresciuto uno stupido.» Guardò di nuovo Craig. «Cosa sta facendo? Si congelerà o cadrà o qualcosa di altrettanto brutto.»

«No, non accadrà» le disse Craig. «Si chiama Samuel, ed è stato lì con quella giacca leggera nelle ultime quattro ore.» Craig guardò di nuovo l'uomo. «Terry non si è fatto raggiungere da una scatola questa volta. Samuel è uno dei due uomini che Terry ha tirato dentro per aiutare.»

Craig si voltò di nuovo verso Melissa. «Signora, non sto cercando di spaventarla, ma so qualcosa di quello che Samuel e il suo amico possono fare. Io e i ragazzi siamo sicuri...» Craig guardò di nuovo sull'acqua e parlò a lei, oltre che al vento.

«Questa missione è *fottuta*.»

---

Terry salì sul ponte. «Mi voleva, capitano?»

«*Ja*, Terry» confermò il capitano. «Stiamo ricevendo aggiornamenti che gli americani sono circa dieci ore dietro di noi. Se volete arrivare prima di loro, dovrete partire non appena potremo portarvi vicino.» Fece un cenno verso la poppa. «Voi potete prendere l'imbarcazione più piccola, e noi possiamo correre più a ovest. Magari attirando qualche altra attenzione, se volete.»

Terry si morse il labbro. «Abbiamo cinque chilometri per

arrivare al primo ingresso. Se... sì, possiamo farcela. Devo andare a fare progetti. Grazie, capitano.»

«Nessun problema, *ja?*»

Terry salutò e si voltò. Si diresse verso la poppa, i suoi pensieri turbinano.

---

Ci furono due forti colpi alla porta e Melissa sentì la voce di Terry. «Sei presentabile?»

«Sì.» Prima che lei si voltasse dal suo lavoro verso la porta, lui l'aveva aperta. «Cosa c'è?» chiese lei.

«Abbiamo la marina americana a poche ore di distanza da noi. Dovremo prendere la nave più piccola e le motoslitte.»

«Il tempo?» chiese lei.

Terry scrollò le spalle. «Sembra a posto. Be', per l'Antartide.»

«Chi?»

«Tu, il dottor Tooch, il signor Jameson, Robert, Richard, Samuel e Craig, più alcune provviste. Se non troviamo nulla, cercheremo di risalire sulla nave tra trentasei ore e ce ne andremo. A quel punto le informazioni fornite dal governo tedesco saranno considerate cattive.»

«Nessuna tempesta in questa direzione?» insistette lei.

«Eh? No. Be', non si può mai essere sicuri con nessuno dei due poli, ma no. Perché?» chiese.

«Sto solo controllando. Mi chiedevo cosa può andare storto là fuori» gli spiegò.

Terry si grattò il mento pensando. «Be', molto. Posso parlarti dei problemi durante...»

«Fermati!» Melissa aveva alzato la mano. «Non c'è bisogno di recitare i fatti da una decina di articoli diversi di Wikipedia, grazie. La marina americana ci caccerà via?»

«Abbiamo il diritto di stare qui e forse non troveranno l'ingresso della nostra caverna. Se lo fanno, e diciamo loro che abbiamo contattato la Germania, potrebbero comunque restare là fuori. Il possesso è nove decimi della proprietà. Potrebbero scegliere di espellerci, ma non credo. E come ho detto, devono ancora trovarci. Il capitano porterà la nave in un'altra direzione per cercare di depistarli se può, per darci qualche ora in più.»

«Bene, quando partiamo?» chiese lei.

La voce di Terry si addolcì. «Melissa, vuoi ancora farlo?» chiese. «Sarà miserabile là fuori, e c'è sempre la possibilità di morire. Nell'Antartico, c'è una probabilità ancora maggiore di morire.»

«Terry, ho preso i soldi, e francamente, sarei incazzata con me stessa se perdessi l'opportunità di trovare una vecchia base nazista e vederla in prima persona.»

«D'accordo.» Fece un passo verso la porta prima di voltarsi verso di lei. «Metti in valigia più calzini di ricambio che puoi, e assicurati di avere pezzi di ricambio di *tutto*.»

«Ehi, possiamo accoccolarci per scaldarci, vero?» Gli sorrise.

Lui sorrise e le fece l'occhiolino. «Non vedo perché no. Mi sta bene che gli altri ragazzi si mettano a cucchiaio per scaldarsi, se ne hanno bisogno.» Lui uscì e chiuse la porta sulle sue risate.


**<u>USS *Cowpens*</u>**

Il capitano Forstal si voltò per rispondere alla domanda. «Sì?»

«Signore, abbiamo contatti non identificati in arrivo all'orizzonte» riferì l'operatore radar Andrews in modo nitido.

«Distanza?» chiese.

«Centoventi chilometri, vicino al ponte, e signore?» L'uomo del radar fece una pausa. «Stanno arrivando più in fretta di qualsiasi cosa abbiamo.»

«Velocità?»

«Mach 12, signore.»

Le labbra del capitano si serrarono. «Comunicazioni, vedi se abbiamo qualche motivo per cui la RDS potrebbe essere qui fuori.»

«Sì, signore» confermò Tinbert.

«Metti in linea il Phalanx e informa la *Ford* e la *Wasp* delle nostre intenzioni» comandò il capitano.

Un'altra voce parlò. «Qui è la *Cowpens...*»

---

«Caposquadra, le navi della Marina ci stanno intercettando in questo momento» comunicò Dorsal attraverso la loro radio. «La LHD *Wasp* è maledettamente impressionante.»

«D'accordo, Numero Due» dichiarò Antony. «Ricorda, cerca di spaventarli, non di affondarli.»

«Abbiamo un aggancio radar» confermò Evert. «Ci hanno visto.»

«Dividetevi e fate delle manovre impressionanti» ordinò Antony.

Tyler scherzò sulla linea aperta: «Sapete, volate come un alieno.»

---

«Merdaaaaa» gridò una voce sul ponte. I ping radar diventarono aerei solidi, volarono oltre le tre navi, e andarono in quattro direzioni diverse così in fretta che se sbattevi le palpebre, te lo perdevi.

Facendo curve a novanta gradi.

«Abbiamo gli UFO.»

«Quattro nemici, direzioni casuali. Velocità varie.»

«Niente fuoco, niente fuoco» ordinò il capitano. «Dove diavolo sono andati a finire quei cani?»

«Due dritti, uno a est e uno a ovest. Tutti tornano indietro e vengono nella nostra direzione.»

«Abbiamo gli occhi di Mark One su qualcuno di questi?»

«Abbiamo dei dischi volanti. Ecco, avevamo dei dischi volanti» disse un altro mentre due degli oggetti volanti passavano davanti alle tre navi.

«Qualcuno ha ricevuto la mia chiamata sulla RDS?» chiese il capitano.

«Signore, quelle non sembrano navi RDS.»

«Chi diavolo sa cosa hanno?» chiese il capitano Forstal.

«Be', signore, li abbiamo visti sul radar» rispose Andrews.

Ci fu una leggera pausa. «Ottima osservazione.» Il capitano si accigliò. «Bene, allora, chi diavolo sono?»

«Pensi che ci sia qualcosa di vero nel fatto che questa sia una base nazista aliena?» chiese una voce.

«Silenzio sul ponte. Non saltiamo alle conclusioni e non rompiamoci una gamba qui, gente» ricordò loro il capitano.

## 22

**<u>Schwabenland, Antartide</u>**

«Non mi stupisce che nessuno sia tornato qui.» I denti di Melissa battevano mentre le sei motoslitte si fermavano a una cinquantina di metri dentro la grande grotta. «Il mio sedere è congelato al sedile.»

Terry si alzò dalla motoslitta e diede una mano a Melissa per aiutarla a scendere. «Hai bisogno che ti massaggi per aumentare il flusso di sangue?» chiese. Lei guardò con attenzione gli altri e sgranò gli occhi per l'esasperazione.

Terry sorrise e si guardò intorno. Non c'erano segni nella neve. Batté le mani, sperando di aumentare la circolazione del sangue.

Robert e Samuel si avvicinarono. «Andiamo a controllare il sistema di grotte. Torniamo subito.»

Terry annuì. Non comandava quei ragazzi, e sapeva che il loro obiettivo principale era quello di proteggerli, quindi dare loro un ordine contro quella direttiva era solo stupido.

Fu allora che Intelligente-ma-scemo lo avvicinò. «Dove stanno andando quei due?» chiese il dottor Tooch, indicando

Terry. «Potrebbero trovare qualcosa e mandare all'aria tutto il viaggio!»

Terry alzò il braccio e spinse la mano del dottor Tooch lontano da lui. «Stanno controllando la grotta.»

«Lo vedo!» gridò il dottor Tooch. «È questo che mi preoccupa. Potrebbero rovinare la nostra prima opportunità di parlare con qualcuno qui.»

«Oppure» rispose Terry, parlando piano in modo che il suo fastidio non colorasse la conversazione, «potrebbero far scattare qualsiasi trappola e forse fare in modo che nessuno di noi si faccia male nel processo.»

«Trappole?» Il buon professore guardò nella direzione in cui erano andati i due uomini. «Perché dovrebbero esserci delle trappole qui?»

«Perché gli umani dovrebbero essere qui?» chiese Terry.

Il dottor Tooch si voltò verso di lui. «Be', abbiamo le note che la base è stata costruita e non abbiamo nessuna conferma che le persone siano mai tornate.»

«Allora, pensi che, considerando il periodo da cui sono venuti, forse volevano assicurarsi che nessuno venisse qui a ucciderli? Sai, la guerra e tutto il resto?»

«Be'» il dottor Tooch guardò giù verso il fondo più scuro della grotta dove i due uomini erano scomparsi, «suppongo che potremmo aspettare qualche minuto.»

In tutto, aspettarono per trenta minuti che i due uomini uscissero dall'oscurità.

La squadra si era spostata di altri venticinque metri nella grotta e aveva allestito un piccolo accampamento dietro un cumulo di neve. Il cumulo aiutava a bloccare il vento rimanente che entrava dall'ingresso della grotta.

Terry si voltò quando la vedetta chiamò. La gente si riunì quando i due uomini con le loro giacche leggere li raggiunsero. «Abbiamo trovato quattordici trappole e le abbiamo disattivate» disse loro Richard.

«Poi, abbiamo trovato la porta che entra nella loro base. Ci siamo fermati lì e siamo tornati indietro» aggiunse Samuel. «Non possiamo promettere che tutte le trappole siano state eliminate, ma pensiamo di averle trovate tutte.» Scrollò le spalle. «Qualcuno è bravo con il primo soccorso?»

Robert, Terry e Craig alzarono tutti la mano: «Nel servizio, è quasi obbligatorio.»

Richard annuì. «Questo è accettabile. Abbiamo lasciato intatta la porta che abbiamo trovato.»

«Nessun contatto con la gente?» chiese il dottor Tooch.

«No, finora no» rispose Samuel.

---

All'interno, oltre la porta che Richard e Samuel non avevano aperto, c'era una piccola stanza con quattro monitor in bianco e nero e otto luci.

Sette di loro stavano lampeggiando in rosso.

Una stava lampeggiando verde.

---

Cinque persone seguirono Richard e Samuel attraverso la caverna, che si oscurava man mano che si inoltravano. Ben presto, le persone accesero le luci dei loro elmetti, e i raggi tagliarono l'oscurità. Per due volte, Richard invitò la squadra a camminare con cautela e solo dove si potevano vedere le impronte degli uomini sul pavimento.

Per una volta, nessuno degli scienziati e dei professori fece domande.

Presto arrivarono a una porta di rame, ancora in condizioni prefette. Aveva una patina verde in un paio di punti, soprattutto intorno alla maniglia. La porta era più grande del normale, larga quattro un metro e venti e alta circa tre. Il signor Jameson e il dottor Tooch scattarono entrambi diverse foto prima che il dottor Tooch sostenesse che gli doveva essere concessa l'opportunità di bussare e poi aprire la porta.

Bussò, ma nessuno venne a rispondere. Dopo cinque minuti, accettò il fatto che avrebbe dovuto lavorare per aprire la porta. Si girò per sorridere per una foto e si rese conto che tutti avevano colto l'occasione per allontanarsi da lui. «Immagino che anche voi pensiate che questa possa essere una trappola esplosiva» disse.

«Assolutamente no!» gridò Richard da sei metri di distanza, nascondendosi dietro una grande sporgenza nel muro. «Ma si sa che mi sbaglio a volte, quindi seguo la mentalità del branco.»

Il dottor Tooch ridacchiò e scrollò le spalle. «Be', suppongo che se muoio» si voltò, «ci sono modi peggiori per andarsene.»

Il dottor Tooch tirò e non successe nulla. Tirò più forte. «Sembra bloccata.»

«Una storia verosimile» disse il signor Jameson, una risata seguì il suo commento.

«Molto divertente» scattò il dottor Tooch. «No, davvero.» Mise una mano guantata contro il muro accanto alla porta e tirò più forte. «Sento un leggero movimento, ma non riesco ad aprirla. Forse è bloccata?» chiese a nessuno in particolare.

Richard lasciò il suo posto vicino al muro e si diresse verso il dottor Tooch. «Di' a Gabrielle che sono veramente dispiaciuto per aver reso questo il decennio delle decisioni avventate» disse a Samuel. «E Be', anche per tu sai cosa.»

«Dr. Tooch?» chiamò Samuel, e l'uomo si voltò. «Potresti voler venire qui. Se Richard va in fiamme o qualcosa del genere, non vogliamo che il suo sacrificio sia vano, giusto?»

«Oh!» Il dottor Tooch diede una pacca sulla spalla a Richard mentre si affrettava a superarlo. «Proprio così.»

Richard si avvicinò alla porta e iniziò a guardare tutti gli angoli, poi studiò il terreno di fronte a essa.

Robert attirò l'attenzione di Terry e alzò un sopracciglio. Terry scrollò le spalle.

Richard si alzò in piedi. «Non c'è niente da fare.» Mise la mano destra guantata contro la roccia ghiacciata, e con la sinistra afferrò la maniglia.

«Dobbiamo fare il conto alla rovescia per te, Richard?» chiese Samuel.

«Mordimi» rispose Richard.

«No, sono a posto. Grazie per l'offerta, però» rispose al suo amico. «Fai in fretta. Sono davvero scarso a...»

Richard grugnì, poi gridò, e con uno scatto la porta si aprì. Richard si girò a sinistra, fuori dai piedi, mentre la porta sbatteva contro il muro.

Il respiro di tutti fu rilasciato piano. Richard mise un braccio sulla porta e lo agitò, mettendo finalmente la testa dietro l'angolo. «Sembra libero» chiamò. «Un corridoio di tre metri e due porte.»

Samuel si staccò dalla propria posizione. «Be', conto alla rovescia e tutto il resto. Vediamo cosa stavano combinando quegli stronzi nazisti quaggiù, va bene?»

---

«È verde» sottolineò Terry.

«Ammirevole scelta di affermare l'ovvio» osservò Richard. «Voglio sapere cosa significano le sette luci rosse.»

«Bene...» Rispose Terry, allungando la mano in avanti.

«NON FARLO!» urlarono Richard e Samuel insieme, facendo sobbalzare Terry, Robert e Melissa. Il resto della gente era nel breve corridoio a guardarli.

«Che diavolo!» gridò Terry. «Non dovrete salvarmi. Morirò di paura qui!»

«Be'» scattò Richard, «stavamo cercando di salvare le loro

vite.» Indicò il corridoio. «E se alcuni di quei pulsanti fossero interruttori "uccidi gli scagnozzi nel corridoio"?»

«Be', allora solo Craig è nei guai» rispose Terry. «Il signor Jameson e il dottor Tooch non sono scagnozzi.»

«È piuttosto divertente, stronzo» venne dal corridoio.

«Ehi!» obiettò Robert.

«Oh, le mie scuse. Molto divertente, stronzo, signore!» aggiunse Craig.

«Sì, sì» rispose Terry. «Tuttavia, Richard ha ragione.» Si sfregò le mani. «Non possiamo entrare tutti qui, quindi...»

«Tutti tranne Samuel, fuori dalla porta» finì Richard.

«Cosa, io?» esclamò Samuel, sorpreso. «Chi mi ha votato?»

«Io l'ho fatto, naturalmente.» Richard gli diede una pacca sulla spalla. «Io ho colto la prima occasione, quindi tocca a te premere il grilletto.»

«Possiamo uscire dalla metafora delle armi?» chiese Melissa.

«Scusa, l'umorismo macabro aiuta» rispose Samuel. «È così dal 1710.»

«Cosa?» chiese Melissa, presa alla sprovvista.

«Cosa è successo nel 1710?» chiese Terry, cercando di ricordare qualcosa di quell'anno.

«Non lasciare che Samuel ci impedisca di uscire» rispose Richard. «Andiamo. La risposta è il reverendo Jonathan Swift.»

«*I viaggi di Gulliver?*» chiese Terry mentre accompagnava Melissa all'uscita.

«Proprio così» confermò Richard e fece l'occhiolino a Samuel, che sgranò gli occhi. Richard chiuse la porta alle sue spalle e fece uscire tutti nella caverna. «Jon aveva un senso dell'umorismo piuttosto impassibile.»

«Jon?» chiese Melissa, cercando di seguire la conversazione.

«Sì, ha amato una donna in Irlanda. Lei disse di no, così lui partì e andò in Inghilterra. Lingua mordace, quell'uomo» rispose Richard distrattamente.

Richard chiuse la porta e Melissa sussurrò a Terry: «Parla come se conoscesse personalmente Jonathan Swift!»

Terry annuì. Per quanto ne sapeva, era vero.

---

Pochi istanti dopo, ci fu un forte cigolio. Tutti nella caverna saltarono, tranne Richard, che dopo un attimo bussò un paio di volte alla porta, poi annuì.

«A cosa stai annuendo?» chiese Melissa.

Richard si voltò e sorrise. «Mi assicuro che Samuel sia ancora vivo.»

«Potresti sentire...» Un forte scoppio la fece trasalire e lei smise di parlare.

Un secondo dopo, Richard bussò due volte. Aspettò e bussò ancora due volte, poi annuì.

Qualche istante dopo, la porta iniziò ad aprirsi.

«Ho detto, MALEDIZIONE, che era forte!» urlò Samuel mentre usava le dita e si comportava come se cercasse di liberarsi le orecchie.

«Cos'è successo, regina del dramma?» chiese Richard.

«No, non voglio nessuna panna in questo momento. Strano momento per chiedermelo» rispose Samuel.

«Non ho detto "Vuoi la panna?" Ti ho chiamato regina del dramma. Sai una cosa? Non importa. Cos'è successo, idiota?» chiese Richard.

Samuel sorrise e smise di giocare con le orecchie. «Be', la prima volta c'era della vecchia roba di metallo che è uscita dal pavimento. Ti dico una cosa, quello avrebbe aperto a tutti un nuovo buco del culo di sicuro. La seconda era più una difesa sonora. Probabilmente rompere i timpani a tutti, e quando sei incapace, arrivano e ti pestano a sangue.»

«Allora, l'hai capito?» chiese Richard.

«Sì. Quando ho girato la testa dopo il secondo pulsante, ho capito che c'era un altro interruttore che era stato nascosto dalla porta e sono andato a premerlo. Ora l'altra porta è aperta.»

«Huh, altri cinque interruttori rossi» commentò Terry prima che Melissa lo colpisse. Lui alzò le mani. «Sono solo curioso.»

La squadra seguì Samuel nella base. Richard chiuse la porta una volta che tutti lo ebbero superato.

---

«Oh, mio Dio» sussurrò Melissa nella quiete della grande stanza, in cui c'erano più di duecento bare di metallo collegate alla corrente.

Richard e Samuel erano andati più lontano nella base e stavano tornando indietro. «Lì dietro c'è la miniera d'oro.» Richard scosse un pollice dietro di loro. «Un sacco di roba da esaminare e non si trova un'anima. In più, c'è una specie di... la chiamerei una sala delle sedute spiritiche.»

Craig chiese a Richard di mostrarglielo e i due se ne andarono.

«Bene, e adesso?» chiese Terry al gruppo.

Il signor Jameson si rivolse a Terry. «Mi scusi?»

«Ho detto: "E adesso?".» Indicò le bare. «Sembra che abbiate della gente sotto ghiaccio» indicò con il pollice dietro di sé, «e la marina americana dietro di noi.» Terry alzò le spalle. «Mi sembra che tu debba prendere delle decisioni rapide qui, amico.»

«Aspetta, perché?» chiese il signor Jameson.

«Terry?» chiamò Robert. «Esci un momento.» Terry annuì, senza prestare molta attenzione all'amico mentre cercava di mettere a fuoco l'uomo d'affari.

«Perché, signor Jameson» spiegò Terry. «Se non ottenete

una copertura politica adeguata qui, la Marina degli Stati Uniti farà irruzione, e vi garantisco che non saranno disturbati da» indicò i dispositivi metallici che sembravano bare, «chiunque si trovi in quelle cose lì.»

251

23

Terry stava diventando frustrato. «Signor Jameson. Non sono qui per combattere la marina americana e un gruppo di marines. Uno, quello è il mio paese, non importa quanto mi pagano, e secondo, sei *scemo*?» Terry quasi urlò l'ultima frase. «Quale parte di «US *Marines*» non hai capito?

«Terry!» chiamò Robert mentre rientrava nella stanza.

«Cosa?» Terry si voltò, esasperato.

«Abbiamo dei problemi.»

«Lo so!» si lamentò Terry. «Il signor Jameson deve fare una telefonata e convincere il governo tedesco a richiamare la marina americana, o avremo dei visitatori del tipo "incazzati e armati"!»

«Problemi più grandi, Terry» gli disse Robert, la sua voce uniforme mentre si avvicinava al gruppo.

«Oh, merda» esclamò Craig dalla porta mentre lui e Richard tornavano. «Hai detto che abbiamo problemi più grandi?»

«Sì» gli disse Robert.

«Quelli pruriginosi?» chiese Craig, e vide il brusco cenno di assenso di Robert.

Terry fissò il suo amico. «Oh... *merda*.»

«Aspetta, cosa "oh merda?"» chiese Melissa. «Abbiamo i vostri assi nella manica proprio lì e lì!» Praticamente strillò, indicando Samuel e Richard, che si guardarono e scrollarono le spalle.

«Possiamo far fuori alcuni marines, ma non ci sono buone probabilità se sono più di cinquanta» disse Samuel.

«Abbiamo la porta. E se blocchiamo la stanza e accendiamo gli altri cinque pulsanti rossi?» chiese Richard.

«No!» Terry si voltò. «Non voglio combattere contro i marines americani.»

«Bene, perché i proiettili pungono da morire» si lamentò Samuel.

Robert, Terry e Craig si voltarono a guardare Samuel a bocca aperta, poi tutti scossero la testa e tornarono alla loro conversazione.

«Va bene, sputa il rospo, Robert» lo incoraggiò Terry.

«La Marina è sotto attacco» gli disse Robert.

«Cosa? Chi?» chiese Terry, la confusione gli corrugò la fronte.

«Alieni, nazisti, UFO, RDS?» disse Robert.

«Non sono nazisti. Sono tutti ghiaccioli» Craig indicò le scatole di metallo dietro di lui mentre parlava.

«Non è la RDS» ha assicurato Terry.

«Come fa a saperlo?» chiese il signor Jameson.

«Lascia che ti illumini dopo su questo punto» rispose Terry.

«Restano gli alieni e gli UFO.» La voce di Robert aveva una nota di incredulità.

«Nessuno dei tuoi lo sapeva?» chiese Terry, e Robert scosse la testa. «Niente che qualcuno abbia condiviso con me.»

Terry domandò: «Stanno sparando alla Marina?»

«Non ancora, non che io sappia» rispose Robert.

«Maledizione!» Terry si voltò. «Be', merda. Signor Jameson, nuova domanda qui.»

«E adesso?» chiese l'altro, cercando di capire i nuovi parametri.

«Abbiamo un gruppo estraneo, non si sa se domestico o alieno, e intendo alieno-alieno, non stranieri, che molesta la Marina. Non sono di qui, perché abbiamo un gruppo di ghiaccioli nazisti al massimo. Non volevo crederci, ma probabilmente questi non sono veri nazisti. Queste persone sono la società Thule, immagino. Sono stati usati dai nazisti e immagino che abbiano stretto un accordo. Hanno dato una guida tecnologica a quelli al potere in cambio di questa base è il mio tentativo al buio, ma al momento, è probabile. Abbiamo un altro gruppo di dischi volanti là fuori che stanno allontanando la Marina perché LORO vogliono quello che c'è qui dentro» finì, puntando un dito sul pavimento.

«Perché siamo preoccupati per il secondo gruppo?» chiese il signor Jameson.

«Perché» interruppe Robert, «non sono preoccupati per tre navi da guerra in questo momento. Questo significa che la loro roba è maledettamente avanzata, e noi non avremo un cazzo da fare contro di loro.»

«Opzioni?» chiese il signor Jameson.

«Primo, chiamare il governo tedesco, ma non sono vicini, quindi dico che non se ne parla. Poi, prendiamo le nostre provviste, chiudiamo la porta, ci rannicchiamo e speriamo che ci sia una porta sul retro e un passaggio per uscire da qui» propose Terry.

«Mi sembra un buon modo per entrare in una di queste» rispose il signor Jameson mentre faceva un cenno alle scatole di metallo.

«D'accordo. Quindi, la prossima scelta è chiudere la porta, salire sulle nostre motoslitte e guidare come forsennati fino all'*Adler*, se possibile. In pratica, corriamo come pazzi e speriamo che nessuno ci veda» aggiunse Terry. «E preghiamo di non congelare.»

«E queste persone?» interruppe Melissa. «Se scappiamo, cosa succede a loro?»

«Restano ghiaccioli finché non arriva chi vince fuori. Se sono gli Stati Uniti, probabilmente troveranno un modo per scongelarli» rispose Terry, e notò il leggerissimo scuotimento della testa di Robert, «Credo. Poi di nuovo, potrebbero lasciarli nelle scatole e portare tutto fuori di qui.»

«Cosa?» chiese il signor Jameson, sorpreso. «Li lascerebbero?»

«Non ne ho idea, signor Jameson. Spererei che non lo facessero. Scommetto che nessuno, tranne voi in Germania, si aspettava davvero di trovare qualcosa qui. Io no, e sono in questo gruppo.»

«Abbiamo altre opzioni?» chiese il signor Jameson.

«Sì, ma non ti piacerà» rispose Terry.

«Ci siamo» ammonì Craig. Attirò l'attenzione di Melissa e le disse: «È il momento di "Terry tira fuori qualcosa dal culo".» Melissa sorrise e fece un cenno di intesa.

<hr>

«Mi stai dicendo» chiese il signor Jameson, la parlata lenta mentre pensava a quello che Terry gli aveva appena detto. «Che puoi chiamare la RDS e ottenere il loro aiuto qui?»

Finora, rivelare che poteva ottenere l'aiuto della RDS era andato meglio di quanto si aspettasse.

«Sei un infiltrato per la RDS?» chiese il dottor Tooch.

*Be', fino ad ora,* pensò Terry.

«No, ma mi aiutano di tanto in tanto» ammise.

«Perché?» chiese Melissa.

Si voltò verso di lei. «Perché la roba che tutti cercano può essere pericolosa e chi la cerca deve essere sorvegliato.» Fece un cenno alle bare. «Perché alcune persone guarderanno tutto questo e vedranno la tecnologia, non le persone.»

«E cosa farà la RDS?» chiese.

«La regina» si intromise Richard, «proteggerà prima le persone qui, svegliandole e scoprendo ciò che deve accadere.»

«Come farà a farlo?» chiese il signor Jameson. «La Marina degli Stati Uniti o gli UFO volanti là fuori stanno per bussare alla maledetta porta molto in fretta.»

«Se la regina dice a Richard e a me di tenere questa porta per lei fino al suo arrivo, noi terremo questa cazzo di porta per lei fino al suo arrivo» gli disse Samuel, con la finezza nella sua voce.

Robert e Craig rabbrividirono, ripensando all'incidente con El Diablo.

Il signor Jameson si voltò. «Non avremo accesso a questa tecnologia, dottor Tooch.»

Samuel gli disse: «Non pensate che non permetterebbe ad alcune persone di stare qui a osservare. Chiedile il permesso, probabilmente lo farebbe per voi che l'avete trovato.»

«E la tecnologia?» chiese il signor Jameson.

Samuel allargò le braccia. «Mi dispiace, ma non ho una risposta per questo. Posso dirvi che lei è giusta, ma se stabilisce che la tecnologia non deve essere condivisa, non sarà condivisa, tranne per quello che imparerete mentre osservate.»

«Come mai quando si dice "osservare", io sento "guardare e tenere la bocca chiusa"?» chiese il dottor Tooch.

«Perché sei un uomo saggio» rispose Samuel, «e hai imparato che c'è una stagione per tutto.»

Qualcosa ronzò forte e Robert abbassò lo sguardo. «Ho sistemato gli estensori di segnale mentre tornavo.» Tirò su il suo tavolino. «Oh, merda. A quanto pare la Marina si è sentita minacciata, e hanno aperto con gli R2-D2.»

«Con *cosa*?» Melissa sembrava confusa.

«Scusa» si scusò Robert. «Il sistema di armi ravvicinate Phalanx. È un cannone Gatling da 20 mm a guida radar con una cupola in cima che sembra...» Robert si fermò quando Melissa lo interruppe.

«R2-D2, capito» finì lei, e lui annuì.

Il tablet di Robert ronzò di nuovo. «Gli UFO stanno rispondendo al fuoco.»

«Non abbiamo nulla che possa sfidare qualcosa che può contrastare la Marina degli Stati Uniti. Chiama il tuo contatto e vedi se possono fare qualcosa» ordinò il signor Jameson.

Terry annuì e iniziò a correre fuori dalla stanza: «Dove stai andando?» gridò il signor Jameson.

«Problemi cui ripetitori!» rispose Terry sopra la spalla. «Devo andare un po' più all'esterno.»

Una volta uscito dalla stanza, prese un secondo tablet, uno che non aveva bisogno di un segnale perché non usava la normale tecnologia cellulare.

<hr>

Dan era seduto alla scrivania a rivedere i piani per la nuova stazione da battaglia, quando il suo tablet emise un segnale acustico. Guardò lo schermo e poi lo prese. «Sono Dan.»

«Sono io, sensei.» La voce di Terry arrivò forte e chiara.

«Cosa sta succedendo?»

«Ci crederesti che abbiamo trovato una vecchia base piena di ghiaccioli nazisti congelati, o forse persone che erano in contatto con gli alieni negli anni Quaranta che hanno una tecnologia avanzata? Allo stesso tempo, abbiamo tre navi della marina americana attaccate da quattro UFO qui fuori in questo momento che probabilmente vogliono anche questa roba.»

«Hai detto ghiaccioli nazisti?» chiese Dan.

«Sì.»

«Sono vivi?» incalzò.

«Non ne ho idea. Nessuna delle luci sembra essere bruciata

e, francamente, non siamo sicuri se siano nazisti o semplicemente tedeschi di quell'epoca.»

«E gli UFO che combattono la marina americana
all'esterno?»

«Sì.»

«Come diavolo fai a entrare in questa merda, Terry?» chiese
Dan mentre digitava i comandi nel tablet.

«Mi conosci, Dan. Sto solo cercando di sopravvivere in un
mondo crudele.»

«Giusto, come quella volta che abbiamo tirato fuori il tuo
culo dal bordello in Africa con i Rinnegati» replicò Dan, rispondendo alle domande che gli arrivavano nel testo.

«Dove pensi che abbia imparato che è un mondo crudele?»
rispose Terry. «Circondato da tutta quella carne e capendo che
"mordimi" non era affatto quello che pensavo fosse.»

Dan ridacchiò.

Le luci nell'ufficio di Dan iniziarono a lampeggiare di rosso,
e lui sentì gli ordini che venivano emessi nei corridoi fuori dal
suo ufficio. ArchAngel evitò che il rumore invadesse il suo
spazio. Era intelligente in quel senso.

«D'accordo, sembra che l'arrivo sia previsto tra sette
minuti.»

«Siete vicini?»

«Chi, noi? No, non siamo affatto vicini. Stiamo già andando
in quella direzione, ma ci vorranno ore prima di rientrare
nell'orbita terrestre. La regina sarà lì con qualcosa... d'altro.»

«Sette minuti?»

«Esatto» ha confermato Dan.

«Spero che la Marina *abbia* sette minuti» mormorò Terry.

«Anch'io» concordò Dan.

«Abbiamo attacchi del Phalanx, abbiamo attacchi del Phalanx » disse Antony ai suoi tre uomini. «La prossima volta, Tyler, non mettere un proiettile ad alta velocità così vicino a una nave della Marina. A loro non piace affatto quella merda.»

«Ehi, ho pensato che avrebbero capito che era un colpo di avvertimento» si giustificò Tyler.

Evert chiamò dalla radio: «E come facciamo a dirglielo? Non possiamo fare video, o l'intera storia degli alieni è finita.»

«E se facessimo finta di essere la RDS?» chiese Spencer.

«Lasciamo che lo suppongano» rispose Antony. «Sai come sono i vestiti della RDS?»

«Niente di simile a quello che abbiamo addosso, immagino» rispose Spencer in tono piatto.

«Continuate a schivare, gente» ordinò Antony.


## Kavala, Grecia

Alexi Ouzo era stanco.

Stava giocando a calcio nel nuovo campo dove c'era il vecchio magazzino. Era stato abbattuto in modo che il terreno valesse di più per qualcun altro per acquistarlo e costruirci sopra un nuovo edificio.

Purtroppo per lo sviluppatore, la Grecia stava attraversando tempi difficili, e lì a Kavala non succedeva molto.

Fino ad allora aveva funzionato bene per lui e i suoi amici. Ormai, nei fine settimana e dopo la scuola, lui e altri dieci o quindici ragazzi andavano lì a giocare. Un paio di saldatori li avevano aiutati a montare alcuni dei tubi in giro, e ora giocavano con porte di fortuna.

Giornata finita, la sua squadra aveva vinto due a uno. Stava tornando a casa, prendendo una scorciatoia attraverso il magazzino.

Fu allora che la sua vita cambiò.

Stava sognando a occhi aperti, calciando il pallone mentre

camminava lungo il sentiero sterrato, quando una sirena urlante partì alle sue spalle. Afferrò il so pallone e si girò mentre una delle porte di un grande magazzino iniziava ad aprirsi. Poteva vedere che c'erano delle specie di luci rosse lampeggianti all'interno dell'edificio. Le luci rosse illuminavano le pareti interne e di tanto in tanto lampeggiavano all'esterno.

Non c'era niente vicino ai magazzini, il che era strano. Di solito, quei tipi di edifici erano ammassati insieme.

Poi lasciò cadere la palla, dimenticata, con la bocca aperta.

---

«MUOVETEVI!» urlò Marcus. «Abbiamo un'uscita urgente, un'uscita urgente!» Marcus agitava il tablet. «Salite sulla nave o sparite, e per l'amor di Dio, assicuratevi che la sala di ricevimento della regina sia fottutamente libera!»

«Ci penso io!» Marcus sentì qualcuno che correva sulla passerella.

Marcus guardava mentre la gente tirava via i cavi dalla *G'laxix Sphaea*. Quelli che sarebbero serviti più tardi venivano messi a bordo, mentre altri venivano gettati a lato.

Avevano parlato di cosa sarebbe successo se avessero avuto bisogno di uscire in fretta dall'hangar, ma in quel momento stava accadendo davvero. Sperava che avessero fatto bene.

Marcus batteva il piede e guardava l'orologio. Avevano collegato altri due cavi, ed entrambi scendevano dal retro delle due ali nello stesso momento. «Lasciateli!» gridò Marcus. «Non sono speciali. Portate i vostri culi sulla nave!»

Marcus si girò, cercando di vedere se gli mancava qualcuno, quando sentì un latrato e si voltò per vedere Ashur che lo fissava, e poi *la sua* voce tagliò la bolgia. «Marcus, porta il tuo culo da scienziato-razzo sulla mia nave!»

«Oh, merda!» Marcus iniziò a trotterellare verso la nave e

poi su per la passerella. La sua faccia rossa salutò Bethany Anne. «Scusa!»

Guardò fuori, poi premette il comando per chiudere la nave. «Sei stato bravo, ma come ogni professore distratto, ti sei dimenticato di te stesso.»

Bethany Anne si precipitò sul ponte e scivolò sul sedile del pilota. «Andiamo, ragazzi e ragazze, abbiamo una battaglia da fermare.»

---

«Assolutamente no» mormorò Alexi quando un'enorme astronave iniziò a scivolare fuori dal grande magazzino. Usciva, e usciva, e... usciva.

Quando fu fuori del tutto, Alexi notò altre dieci persone in strada con lui. Almeno avrebbe avuto dei testimoni.

Si sollevò in aria senza un rumore, girando verso sud mentre saliva di un paio di centinaia di metri. Poi, i motori posteriori presero vita. Erano molto più silenziosi di quanto Alexi avrebbe pensato e l'astronave... scomparve con un forte scoppio.

«Che diavolo era quello?» chiese un ragazzo alto con una camicia rossa.

Nessuno gli rispose.

---

**Forza, TOM, è ora di guadagnarti il tuo posto di pilota.**

*Resta alla velocità dei vampiri. Ti copro le spalle, BA.*

**Bene. Non facciamo la figura degli idioti di fronte all'aiuto.**

John Grimes si chinò verso Paul Jameson. «Non sei tu il pilota?» chiese con voce dolce.

Paul rispose, con la voce un po' più alta di un sussurro: «Sì, ma in questo momento sto imparando. Non ho mai pilotato questa nave.»

John fece un cenno verso Bethany Anne. «Come ci riesce?» chiese mentre guardavano le mani di Bethany Anne che sfrecciavano sui comandi.

Paul alzò le spalle. «Lei è Bethany Anne, forse?»

John si rimise a sedere. «Una risposta buona come qualsiasi altra, suppongo.»

«Tempo stimato d'arrivo al Polo Sud quarantadue secondi» comunicò Bethany Anne. «Assicuratevi che le mie torrette siano presidiate!»

Marcus si guardò intorno. «Oh, mi ero dimenticato anche di questo.»

«Non è un problema» rispose uno dei Wechselbalg. «Sembrava che potessimo sparare a qualcosa, quindi le abbiamo presidiate tutte.» Aggiunse: «Non sono sicuro che abbiamo bisogno che siano presidiate. Al momento sono agganciati al sistema di puntamento EI.»

«Basta che sia un umano a iniziare e fermare il fuoco, per ora va bene» rispose Bethany Anne. «L'obiettivo è a portata di mano. Dieci secondi.»

* * *

«Oh, porca puttana!»

Il capitano Forstal ignorò lo scoppio. In quel momento non potevano colpire i quattro UFO, e per quattro volte il fuoco di ritorno aveva colpito le loro navi. La *Wasp* aveva perso tre elicotteri e la *Ford* una torretta anteriore.

«Signore!» annunciò il radar. «Abbiamo un nuovo velivolo in arrivo.»

«E adesso?» si chiese il capitano.

⸻

«Vi dico che se quegli stronzi colpiscono ancora una volta la mia nave, farò molto di più che buttare i loro elicotteri in acqua» ringhiò Spencer.

«Il Phalanx non può ruotare abbastanza in fretta. È stato un tiro fortunato» rispose Antony. «Bisogna fare attenzione a non incrociare un'altra delle loro linee di percorso e incappare in altri proiettili.»

«Ehi, è più facile a dirsi che a farsi» ribatté lui.

«Ragazzi? Ehi, *Ragazzi!*» chiamò Evert. «Vedete questa nuova nave che arriva da uno uno quattro?»

Ci fu una pausa. «Chi cazzo è quello?»

«La RDS?»

«Le loro navi sono tutte fuori alla cintura. Non possono arrivare prima di qualche ora, anche se volessero essere coinvolti.»

«Allora chi diavolo ha un... Oh, cazzo, quello è un mostro!»

«Nuovo piano. Dirigetevi verso quella nave!» comandò Antony.

⸻

«Gli UFO stanno girando verso il nuovo spauracchio.»

«Be', sembra che agli UFO non piacciano, signore.»

«Non significa nemmeno che piacciano a noi, ancora. Il nemico del mio nemico non è per forza mio amico» ricordò il capitano Forstal a se stesso più che al suo equipaggio. «Tienilo d'occhio.»

«Non sarà difficile, signore. È lungo quasi un campo di football.»

«Abbiamo quattro navi che si dirigono verso di noi» riferì Marcus.

«Assicurati che lo scudo sia acceso. Non voglio che graffino la vernice» gli disse Bethany Anne.

«Oh, buona idea» concordò Marcus e si voltò per assicurarsi che lo scudo fosse attivo.

Bethany Anne guardò alla sua sinistra e schiacciò un pulsante blu. «Gente, qui è Bethany Anne. Se una di quelle quattro navi ci spara addosso, fatela saltare.»

«Piani, signore?» domandò Spencer.

«Falli ronzare. Vediamo se la nostra anti-elettronica li influenza» rispose Antony.

Il capitano Forstal si avvicinò per vedere cosa stava succedendo sul radar. «Maledizione, sono veloci.»

«Le quattro navi stanno superando quella grande. Signore, quella cosa è enorme» osservò Kelly mentre la esaminava.

«Si muovono in questa direzione» chiamò un'altra voce. Questa volta, più persone si alzarono e guardarono fuori.

«Oh, santo cielo!» Kelly rimase a bocca aperta. «QUELLA è la RDS» sottolineò mentre la grande nave passava davanti alla Marina. «L'ho vista nel video giapponese, ma c'è più roba.»

«Bene, questo significa che gli altri quattro *non* sono sicuramente della RDS, giusto?» chiese Jenkins.

«No, potrebbero prenderci in giro» disse loro il capitano Forstal. «Non credo che lo stiano facendo; voglio solo assicurarmi che tutti tengano la mente sgombra da supposizioni.»

«Ecco i quattro UFO.» Tutte le teste si voltarono mentre le quattro navi rotonde sfrecciavano dietro la nave RDS.

«Non sembrano essere così veloci» commentò Kelly.

---

«Be', non è uno schifo? Stanno giocando a rimpiattino» osservò acida Bethany Anne. «Spero proprio che questa cosa abbia un buon raggio di sterzata, Marcus.»

«Cosa?» Marcus faceva del suo meglio per stare al passo. «Sì, abbiamo applicato la tecnologia della piastra gravitazionale completa alle specifiche yollin. Puoi fermarti in un attimo» concluse. «Anche se io non vorrei farlo, in realtà potresti.»

*TOM, dov'è il sistema per... Oh, eccolo.*

---

«Bene, restate tutti immobili. Sono sicuro che gireranno presto. Quando lo fanno, tagliate attraverso la curva e noi... *DOVE CAZZO È ANDATO?*» urlò Antony. «Qualcuno ha un aggancio?»

Gli risposero tutti negativamente. «Questa è una stronzata!» Si guardò intorno: «Torniamo alle navi della Marina. Sappiamo che finiranno lì.»

Evert chiamò via radio: «Signore, quella è la RDS. La base dice che la nave corrisponde a quella dell'evento giapponese.» Ci fu una pausa. «Tranne che per alcune differenze, signore.»

I quattro velivoli virarono e si diressero di nuovo verso le navi della Marina. «E quali sarebbero, Evert?»

«Armi grosse, signore» fu la risposta.

«Signore, abbiamo perso la nave RDS e i quattro UFO stanno tornando in questa direzione.»

«Preparate i missili» ordinò il capitano Forstal. «Non sparate senza permesso.»

---

Antony strinse i denti, ma prese una decisione difficile. «Dobbiamo portare la Marina fuori di qui prima che torni la RDS. Ho il permesso di attaccare le navi? Affonderemo la USS *Cowpens* se la Marina ci spara di nuovo. Abbiamo cercato di essere gentili, ma non ha funzionato.»

---

Il capitano Forstal pensò alle sue opzioni.

«I nemici saranno qui tra dieci secondi, signore. Comando sui missili?» Due secondi dopo. «Signore?»

Il capitano Forstal annuì tra sé e sé. «Negato. Bloccateli.»

---

Bethany Anne premette di nuovo il pulsante blu. «Siete pronti là dietro?» Quasi subito, ricevette delle risposte affermative, «Bene, è ora di far capire ai nostri sconosciuti e indesiderati amici qualcosa sulla nuova e migliorata *G'laxix Sphaea...*»

Bethany Anne premette i pulsanti per spegnere il dispositivo di occultamento. Apparendo dal nulla, la nave gettò la sua ombra sulla USS *Cowpens*. Si fermò sopra di loro come un cappello protettivo, le armi puntate verso i quattro UFO.

«*Il mio cavallo si chiama Vendetta*» ringhiò Bethany Anne, «*e ora sta per fotterti.*»

Premette il pulsante blu. «Fateli saltare!»

«Gli UFO si dirigono verso di noi, signore.»

«Abbiamo una nave sopra di noi, signore!» L'ombra che apparve all'improvviso offuscò la luce che entrava dalle finestre.

«Timmons, portami informazioni dall'esterno!» ordinò il capitano Forstal.

«Gli UFO sparano. La RDS sta già rispondendo al fuoco, signore.»

«Fateci uscire da qui. Muovetevi, gente!» ordinò il capitano Forstal. «Non voglio trovarmi sotto quella nave se cade.»

«La USS *Cowpens* si sposta da sotto di noi» riferì Marcus.

«Va bene. Forse non vogliono essere sotto questa lotta, non che li biasimi» rispose Bethany Anne.

«Colpito, colpito, colpito!» cantò Tyler. «Il mio scudo difensivo è sceso al sessantadue per cento.»

«Lo stronzo rifila dei bei colpi» rispose Spencer. «Ho sparato quattro aste, tre colpite, una distrutta. Nessun danno per loro.»

«MERDA, MERDA, MERDA! Maledizione, dov'è andato?» chiese Tyler mentre pochi secondi dopo, le quattro navi passavano dove la grande nave era appena stata.

Timmons tornò dentro. «La RDS sta giocando di nuovo a nascondino, signore. Era lì, sospesa in aria, che sparava qualcosa dalle loro armi, poi puff, è scomparsa. Potevo sentire il movimento dell'aria, quindi sono abbastanza sicuro che se ne siano andati da qualche parte.»

«Figli di puttana» ruggì il capitano Forstal. «Datemi la *Wasp* e la *Ford*. Dobbiamo abbandonare la zona.» Si sedette sulla sua sedia e si mise comodo. «Non possiamo colpire quelle quattro piccole navi, e loro non possono colpire la nave RDS. Siamo così surclassati qui che è maledettamente imbarazzante.»

---

«La Marina se ne sta andando» confermò Evert guardando i suoi sistemi. «Compito operativo numero uno completato.»

Antony rispose: «Sì, ma è l'inaspettata sfida aggiunta che penso che questa volta non riusciremo a superare, ragazzi.»

«Cazzo, non dovremmo essere noi quelli con i giocattoli inadeguati» si lamentò Tyler.

«Sì, ma se non ci trovano, possiamo vivere per ripagarli un altro giorno» ribatté Antony. «Ho avuto conferma dal direttore Brown. Lascia la decisione a me, quindi dividiamoci. Assicuratevi di sapere dove cazzo si trova quella nave e spariamo. Non tornate subito alla base e confermate che non vi stanno seguendo. Dividetevi alfa alfa gamma in dieci, gente.»

«Ci vediamo alla base» disse Spencer.

Dieci secondi dopo, la voce di Antony giunse attraverso la radio. «Ora!»

---

«I nemici se ne stanno andando, signore» disse una voce.

«Abbiamo la RDS sul radar» riferì Kelly.

«Dove sono?» chiese il capitano Forstal.

«Hanno preso posizione tra noi e la terra, signore» rispose Kelly.

«Sembra che abbiano deciso che non vogliono che sbarchiamo» commentò Timmons.

«Chiama la nave. Vedi se parlano» comandò il capitano.

24

**<u>Lago Dulce Nuovo Messico, USA</u>**

Il direttore Patrick Brown stava aspettando l'arrivo della sua squadra nell'hangar sotterraneo, con le mani giunte dietro la schiena mentre si mordeva l'interno della guancia e pensava alla situazione.

La Majestic 12 aveva un sacco di risorse, comprese alcune che la RDS probabilmente non avrebbe considerato di usare se le avesse avute. Ora, la RDS aveva ostacolato un tentativo di acquisire informazioni che risaliva al loro inizio e aveva impedito loro di ottenere l'unica cosa che la Majestic 12 aveva bramato per decenni.

La tecnologia per raggiungere e parlare con gli alieni di Alpha Centauri.

Che gli alieni fossero veramente ad Alpha Centauri o da qualche altra parte, non erano mai stati in grado di confermarlo. Non aveva importanza. La Majestic 12 poteva provare che la tecnologia che Maria Orsitsch e il suo gruppo di medium che parlavano con gli alieni avevano ricevuto funzionava.

E non era niente che la Terra avesse mai visto prima nella sua storia. Almeno, non qualcosa che un terrestre avesse ideato.

Il che significava che gli alieni erano ancora più avanti della Terra con la loro tecnologia e l'obiettivo della Majestic 12 era quello di acquisire quella tecnologia superiore.

Con qualsiasi mezzo necessario.

In quel momento, altri umani con connessioni con gli alieni stavano acquisendo risorse tecnologiche e proibendo alla Majestic 12 di fare il loro dovere dichiarato, che avevano compiuto sia per gli Stati Uniti sia per le Nazioni Unite (che lo sapessero o no). Era ora che le loro relazioni nelle Nazioni Unite ripagassero l'aiuto che avevano ricevuto in segreto per così tanto tempo.

Patrick aveva intenzione di riscuotere molti debiti.

L'astronave aliena modificata che la dottoressa Eva Hocks e la sua squadra avevano esaminato nel video era superiore a quella che avevano e a cui avevano accesso. Peggio ancora, aveva mostrato che anche le loro opzioni offensive erano limitate. La Majestic 12 era limitata rispetto alla RDS come il mondo lo era rispetto alla loro tecnologia.

Una corsa agli armamenti era una competizione piacevole quando ti capitava di essere con facilità avanti a tutti gli altri. Non così piacevole, pensava Patrick, quando si era indietro e non si aveva ancora un piano per recuperare lo svantaggio.

La prima nave ad arrivare stava entrando nell'hangar, con le luci che scintillavano sulle fiancate. Patrick poteva vedere i segni che i cannoni della Marina avevano fatto sulla nave. Notò che c'era un buco sul fondo prima che Spencer atterrasse.

Presto arrivarono in vista altre due navi. Le sopracciglia di Patrick si sollevarono quando guardò bene quella di Tyler. Era annerita su un lato. Doveva essere il punto in cui il cannone della RDS l'aveva colpita, riducendo così tanto lo scudo. Più che sufficiente per cuocere anche l'esterno della nave. Probabilmente avrebbero perso una nave e un pilota se avessero ricevuto due colpi.

Patrick tirò fuori dalla tasca il tablet e compose un numero.

«Eva? Sono Patrick. Ho bisogno che una delle tue squadre scenda a valutare la nave di Tyler. È gravemente bruciata su un lato. Sì, il suo scudo era al suo posto. Sì, ho pensato che avresti voluto vedere i danni così avresti potuto capire cosa stanno usando. No, la sua nave non andrà da nessuna parte se hai bisogno di finire la tua riunione. Sì, arrivederci.»

Patrick chiuse la comunicazione e considerò i piani. Contattare le Nazioni Unite, far controllare quel danno, vedere se potevano modificare gli scudi per gestire la minaccia in futuro e capire se potevano recuperare qualcosa dall'Antartide.


**<u>Berlino, Germania</u>**

«Qui» il dottor Schäuble indicò un luogo sulla mappa, «è dove hanno trovato la base, proprio come dicevano le vecchie mappe e le note della seconda guerra mondiale.»

L'agente dei servizi segreti federali tedeschi sospirò. «Eravamo così vicini. Quei maledetti americani e la RDS....»

«Non del tutto» interruppe il dottore. «Chiunque abbia attaccato gli americani ha fatto sì che la RDS venisse coinvolta. La nostra squadra è ancora laggiù, ma non sta conducendo la ricerca.»

«Bene, a questo punto è semantica» rispose l'agente. «Avevamo le informazioni e possibilmente le persone per spiegarci tutto nello stesso posto.»

«Non pensare che siamo senza speranza» lo incoraggiò il dottor Schäuble. «Il dottor Tooch è molto, molto bravo. Ha già fornito molte intuizioni nelle ultime tre settimane laggiù.»

«Oh, so che non siamo senza speranza, dottor Schäuble» rispose l'agente. «Non solo il dottor Tooch è molto bravo, ma anche il nostro agente, il signor Jameson, sa essere molto astuto.»

Il dottor Schäuble guardò l'agente Weisz per un momento prima di fare un cenno di intesa con la testa. Si era chiesto quali delle persone in viaggio fossero spie. Mentre sospettava la metà dell'equipaggio, non si aspettava che il capitalista occasionalmente sfacciato, il signor Jameson, lo fosse.

*Tieni gli occhi aperti e il cervello disponibile e puoi imparare qualcosa di nuovo ogni giorno*, pensò il dottor Schäuble tra sé e sé.

---

La voce risuonò sul ponte. «Capitano Forstal? Una chiamata, signore.»

«Passala nella mia cabina» rispose il capitano.

Jack prese il caffè dalla sedia e si diresse verso la sua cabina, chiudendosi la porta alle spalle. Arrivò la chiamata e lui rispose. «Sono il capitano Jack Forstal.»

Jack ascoltò per un momento, i suoi occhi si allargarono appena per il livello della persona politica all'altro capo. Strinse le labbra. «Signore, non inizierò neanche a scoprire come sia arrivato a leggere i primi documenti dell'equipaggio e miei sull'incidente nell'Antartico. Tuttavia, ho rivisto quelli di tutti, e ho firmato che erano la verità.»

L'uomo all'altro capo della linea, all'apparenza non sentendo quello che voleva sentire, si scaldò.

Jack tirò fuori la sua sedia e si sedette. Era stato nella professione abbastanza a lungo da sapere che per gli sbruffoni come quello, era meglio lasciarli sbraitare e inveire e poi mandarli via.

Infatti, dopo un paio di minuti, Jack fu in grado di intervenire. «Capisco come lei possa pensarlo, ma semplicemente non è vero. La RDS non ha fatto fuoco su nessuna nave della Marina. Sono apparsi molto vicini alla nostra nave, ma era in una posizione difensiva, poiché i quattro UFO sono tornati alla nostra posizione una volta perse le tracce della nave RDS. Secondo la mia stima e quella del mio equipaggio, la RDS stava cercando di proteggere la nostra nave, e non ha istigato o aggravato in alcun momento l'evento con la marina statunitense.»

Jack allontanò il telefono dall'orecchio e si allungò per prendere il caffè, bevendo un sorso, poi un altro, prima di rimetterlo a posto e continuare a parlare.

«Be', mi dispiace seccarla, signore, ma quei documenti sono stati tutti firmati in modo appropriato, e non saranno modificati. Forse può discutere questa situazione con qualcuno più in alto, signore.»

Jack trasalì quando l'uomo, in preda alla frustrazione, urlò e chiuse la chiamata sbattendo il telefono. Jack riattaccò e si sedette, pensando.

Era la seconda richiesta di cambiare i registri che aveva ricevuto quella settimana.


### NRS *ArchAngel*

Bethany Anne sedeva sul sedile del capitano, rivedendo alcune note di Yuko in Giappone e un aggiornamento di Barnabas sull'indagine di Tabitha in corso.

Il clic-clic-clic delle quattro zampe di Kael-ven risuonò nel corridoio e presto arrivò al ponte, chiedendo il permesso di entrare.

«Permesso accordato» riconobbe Bethany Anne e si girò sulla sedia per guardare l'alieno avvicinarsi a lei.

«Volevi chiedermi qualcosa, capitano?» Quando si sedeva su quel sedile, Kael-ven si rifiutava di chiamarla in altro modo. In un certo senso, lei capiva ed era d'accordo con lui.

«Sì. Ha a che fare con il supporto promesso per la vostra nave. Come sempre, se vado oltre la tua etica personale, ti prego di spiegarmela.» Lei riconobbe il suo cinguettio come un accordo prima che il traduttore le parlasse all'orecchio.

«Bene. Giù nella grotta di ghiaccio, la mia gente sta per svegliare alcuni umani che hanno dormito per un po'. Non crediamo che sappiano nulla delle voci e della verità che girano sulla RDS, sugli alieni e sullo spazio.» Si avvicinò e prese la sua acqua. «Voglio svegliarli, ma voglio che tu sia lì con me.»

«Io?» chiese Kael-ven, sorpreso. «Perché un alieno laggiù dovrebbe aiutare gli umani a svegliarsi più facilmente?»

«Perché tutto quello che siamo stati in grado di dedurre dice che hanno contattato o ricevuto un contatto dagli alieni molto tempo fa. La teoria che abbiamo è che se quelli che svegliamo vedono un alieno con noi, potrebbero essere più ricettivi nei nostri confronti, non meno.» Rimise giù l'acqua. «Probabilmente l'unico gruppo con cui questo funzionerà mai, a proposito. Sono maledettamente felice che tu sia qui.»

«Stare con te da qualche parte rientra pienamente nel contratto, capitano.»

«Sì, infatti» concordò lei. «Ma ecco la seconda parte, Kael-ven.» Fece una pausa per un momento, poi chiese: «Cosa ne sanno gli yollin di recitazione?»

25



**<u>Tokyo, Giappone</u>**

Akio prese il comando mentre lui e la squadra facevano da supporto per il viaggio di Yuko nell'edificio che ospitava la Dieta Nazionale, la camera alta e bassa della legislatura.

Quella volta, come prima, Yuko aveva discusso e Akio aveva accettato di non portare spade. Tuttavia, aveva aggiunto un numero significativo di armi nascoste.

Alcune in bella vista. Yuko capiva il suo ruolo e gli aveva permesso di fornirgli le forcine che avrebbe indossato nel caso lui ne avesse avuto bisogno.

Inoltre, molti materiali non avevano fatto scattare i metal detector, come lei si era aspettata.

Una volta dentro l'edificio, furono portati in una stanza più piccola. Due guardie fuori dalla stanza confermarono le loro identità. Yuko e Akio furono gli unici due ad entrare.

Due minuti dopo si unirono altri tre uomini. Si inchinarono con rispetto e il primo iniziò la discussione.

«La ringrazio per questo, viceregina. Abbiamo notizie difficili per la regina Bethany Anne che provengono dai nostri contatti alle Nazioni Unite.» Nessuno dei presenti nella stanza si sedette.

«Apprezziamo il suo sostegno» gli disse Yuko. «Cosa può dirci?»

Il primo ministro annuì. «Ci sono molti, molti membri dell'ONU che muovono accuse alla RDS, alcune delle quali oltraggiose. Tuttavia, l'oltraggio fa sembrare plausibile l'altamente improbabile. Non si tratta nemmeno di una sola fazione. Ci sono molti paesi, piccoli e grandi, che stanno lavorando per subornare e attuare norme e regolamenti contro la RDS. A causa della nostra accettazione della legittimità della regina Bethany Anne, siamo stati presi di mira su più fronti. È improbabile che possiamo continuare a fornire lo stesso livello di supporto verso l'esterno come abbiamo fatto finora senza che il Giappone ne soffra in modo significativo.»

«Che tempi abbiamo, Primo Ministro?» chiese Yuko.

L'uomo sospirò. «Dubito che abbiamo più di tre mesi, viceregina.»


**<u>Boston, MA, USA</u>**

Fred entrò nella stanza e si fermò al tavolo degli scacchi. Guardò i pezzi e fece una smorfia. Stava giocando con Charles e finora non aveva trovato un modo per uscire dallo scacco matto in tre mosse.

Continuò nella stanza vuota e alzò un sopracciglio.

Sulla sua sedia c'era una busta con l'etichetta "National Intelligence Estimate - RDS Antarctica".

Fred raccolse il documento e posò le sue carte prima di girarsi e lasciarsi cadere sulla poltrona. Più invecchiava, più il corpo cedeva. Era un peccato, davvero. La sua mente era in ottima forma, ed era più potente, con suo fratello David e il loro amico e socio Charles, di molti piccoli paesi, e quello stronza senza cuore del Tempo gli stava rubando tutto.

La morte arrivava per tutti, a quanto pareva, tranne che per le persone della RDS.

Iniziò a srotolare lo spago che teneva chiusa la busta e fece scivolare la mano all'interno per estrarre il rapporto. Fred aveva lavorato duramente per convincere i tre capitani delle navi a cambiare i loro rapporti.

Ma quei bastardi non l'avevano fatto.

Mentre Fred leggeva, un piccolo sorriso iniziò a giocare sui suoi lineamenti e un scintillio apparve nei suoi occhi.

Oh, sì, sì, sì! Fred sentì gli altri due uomini entrare e si girò per vedere David per primo, con Charles dietro di lui.

«Sei stato tu, Charles?» chiese mentre teneva in mano il National Intelligence Estimate.

«Sì» rispose mentre guardava la scacchiera. Notando che nulla era cambiato, continuò nella stanza.

«Ben fatto. Come hai fatto a farlo cambiare?» chiese Fred.

«I militari anziani avevano bisogno del NIE in fretta» rispose Charles, sedendosi. «Quindi, opportunità numero uno.» Tirò fuori il suo portatile e lo aprì. «Il National Intelligence Office ce l'ha con la RDS e sono stato in grado di avere un paio di analisti dell'IC che hanno formulato le loro risposte in modo tale che il NIO potesse scegliere, e dimostrare di averne motivo, di modificare la risposta. L'ha fatto, in modo tale che adesso la RDS risulta l'aggressore nel polverone giù al sud. Quando questo» fece un cenno al documento in mano a Fred, «verrà fatto circolare, tutti quelli che ce l'hanno con la RDS se la prenderanno con lei.»

Fred guardò il rapporto e iniziò a leggere dall'inizio. Mormorò: «Scacco matto.»


## Schwabenland, Antartide

Barb e Frank avevano impiegato due settimane per trovare la persona adatta ad aiutare la squadra. La dottoressa April

Keelson conosceva la storia, era tedesca, era un ufficiale medico e capiva l'ingegneria.

Trovarla aveva avuto le stesse probabilità di trovare un unicorno a macchie viola. In realtà, era stato un po' meno probabile dell'unicorno, ma Barb e Frank ce l'avevano fatta. Dan aveva deciso di fare lui stesso l'intervista, ed era stata piuttosto illuminante.

La dottoressa April Keelson era stata brusca, sfrontata e molto difficile da impressionare.

Finché lui non l'aveva portata a fare il giro in capsula che Barb aveva suggerito. Allora lei era diventata creta nelle sue mani. Era, aveva detto Barb, una ripresa di qualcosa che Jean Dukes aveva detto una volta. Trova la leva giusta e puoi far cambiare atteggiamento a una donna in un secondo.

---

Freddo. Aveva così tanto freddo.

Sentì gli stessi rumori di gorgoglio del liquido che si muoveva nei tubi che ricordava quando si era sdraiata per aspettare l'arrivo degli alieni, ma al contrario, lasciando la camera di stasi.

Lei e il suo popolo avevano perso la speranza dopo tanti decenni, tanto tempo in attesa che venissero a tirarli fuori da quella terra desolata e ghiacciata, e permettessero al suo popolo di unirsi a loro nello spazio. Lontano dall'inferno della guerra o dalla sottomissione del suo popolo alla crudeltà di coloro che non capivano che erano stati costretti a lavorare con Hitler.

Maria sentì la lenta introduzione di calore nella camera di stasi. Era un disegno dato loro dal suo benefattore.

Lei aveva offerto la sua piena fiducia e il suo sostegno alla squadra di ingegneri, confidando che ciò che avevano costruito li avrebbe salvati tutti per il tempo in cui sarebbero potuti andare sulle stelle. In quel momento avrebbe scoperto se era vero.

*Erano* stati salvati?

La parte superiore della camera sibilò mentre l'aria fresca entrava nel sistema. Due umani vestiti da medici apparvero sopra di lei. Uno, una donna, chiese: «Maria Orsitsch?»

Maria annuì.

«Rimani sdraiata mentre cerchiamo di capirlo. L'ho fatto solo cinque volte, e finora mi è andata bene cinque volte su cinque, quindi non rovinarmi niente» le disse la donna brusca con un accento tedesco.

La mente di Maria stava correndo. Perché una donna tedesca la stava aiutando? Cosa era successo al piano?

La dottoressa le tolse la maschera dal viso e la scostò con delicatezza dai capelli. «Scusa, ma dovrai stare lì dentro ancora per qualche minuto. Gli alieni non hanno fatto nulla per la crescita dei capelli, e dobbiamo tagliarne un po'.»

Maria annuì piano.

«Dottoressa?» Maria sentì una voce da dietro la donna brusca. Si voltò e fece un cenno a qualcuno, e i due medici si fecero da parte, e apparvero due nuovi volti.

Quella volta uno era un alieno.

«Non preoccuparti, Maria. Il mio nome è Bethany Anne. Questo» annuì all'alieno dall'altra parte, «è Kael-ven. Riposati e raccogli le forze.»

L'alieno cinguettò qualcosa e poi fu tradotto. Parlò nella lingua degli Aldebarani. «Bentornata, Maria Orsitsch. Non vediamo l'ora di parlare presto con te.»

La dottoressa parlò. «Voi due andate ora. Abbiamo molto da fare.» Tirò indietro la signora per toglierla di mezzo.

La dottoressa non mancò di vedere la lacrima che scendeva sul viso di Maria.

. . .

### <u>Sala conferenze, NRS *ArchAngel*</u>

La stanza era piena. Bethany Anne aveva richiesto che tutte le sue persone di punta partecipassero, e anche molte delle loro persone di secondo livello. Per esempio, non solo Jean Dukes era presente, ma anche il suo secondo. La prima fila comprendeva suo padre, Patricia, Dan, Frank, Barb, Stephen, Barnabas, l'ammiraglio Thomas, i capitani Wagner e Jakowski, Nathan, Ecaterina, e c'era una stanza piena di altri mentre Bethany Anne stava davanti.

Gli yollin non erano stati invitati a partecipare.

Fissò la stanza e in pochi istanti i discorsi cessarono. Bethany Anne sorrise. «Abbiamo avuto un periodo interessante negli ultimi mesi.» Iniziò a camminare. «Per prima cosa, abbiamo ottenuto tutto quello che potevamo chiedere dai nostri contatti giapponesi per quanto riguarda gli strumenti di produzione. Ho capito che la costruzione dell'attrezzatura mineraria yollin è in anticipo sui tempi previsti.»

William annuì dalla seconda fila.

«Bene. Abbiamo cibo, abbiamo riparo e abbiamo acqua, grazie al dottor Brown-Williams e a Marcus. Abbiamo un piano per la nostra prima stazione di battaglia.»

«Come si chiama?» chiese Bobcat, e Bethany Anne lo fissò. «Scusa!» Si guardò intorno e scivolò di qualche centimetro sulla sedia.

«Arriverò al nome tra un momento, Bobcat» rispose e continuò, «Abbiamo il nostro primo vascello alieno in funzione e con un armamento migliorato. Ha funzionato molto bene, potrei aggiungere. Le squadre sono andate a fare un giro in una zona con molte rocce, e mi risulta che abbiano sconfitto le rocce sonoramente.»

Sorrise quando alcuni nelle prime file iniziarono a fischiare e applaudire.

«Ricordate solo che avete ucciso delle rocce indifese» sottolineò, «che non stavano rispondendo al fuoco.» Fece una pausa. «Ma questo ci porta alle sfide del momento.»

Smise di camminare e guardò la sua gente. «Abbiamo ancora bisogno di stare qui mentre costruiamo la stazione da battaglia e sarebbe opportuno vedere se abbiamo altre persone che vorrebbero, o potrebbero, aiutarci quando attraverseremo il portale di annessione. Abbiamo un sacco di informazioni provenienti dalla Terra, e oserei dire che sono molto, molto scontenti di noi. Infatti, le nostre aziende stanno prendendo una seria batosta nei mercati azionari.»

Lei sorrise. «Se avessimo ancora una percentuale di proprietà nelle aziende, potrei preoccuparmi.» Ci fu qualche risata quando alcuni si resero conto che lei aveva venduto le sue quote delle aziende quando valevano di più. «Ora, siamo passati ai metalli preziosi e ad altri beni tangibili che possono essere scambiati senza tracce. Purtroppo, temo che il nostro nome diventerà fango.»

Bethany Anne si raddrizzò un po'. «La ragione è che mi rifiuto di fornire la tecnologia e l'accesso alieno che il mondo richiede. Inoltre, a loro non piace affatto che un gruppo così piccolo si prenda gioco di loro. Infine, gridano al massacro quando permettiamo alle persone, di loro spontanea volontà, di lasciare i loro paesi e unirsi a noi. Il problema, per come lo vedono loro, è che ci stiamo accaparrando la crema del raccolto.»

Alzò le spalle. «Per come la vedo io, gli scansafatiche e i malcontenti allergici al lavoro duro e quelli che non hanno spina dorsale non vogliono rispondere alla chiamata.»

«*AD AETERNITATEM!*» gridò qualcuno e presto tutti ripresero il grido. «Ad Aeternitatem! Ad Aeternitatem! Ad Aeternitatem!» Bethany Anne sorrise, alzò le mani e la folla si calmò.

Bethany Anne si asciugò una lacrima dall'occhio destro. «Maledizione, ArchAngel, stai togliendo la polvere da qui?»

«Sì» rispose l'IE, il suo volto apparve sul grande schermo

dietro Bethany Anne. «Sono io. Non incolpare il mio sistema di purificazione dell'aria per la tua incapacità di gestire il tuo sovraccarico di emozioni!»

*Ok, chi cazzo mi sta tradendo con ArchAngel?*

>>**Uh, potrei essere stato io.**<<

*Seriamente, ADAM? Accidenti, arriva una bella EI femminile e tu vai a pugnalarmi alle spalle metaforicamente?*

>>**Ha fatto una domanda, ho risposto.**<<

*Sta diventando subdolo. Ottimo lavoro.*

>>**Buon... lavoro?** << chiese ADAM, la confusione era chiara nella domanda.

*Spiegherò il perché un'altra volta.*

«Sono sicura che è stato casuale, ArchAngel» rispose Bethany Anne, tra le risatine del pubblico.

«Come dicevo, siamo stati colpiti piuttosto duramente, quindi ho deciso che ci fermeremo per il tempo necessario a costruire la nostra nuova casa, la SBRDS *Meredith Reynolds*. Voglio portarla il più avanti possibile. Forse, se non ci facciamo vedere, il rumore e le persone incazzate se ne andranno.» Ottenne un'acclamazione dai pochi tra il pubblico che avevano afferrato il nome. Lanciò un'occhiata a suo padre, che aveva un piccolo sorriso sul volto, annuendo d'accordo con la sua scelta.

C'era qualche mormorio nel pubblico che aveva a che fare con il nascondersi. «Questo non significa che non visiteremo la Terra, ma dovremo essere più cauti» chiarì lei.

«Cosa succede se cercano di attirarci fuori?» chiese Dan

Bethany Anne scrollò le spalle. «Dipende da quello che stanno facendo. Se è qualcosa che possiamo lasciar perdere, lascio perdere. Il mio ego non è così grande da dovergli dare un cuscino di notte. Ma se fanno qualcosa di grande? Be'» si girò per indicare John, Eric, Akio, Darryl, Gabrielle e Scott, «loro» e poi indicò Barnabas, Stephen e Tabitha, «e loro.» Poi indicò l'ammiraglio Thomas e i capitani Wagner e Natalia Jakowski. «E loro, e chiunque l'ammiraglio Thomas abbia in arrivo per le nuove navi.» Per ultimo, indicò Peter, Todd e i Guardiani e le Guardie Marine di Wechselbalg. «E loro risponderanno per me.»

«E se continuano a spingere?» chiese Dan.

Il volto di Bethany Anne diventò scuro e arrabbiato, e linee di energia rossa le soffusero il viso mentre i suoi occhi bruciavano. «Sarà meglio che non oltrepassino il limite a cui mi incazzo io, o riceveranno la risposta da me personalmente. E se dovessi rispondere?»

Bethany Anne non finì mai la domanda perché la stanza esplose in urla quando Bobcat urlò: «Impareranno a non mettersi contro la Regina delle Stronze!»


*FINE*

# NON SUPERARE LA LINEA

La storia continua con il libro 14, *Non superare la linea*.

Disponibile in preordine qui: My Book

# NOTE DELL'AUTORE

Prima di tutto, GRAZIE PER AVER LETTO QUESTO LIBRO (e queste *note dell'autore*).

Sono passati trentaquattro giorni dall'ultima pubblicazione (*Nuovo contatto*), e mi sembra che sia passato tre volte tanto. Più per le sfide personali che per qualsiasi cosa legata alla scrittura di un libro (anche se c'entra anche quello).

Una piccola ma divertente storia. Mia moglie è stanca di "stronza" nelle mie storie (Be', per essere onesti, nei titoli). Ho cercato di spiegarle che stronza è un termine dispregiativo che è stato ribaltato in *Lo stratagemma kurtheriano* ed è un distintivo d'onore ora.

Tuttavia, dato che lei non legge i libri, la mia spiegazione arriva solo fino a un certo punto. Le mogli, a quanto pare, possono essere piuttosto infastidite dal termine stronza, e tu, per Dio, sei colpevole fino a prova contraria, e passerai attraverso molteplici processi per essere dichiarato innocente.

Non ho superato tutte quelle prove, per tua informazione. Signore, neanche lontanamente. Aggiungiamo che è ispanica, e il malocchio è fatto con un accento straniero che ti fa preoccupare e confondere allo stesso tempo.

Le ho promesso che non avrei più usato il termine nei titoli dei libri per Lo stratagemma kurtheriano. *Non* le ho detto che avevo già tutti i titoli dei libri futuri, e sapevo che non l'avrei usato per nessun libro futuro. Quindi, nessun danno, nessun fallo, giusto?

Ho promesso di non usarlo e lei è felice.

Quindi, usciamo da questa storia perché un giorno lei potrebbe leggere questo e voglio dire che se la mia bellissima, meravigliosa, sofferente moglie sta leggendo questo...

TI AMO, TESORO! ;-)

**Ora, a proposito di quel po' di discorso tedesco... che non ho capito bene!**

In basso c'è qualche risposta di uno dei miei fan, Mor Itz, sul forum di Facebook. Lui e Bjorn Schmidt mi hanno subito detto che un po' di tedesco che avevo fatto parlare a Bethany Anne era sbagliato. Questo è successo perché ho messo un frammento (primi capitoli) su http://www.kurtherianbooks.com e hanno notato che ho detto qualcosa in tedesco che non funzionava e quindi era sbagliato.

Sbagliato al punto che *nemmeno i tedeschi hanno capito*. Questo è maledettamente *sbagliato*. Spesso, qui negli Stati Uniti, se qualcuno dice qualcosa, si capisce qual è l'intento. Non così tanto con il mio piccolo sforzo di far dire a Bethany Anne ai tre mercenari tedeschi che erano «Gutter Swine.».. No grazie a te, *Google Translate*.

Google Translate, il modo più veloce per dire qualcosa di sbagliato in una lingua straniera inventato fino a oggi (usato dagli autori di tutto il mondo).

Ecco i commenti di Mor Itz da Facebook (la nostra conversazione) che spiega la nuova e migliorata scelta tedesca.

**Mor:** Sto bene, thx e tu? Schweinehunden è una forma di plurale di Schweinehund che ci starebbe bene. Ha molteplici significati:

1. Può essere usato come affettivo se detto con un sorriso tra

buoni amici, come quando qualcuno fa uno scherzo che non fa male a nessuno ma è davvero imbarazzante.

2. Come insulto è una persona che non ha coscienza e farebbe cose depravate (come legare una ragazza a una bomba) e mette anche in dubbio il patrimonio di detta persona (il dizionario che ho qui traduce Schweinehund con bastardo, ma non è del tutto accurato). È per lo più un insulto di medio livello. Tuttavia, gli immigrati dalla Turchia lo prendono molto più personalmente e possono diventare violenti. Altrimenti, è usato per quasi tutti. Dalla persona che ti urta per caso mentre vai in autobus ai peggiori criminali che si possano immaginare.

**Bethany Anne che parla con i genitori di Yuko:**

Ora, fornisco queste traduzioni qui sotto sottolineando che: 1) Sono anch'esse di Google Translate (maledizione) e che non ho nessun fan giapponese che possa correggermi come ho in Germania (doppia maledizione!)

あなたには、美しくて知的な娘がいます。彼女は、私の個人のチームの大切なメンバーです。あなたは誇り高いはずです

è

*Lei ha una figlia bella e intelligente. È un membro prezioso della mia squadra. Dovrebbe essere orgoglioso.*

**Bethany Anne finisce il suo discorso alla gente nello stadio:**

*ご支援に感謝します、ユウコのような強い娘が、ニール州から、私たちの世界をより安全な場所を作り、助けることができる国であるためにあなたに感謝します。貴重なお時間をいただき、ありがとうございます

è

*Grazie per il vostro tempo, grazie per il vostro sostegno, e grazie per essere un paese dove una figlia forte come Yuko, proprio qui nella provincia di Neru, può aiutarci a rendere il mondo un posto più sicuro.*

**Scarpe nuove**

Ok, mia moglie è andata in viaggio d'affari per il suo lavoro in Cina e Giappone tra i libri 12 e 13. Non è insolito, molti fan sanno che ho iniziato a scrivere in parte perché mia moglie parte per lunghi viaggi di lavoro. È tornata con della roba in più.

Di nuovo, non è insolito. Prende cose qua e là, di solito come piccoli doni da regalare. Sfortunatamente, in questo bagaglio è arrivato qualcosa di nuovo che non era mai successo prima, e questo mi preoccupa.

Era un paio di scarpe.

Non è una cosa che fa paura... ancora.

No, quello che fa paura è il NOME delle scarpe. Vedete, quando mia moglie viaggia per la sua azienda, alloggia sempre in hotel nella parte più bella della città. Questo ha senso perché le riunioni di lavoro avvengono lì per lei. Ma è quello che c'è in quella parte della città che comincio a capire che dovrebbe preoccuparmi.

Negozi di scarpe. BEI negozi di scarpe.

Quando era in Cina, era in uno dei quartieri più belli della città più prestigiosa... o almeno in uno che aveva più negozi HERMES di tutto lo stato del Texas.

Ha ceduto alla tentazione.

Spero che inizi a viaggiare solo qui negli Stati Uniti. A Dallas, c'è solo un (1) negozio Hermes in tutta la città. Ho controllato. Poi, ho controllato Las Vegas. Ci sono tre negozi Hermes solo nella zona bassa della Strip.

Cazzo.

Non sto dicendo nulla. Ma vedo un paio di scarpe e penso quello che pensano tutti gli uomini...

*Seriamente? Perché il paio da 69,99 dollari di (inserire negozio qui) non funziona bene? Sono alcuni pezzi di pelle tenuti insieme da una bella fibbia. Non possono essere neanche $10.00 di costo dei materiali, giusto?*

Ho quasi cinquant'anni. Ho imparato quanto basta per sapere e mi sono sbarazzato di abbastanza stronzi da tenere la bocca chiusa.

Inoltre, mi ricorderò di questa storia quando comprerò il prossimo costoso prodotto Apple.

Diamine, dovrei scrivere il costo delle scarpe come ricerca per Bethany Anne... BOOYAH!

Problema risolto.

Scarpe da tennis... Risparmiate il vostro tempo, gente del fisco, non ho intenzione di farlo davvero. Ma è divertente come l'inferno.

Ci vediamo il mese prossimo!

*Michael Anderle*
4 ottobre 2016

# I LIBRI DI MICHAEL ANDERLE

**Iscriviti alla** mailing list di **LMBPN** per essere avvisato delle nuove uscite e delle offerte speciali!

**https://lmbpn.com/email/**

Per una lista completa dei libri di Michael Anderle, visitate il sito:

**www.lmbpn.com/ma-books/**

# CONNETTITI CON L'AUTORE

Sito web: http://lmbpn.com
Lista e-mail: http://lmbpn.com/email/

I social media:

https://www.facebook.com/LMBPNPublishing

https://twitter.com/MichaelAnderle

https://www.instagram.com/lmbpn_publishing/

https://www.bookbub.com/authors/michael-anderle

# RECENSIONI E VALUTAZIONI

Ti è piaciuto il libro? Scrivici una recensione o valutaci con stelle sul sito su cui hai acquistato il libro. Vai semplicemente alla fine di questo libro e il tuo lettore ebook ti chiederà una valutazione.

Essendo un editore indipendente che investe la maggior parte delle sue entrate nell'introduzione di nuove serie in Italia, noi di LMBPN International non abbiamo la capacità di lanciare grandi campagne pubblicitarie. Pertanto, le recensioni costruttive e le valutazioni con stelle sono molto preziose per noi, in quanto puoi aumentare di molto la visibilità di questo libro per nuovi lettori che ancora non conoscono le nostre serie. In questo modo ci permetti di portare molte altre nuove serie in italiano.

# NEWSLETTER

Benvenuti in un viaggio emozionante con LMBPN®
International! Iscriviti alla nostra newsletter per accedere ad
aggiornamenti esclusivi e contenuti gratuiti.
Come nostro stimato abbonato, godrai di un'esperienza ricca
piena di sorprese. Immergiti in nuovi mondi, intuizioni uniche
e storie emozionanti che ti aspettano. Unisciti ora, diventa parte
dell'avventura internazionale LMBPN® e diventa davvero parte
della storia!

https://lmbpn.com/it/newsletter/

www.ingramcontent.com/pod-product-compliance
Lightning Source LLC
Chambersburg PA
CBHW071452140726
47997CB00005B/1697